文化孤旅

吴全龙 著

中国出版集团 东方出版中心

图书在版编目（CIP）数据

文化孤旅 / 吴全龙著. 一上海：东方出版中心，
2023.11
  ISBN 978-7-5473-2286-4

  Ⅰ.①文… Ⅱ.①吴… Ⅲ.①散文集—中国—当代
Ⅳ.①I267

中国国家版本馆CIP数据核字（2023）第207891号

文化孤旅

著　　者　吴全龙
责任编辑　戴浴宇
封面设计　余佳佳　吴　璐

出 版 人　陈义望
出版发行　东方出版中心
地　　址　上海市仙霞路345号
邮政编码　200336
电　　话　021-62417400
印 刷 者　山东韵杰文化科技有限公司

开　　本　890mm×1240mm　1/32
印　　张　10.875
字　　数　183千字
版　　次　2023年11月第1版
印　　次　2023年11月第1次印刷
定　　价　98.00元

谨以此书献给

陪伴我行走山河、感悟人生的妻子刘文华

序

跨界！

这是掩卷《文化孤旅》初稿后我脑子里蹦出来的唯一词语。

和全龙兄稔熟，同为赣南客家人，初中高中大学同校，研毕后同样留沪工作。作为同乡同年同窗同为异乡寓寄客，全龙兄在我脑海中的标签一直是：学霸，工程师，企业家。捧着厚厚的文集，无比感叹：八年藏锋芒，无声处惊雷，好大一跨界。

以《文化孤旅》为文集题，我觉得再合适不过。

全龙兄是余秋雨先生《文化苦旅》的忠实书迷，《文化孤旅》类别文风均与之相似，也算是以一种另类方式向泰斗巨匠致敬。

当然，最点睛的莫过于孤字。这正是作者读万卷书、行万里路、笔耕经年不辍的最好写照。

旅行者，孤身启程上路，古道西风铁马；孤身在外，独在异乡作异客，影只形孤。

这只是身体的孤单，熬人的是心理孤独。

旅行本该热闹喧嚣，宏伟城楼先贤肖像前，青砖黛瓦雕梁画栋中，石刻碑文残墙破垣后，繁忙嘈杂，人流如织，潮水般快速涨退着。独你痴立静默，神游对话于斯夫逝者。热闹是他们的，你是孤独的。

工作间隙、周末节日、夜半三更里，你谋篇布局、遣词造句、引经据典、溯源考证，逐字推敲、案牍劳形，挠疏了头，熬白了发，默默笔耕几欲放弃时，你依旧孤独。

文成章就，苦于非专业出身，无良师指点，乏益友交流，不知自发天成的文章究竟深几尺高几丈。那时的你内心惶恐不安、驿动难耐与孤立无助，乃至于茫然四处问计时，孤之体验与煎熬，实不足与外人语也。

还好，孤，除孤单孤寂之意外，还有因稀有而尊贵的意思，比如孤本、孤傲，比如古代君王以其地位尊崇而独享"孤"之称谓。马尔克斯说过，孤独前是迷茫，孤独后是成长。全龙兄以其经年累月的身心俱孤，迷茫中不断成长，终成就这因稀而贵的《文化孤旅》，可敬可佩，可喜可贺。

喧嚣中难以酝酿伟大，深刻从来都是伴随孤独。在文集撰写过程中，作者是孤独的，但同时又无比充实饱满，兼具庄子"独与天地精神往来"的逍遥与自得，孤独中伴着满足。如此纷繁矛盾关系，非一个"孤"字难以描述。

作者以城楼旧物为媒，通幽于古今，神交于先贤，深究历史原貌，并发今世后人之追思与感叹；以实景游历为经，追思感叹为纬，平铺直叙，虚实结合，直抒胸臆，娓娓道来，给读者构建一幅景情并茂的山川历史宏图。于阅者而言，千人千面，横岭侧峰，或享山水，或解风情，或明历史，或见明断，总有你期待或感兴趣的那么一点，虽未亲至胜似亲至。

文学生态圈的繁荣昌盛，离不开中上层文学工作者的"会写"，更离不开底层普罗大众的"敢写愿写"。全龙作为圈外人士，不仅敢写愿写，而且一写就是数十年，数百篇，这已不仅是敢写愿写，更是特敢写特愿写，是文学圈的大幸事。我也深信，随之而来的还有水到渠成的会写，特会写。

作为作者诤友、《文化孤旅》初稿的首批读者兼文集校对，认真拜读全文后，也提出了不少的修订意见，全龙兄大多从谏如流。然而对于某些建议，比如在《龙场突围》一文中，我认为与古人神游对话宜用接近文言文的近代白话文，回复是："你说得有道理，但是我在当时的情感确实如我描述。言为心声，与文法修辞相比，我觉得更重要的是真实感受与自然流露。"好一个"言为心声"，我惭愧得无言以对。不历其境，难解其情，那一刻，我真正理解了全龙兄或是不敢或是不愿或是找不到文学名流为其文集指点文饰的淡然与底气：褒也好，贬也罢，我自抒心意；成也可，败也行，且任他去。

　　文集里的相关文章陆续发布在公众号"吴氏山海情"里，触动并感悟了众多读者，获得众多好评。本人拜读完全部文集后，更是心潮澎湃不能自已，胸有块垒不吐不快。恰逢全龙兄邀我写序，虽感受宠若惊，却又确是情不自禁，有感而发，甚至也想开启自己人生一段说走就走的跨界文化孤旅。文学作品的最高意义在于启迪人的思维，激发人的行为。以此评判，《文化孤旅》付梓之前就已经成功了。

　　"我想有一所房子，面朝大海，春暖花开"，海子以这么几句平常如清炒土豆丝的朴实话语，打动了多少人的心扉，海子也因此誉满人间。《文化孤旅》文集二十万字里，定有三言两语、一鳞半爪能够打开你的心灵，引起你的共鸣，促人沉思，激人改变。果如此，则作者幸甚，文集幸甚，《文化孤旅》不孤矣。

　　是为序。

廖永建

2023 年 2 月 21 日凌晨于沪

自 序

坚持五年，公众号"吴氏山海情"终于初具雏形，可以开始整理出版，题目就定为《文化孤旅》吧。写下这个题目，自己不禁哑然失笑，明显在攀附《文化苦旅》，更为巧合的是，两书的出版社居然同为东方出版中心。但不可否认，当初写游记确是因《文化苦旅》那种将生命与山河相融合的文风诱惑着我。

中国历史很悠久，中国文化太博大精深，阅历再丰富、精力再充沛的文人，也得承认，自己所能触碰的仅仅是冰山一角。从这个角度来说，文化苦旅是一项接力棒式的系统工程。也自知，我一个工程人员想要接上一棒跑上一程颇有点班门弄斧，难免软弱无力、孤独艰难。只是面对《文化苦旅》发出的文化呼唤，我终于还是决定一意孤行一次。

整理公众号游记的同时，我把日记原稿再次翻出，厚厚六大本，有些吃惊，也有些陶醉，仔细浏览那一行行字符，感到充实和庆幸。虽然有些杂乱无章，文笔粗糙，读来却很感亲切，有时甚至眼角湿润。日记中有成长的经历，有前进的迷茫，有收获的喜悦，有奋斗的感悟，也有生命的思考。也曾屡屡怀疑所做一切的意义，多次产生放弃的念头。然而，想到"走走看看是一天，吃吃喝喝也是一天，麻将游戏是一天，看书写作也是一天"，我最终坚持了自己的初心。任何事情，无论大小，只要不急功近利，持之以恒，总能有所成就，正如美国电影《阿甘正传》主人公的人生经历。

《文化孤旅》分四辑——《山水人文》《抱愧赣南》《闲居上海》《呼唤和平》，共 46 篇，书中散文曾在公众号"吴氏山海情"发布。诚如公众号刊题所言"龙游天下，行者无疆，边走边说，驰骋历史，感悟人生"，文章取材均来自平日旅行，在旅行中和山水对话，与古人交流。

《山水人文》共 18 篇，在《吾谁与归》《读王安石》《武夷讲学》《龙场突围》中与历史人物进行心灵对话，从时间上感觉到个人的卑微；在《南岳衡山》《九华问禅》《圣湖圣山》《婺源古村落》《呼伦贝尔》中与山山水水亲密接触，从空间上感觉到个人的渺小。在卑微与渺小之中，感悟到了山水文化永不消散的诱惑力与穿透力。

《抱愧赣南》从《寂寞梅关》入笔，至《宋时赣州》收尾。赣南是西南通衢，红色之都，文化历史渊源深厚。"致良知"在此破壁而出，宋代在此建造了至今仍存的"赣州宋城"，赣南大地遍布中华文化不可或缺的文化山河，这一切不断驱使我去了解那片与黄河流域、长江流域同样拥有悠久历史文化的土地。数年的拥抱最后浓缩在《千古绝唱》《通天岩之隐》《走进客家》的字里行间。

《闲居上海》以相对轻松活泼的笔触叙述着魔都上海的现代化和古文化的关联性。上海文化不仅有魔都魅力，更有山一般的大气谦和，水一般的悠远绵长。于是走出钢筋水泥，行走在云间九峰，穿梭于浩浩浦江，通过《上海的山》《浦江之美》《考古上海》《课植园》等8篇散文，我捕捉着上海的魔性与高贵。

在德国，我钦佩他们对战争的反思；在尼泊尔，我羡慕他们的知足常乐。国外多年的旅行，使我懂得：敬畏大自然的人类，才能真正拥有永久和平。于是有了《呼唤和平》中11篇散文。

文章写得毫无价值也好，读之如"懒婆娘的裹脚布"也罢，只能暂时抛开他人评论，遵从内心，坚持到底。文化之旅本就孤苦，不只是饱受身体之劳累，更要经历精神之孤寂。还好，很多朋友发自内心为我点赞，并以实际行动给予支持，这是莫大的鼓励。于我而言，能为阅者增添些许历史知识，或者多了解些自然山水，则心满意足。倘若碰上一两知音，能读出其中文化韵味，悟出其中文化良知，则更是三生有幸。

感谢东方出版中心的老师，《文化孤旅》终于和读者见面。感谢多年来关注"吴氏山海情"的朋友们，是你们的鼓励让我孤独的旅行充满乐趣。感谢妻女的陪伴，是你们的支持才让我每次都能从放弃中再度振作，妻平日也喜欢写作，在附录中推荐她所写《南康古街》与读者分享。感谢同乡同年同窗廖永建为《文化孤旅》作序，感谢木目为本书作跋，感谢好友廖永建、周南松对文稿的逐字校对和反复润色。

吴全龙

2023 年 5 月 23 日

目 录

第一辑

山水人文

山水处处有，山水之美各有千秋，或雄伟，或险峻，或壮丽，或简朴，或浑厚，或清秀。人人都喜山乐水，却很少有人能领略到山水之灵性，并将自身心性与自然山水相贯通，于是往往犹如"酒肉穿肠过"，山水也是从脑海中一晃即逝。

幸好上天赐予了几个至灵至性的山水文人，谢灵运、陶渊明、郦道元、吴均……他们的山水诗赋成了凡人心性与山水连通的桥梁。有了这些桥梁，常人便也能领略到山水之美、之奇、之空灵。

自然之美在孤峰碧水，在鸟鸣猿啼，更在山水中蕴藏着人文之道。山水孕育了人文，人文点缀着山水。人文是山上仙、水中龙。懂山水文化，才能赏山水之美、享山水之乐。

游山玩水的最高境界，当如吴均《与朱元思书》中所述，"望峰息心，窥谷忘返"；或如谢灵运所言，"岂以名利之场，贤于清旷之域邪"。于此，游山玩水便不是游手好闲、玩物丧志，便能游山而修仁，玩水而益智。

跟随这些山水文人，或阅读，或写作；或静思，或行走；或赏花，或望月。不设宏伟目标，无关光荣使命，亦不妄作所谓终极思考，只想收回那颗放逐于尘世之中的本心，摆脱功名利禄与荣辱得失的纠缠，无物无欲，无牵无挂，无忧无虑。

读历史，与历史人物进行心灵对话，从时间上感觉到个人的卑微；行天下，与山山水水亲密接触，从空间上认识到个人的渺小。觉察于此，猛然醒悟，在短暂的人生之中，已经浪费了太多的时光，自己竟然还没找到生命真正意义所在。

幸好，未晚。且行走吧，在山水间；且感悟吧，在时空中。

吾谁与归

已是第三次上天平山了。

印象中那不过是座石头山，沿途遍布各种奇形怪状的巨石，铸龙门，擎天柱，飞来峰，如卧龙，似神龟。登山犹如穿行于石林之中，时而贴行于几乎垂直的石阶天路，时而从石缝中侧身而过，时而在乱石堆中跳跃前行。半年前重读《岳阳楼记》并对范仲淹生平有更深的了解后，顿时汗颜：原以为范仲淹不过是个写了篇千古传颂散文的文人骚客，我竟然二过天平山下的"范仲淹纪念馆"而不入，对"高义园"和"先忧后乐"牌坊视若无睹。文化缺憾让我自责不已。第三次登天平山便算是"告罪"来了，向北宋朝堂高风亮节、大公无私、杰出豪迈的文学家、政治家、哲学家、慈善家、教育家"告罪"。

进入山门，战战兢兢、慌慌张张前往范仲淹纪念馆。馆前高大威严的雕像压得我几乎喘不过气，我就像一个犯错的学生站在老师面前，尽管老师和蔼可亲、循循善诱，学生却仍然忐忑不安，低头搓手，无地自容。

范仲淹的一生，正气满腔，心里装的都是天下苍生。谏太后还政于仁宗，上书反对仁宗废郭后，痛陈宰相吕夷简弊政懒政，每一次都冒着巨大风险，然而为社稷安稳，为黎民百姓，范仲淹三谏三贬而无怨无悔；明明是文官，西部边陲烽火告急时，毅然决然两度请命，弃笔从戎，披挂上阵，运筹帷幄，还边境以安宁；身居庙堂且位极人臣，却不贪安逸、不恋高位，"明知山有虎，偏向虎山行"，以疾风扫落叶之势为大宋王朝推出"庆历新政"。

终究是太过刚直，斗不过强大的封建政治机器。在以"人治"为根本制度的封建社会，企图变革官僚阶层，建设一支高效廉洁的干部队伍，无异于与虎谋皮，"庆历新政"夭折了。既然不能一展抱负，那就退隐吧。

退闲后建立"范氏义庄"的至善义举把范仲淹推上了人生圣坛。范仲淹幼年丧父，离开生养之地苏州，由于母亲改嫁跟随继父姓朱，进士及第初入宦涯后，欲复范姓，但有族人为难，范仲淹誓言"止欲归本姓，他无所觊"，方得归宗复姓。即便如此，范仲淹仍捐其所有，购买良田千亩，设立义庄，为族人谋万世之福。天平山白云寺范仲淹祠堂有一巨石，上刻范仲淹所定"义庄规矩"，其中有几条如下："义庄"周济宗族，但也顾及乡亲和姻亲；重视对科举人才的培养和奖励，发放对象不论贫富。此外，为报答朱氏一族的养育之恩，范仲淹又购义田 400 余亩，交由朱氏管理，用以赡养朱氏兄弟及族人。可见其胸怀之宽广。

更为难能可贵的是，范氏后裔多有热心义庄事业者，历代朝廷感其高义也都特别下诏，免除范氏义庄所应承担的差役和部分赋税。一直到清朝末年，"义庄"仍有田产 5 300 亩。足见其智慧之高远。

范仲淹见过太多庇于祖宗余荫、死于安乐的不肖子孙，深知"富不过三代"的古训，没有直接留下金银钱财，而是设立"范氏义庄"，让福泽如细水长流、滋润绵延，让范氏千年不衰，人才辈出、将相频现。

北宋钱公辅为此创作散文《义田记》，高度赞扬范仲淹乐善好施的精神，"独高其义，因以遗于世云"。范仲淹开创的"义庄"生命力之强盛，"前无古人，后无来者"，实乃中华民族慈善事业的一大奇观。

"范氏义庄"是范仲淹为官、为文、为人的最终归宿，也是范仲淹"进退皆忧"的生动写照。近千年前的"范氏义庄"已成为今天的景范中学，这或许最能抚慰注重教育、倾毕生全力开办苏州学府的范仲淹之心。

本以为生命已达巅峰，孰料，这只是他人生巅峰之旅的起步，只是在为更加辉煌的人生作铺垫。

谪居邓州，凤凰涅槃，浴火重生，《岳阳楼记》犹如一声惊雷划破神州上空，文章因融入了范仲淹高山流水般的道义风范而具有不朽生命力，因注入了范仲淹先忧后乐的为官理念与实践而不仅仅是文人士子的无端感慨。范仲淹跨进了人生巅峰之巅峰，站上了整个宋代乃至此后近千年中华文化高原的最顶端。

"居庙堂之高则忧其民，处江湖之远则忧其君"的影响远远超越了文学范畴，激励着一代又一代为官从政的文人士子，成了宋代士大夫甚至于此后千年知识分子孜孜以求的最高精神境界。

"先天下之忧而忧，后天下之乐而乐"，视之、诵之、思之，无不慨然、怅然、凛然。然而，朝廷积贫积弱，尽是忧愁；西陲战火频频，何来快乐？忧国忧民的范仲淹以天下万民之乐为己乐，虽时时事事处忧，却忧中有乐。范仲淹之乐，不在山水之间，不在酒肆之中，在天下百姓，他追求的是一种大乐。他一直在寻觅着"不以物喜，不以己悲"的志同道合者，但要么"忧谗畏讥"，要么"把酒临风"，满眼茫然的范仲淹孤独地仰天长问——吾谁与归？

漫步范公生平事迹长廊，来到范仲淹祠堂，站在这位济世良相之前，聆听着跨越时空、响彻神州的千古名篇，不禁肃然起敬：

为官一任，百年之后老百姓愿为其建祠堂，且千年之后祠堂依然存在，这必定是个老百姓拥戴的清官、好官。纵观五千年中华文明史，这样的官凤毛麟角，范仲淹当仁不让。

为善一世，能留下一项毫无私心并且让子孙后代为之绵延继承八百年的惊天义举，纵观五千年中华文明史，除了范氏义庄，再无他例。

为学一生，能留下让后世千年传颂、竞相效仿，甚至作为精神对照的名言佳句，纵观五千年中华文明史，这样的文人屈指可数，范仲淹应属其中翘楚。

"立功、立德、立言"三者具其一，已可称之为圣人；三者兼得者，这样的圣人千百年难见一二，范仲淹当之无愧。

与范仲淹同朝为官的北宋诸多名相，韩琦、庞籍、文彦博、富弼等等，一个个早被历史尘封，即使偶有提及，也难出历史学家的学术讨论范围。唯独范公却仍如其名篇《岳阳楼记》，家喻户晓，名垂千古。这种不朽和永恒充分彰显了人格与文化结合体的无穷力量和无限生机。

走出纪念馆，仍感忐忑，直至重新经过范仲淹雕像，抬头看到范公和蔼的微笑，才如释重负，或许老师对我所补之课应该勉强满意吧。再登天平山顿觉身轻如燕，穿行于奇峰怪石之中也如履平地。前两次登山时所见一尊尊静立的巨石，仿佛已被注进了生命活力，一下子就把人的全部感觉收服，一切都变得那么可心。那卧龙石似乎就是镇守天平山的范仲淹化身，龟鱼石则代表着一种千年不亡的高义精神。如果在状似当年范公上朝时手持竹笏的飞来石镌刻上"先天下之忧而忧，后天下之乐而乐"，天平山便算是真正找到属于它的山魂了。

登顶山巅，豁然开朗：原来，并非因山顶平整开阔，此山才取名天平山，实乃欲遂范公"天下太平"之心愿。

嗟乎，微斯人，吾谁与归？斯人者，范公也。

读王安石

王安石是唐宋八大家之一,文章写得好毋庸置疑。中学课本里的《伤仲永》《游褒禅山记》给我留下了深刻印象,叙事写景之后画龙点睛、独辟蹊径的议论令人拍案叫绝。"遥知不是雪,为有暗香来""春风又绿江南岸,明月何时照我还",这些琅琅上口的诗句,即使跨越千年,今天读来仍觉赏心悦目,香从中来。印象中的王安石,犹如欧阳修、苏东坡,闪耀在北宋群星灿烂的文学天空。这种纯文人形象,在我心中整整占据了二十年。

真正开始全面了解王安石其人,是由两篇文章引起的:一为苏洵的《辨奸论》,一为林语堂的《苏东坡传》。同样身居唐宋八大家之一的苏洵,用文字把王安石塑造成了一副"奸人"之像:邋遢阴险,得势必乱天下。国学大师林语堂则干脆断然喊出:"王安石变法使社会混乱,朝纲败坏,把中国北方拱手让与了金人。"

起初以为是"文人相轻"原因，为此特意查阅了《宋史》，结果大吃一惊，《宋史》也充满对王安石的批判攻击之词。

我未免疑惑、纠结。有苏洵、林语堂、《宋史》为证，还真不敢轻易相信那个因掀起过波澜壮阔的改革大潮而令自己顶礼膜拜的王安石了。

1

一个阴雨绵绵的下午，我来到了位于临川赣东大道上的王安石纪念馆，为瞻仰，更为求证释疑。

王安石生于临川，长于临川，将纪念馆建造在家乡，符合中国文人传统的叶落归根的期盼。

纪念馆占地二十亩，是一座仿宋园林式建筑。馆内门楼、隐壁、水榭、碑廊、亭台、荷池、曲桥与主楼熙丰楼相得益彰，浑然一体。

来到熙丰楼，大厅立柱旁一副大气磅礴、视死如归的楹联跃入眼帘："今人未可非商鞅，商鞅能令政必行。"王安石效仿商鞅，变法图强的雄心活力四射，我不禁替王安石捏了把汗。

商鞅变法使秦国空前强大，最终一统六国，但因变法过程中实行轻罪重罚，成了残暴的化身，以致其被车裂之时，秦人甚或拍手称快。后世也有不少人认为，商鞅死于自己发明的极刑，是报应，是罪有应得。

效法商鞅，需要勇气，需要魄力，更需要智慧。

秦统一中国一千两百年后的北宋，偏安一隅，东北是辽，西北为西夏。偌大个大宋王朝，每年却要给两个异邦近邻呈贡纳绢。金钱财物换来的和平极不稳定，积贫积弱使宋王朝陷入了严重危机，有识之士无不在苦苦寻求强国之策。

当时北宋人才济济，如欧阳修、梅尧臣、苏舜钦、柳永、范仲淹、司马光、周敦颐等赫赫名人都已登上历史舞台，扮演着不同的角色，稍晚的还有苏氏兄弟、黄庭坚、沈括等。他们灿若繁星，在北宋的历史星空中放射出耀眼的光芒。然而，"庆历新政"夭折了，欧阳修的改良主义犹如隔靴搔痒，深谙时弊的司马光、苏轼寄予厚望的吏治改革也成了空中楼阁，岌岌可危的北宋王朝徘徊在历史的十字路口。

仁宗、英宗是守成皇帝，但神宗在所有宋代皇帝中可以说比较有志向、有魄力、有主见、有识人之明。励精图治的神宗在寻找强宋良策，在选择自己的宰相。

神宗发现，王安石和司马光学识渊博、品行端正、清廉自守，都是无可挑剔的真君子。两人也各有所长，司马光老成持重，适合守成；王安石有胆有识，敢于开创新局面。遗憾的是，在治国方略上，两人水火不容，难以并存。

渴望革新的神宗最终选择了王安石。

君臣之间一席话，王安石知道自己心中的"秦孝公"出现了。宋朝历史上最有活力的"熙宁、元丰十八年"轰轰烈烈拉开了序幕。

为抑制土地兼并，鼓励农耕，"青苗法"横空出世，缓和民间高利贷盘剥的同时增加了政府的财政收入，达到"民不加赋而国用足"，改善了北宋"积贫"的现象。

为进一步调动农民生产积极性，改变"贫者不敢求富"的社会怪象，"免役法"随之而来，用有偿的雇佣制代替无偿的劳役制，减少农民承担差役过程中的一些合法不合理现象。"免役法"在历史上产生了深远影响，为明代"一条鞭法"和清代"摊丁入亩""士绅一体当差"赋税改革打下重要基础，不但是中世纪宋王朝神宗时期发生的一件大事，在华夏历史上也是一件里程碑式事件。

为稳定物价和促进商品交流，为增加国库收入，再推"市易法"，平价收购市上滞销货物，市场短缺时再卖出，并允许商贾贷款或赊货，按规定收取息金，从而限制大商人对市场的控制。

…………

一项项举措，在神州大地掀起波澜壮阔的改革大潮，万象更新，万民欢腾。

照今天的政治经济学观点，王安石已经把改革推进到金融管理领域，并且试图以金融管理左右行政体制，现代金融的影子在千年前已若隐若现。

商鞅变法之后，时隔一千多年，中华文明再次出现永载史册的王安石变法。

2

商鞅变法，秦国大治，本人却被车裂。吴起相楚，国富民强，拓疆展土，自身偏被乱箭射死。桑弘羊提倡盐铁官营，本来是利国利民之举，可后世却一直遭到非议。

王安石变法同样逃不出历史魔咒，变法以来，曾多次被含沙射影地指责为商鞅、桑弘羊。商鞅虽留下骂名，但商鞅变法成就了一个强大的秦国；只要能使北宋强大，王安石愿做商鞅。改革得罪了掌握着国家机器的上层权贵，于是变法大潮暗礁丛生。

最大的暗礁是司马光。在王安石眼里，司马光的一切都是优点，除了反对变法；在王安石的内心深处，一切都可以退让，除了变法。这显然不可调和。

起初，两位同时代的杰出人物，都仅仅将这一切视为政见之别，保持着文人之间的彬彬有礼。司马光就变法给王安石连写三封信，阐述自己的观点，对此，王安石以一篇《答司马谏议书》给出最终回复。

司马光认为王安石变法，是"侵官、生事、征利、拒谏，以致天下怨谤"之举。

何谓侵官？越权、专权、贪权也！为实施变法，王安石必须是宰相，必须启用一批拥护新法的官员，在很多人眼中，这是借变法之名排斥打击异己，提拔重用亲信，巩固自己的权力地位。在王安石心中，变法高于一切，官位、权力的去留都围绕着变法来决定。当变法已成不可阻挡之势，王安石的权势已无人能撼之时，为缓和各派矛盾，让新法推进更顺利，他不顾神宗百般挽留，毅然辞去相位，归隐乡野。古今中外，挖空心思谋求官位的人俯拾皆是，而主动要求辞官，尤其是声势正旺时辞去当政宰相之官者实不多见。如此正人君子怎会侵官？

何谓生事？祖宗之法不足守也。有心变革的神宗皇帝想改变困局，王安石深知保守势力强大，仍"欲出力助上以抗之"，这怎能被认为是生事？"祖宗之法不足守"，《吕氏春秋》一篇《察今》早已把道理讲通讲透，为何在四面楚歌的北宋，倒成了大逆不道、无事生非？胸怀天下苍生的王安石，宁可冒着背黑锅的风险，也要将变法进行到底，这需要何等勇气！

何谓征利？司马光认为，天地所生财货万物数量固定，不在百姓手里，就在官府手里，所以，王安石欲不加赋税而能使国用足是自欺欺人，最终还是要侵夺百姓利益的。这种观点放到现在，可笑又可怜。王安石一句"为天下理财，不为征利"，理直气壮。为天下理财，不是专门为朝廷理财、为皇帝理财，而是要造福全天下的百姓，理财是取之于民，用之于民。青苗法所获得的钱财全部用在发展农业生产力和公共事业建设方面，从而堵上了"征利"的嘴巴。熙宁、元丰年间成了北宋政治最清明、国力最强盛、百姓最富足的时期，王安石这利征得好！

何谓拒谏？责其"人言不足恤"也。"至德者不和于俗，成大功者不谋于众"，变法乃国之大事，况且此时北宋"人习于苟且非一日，士大夫多以不恤国事、同俗自媚于众为善"，朝廷对变法有各种议论合情合理，但作为变法倡导者，如受其左右则将一事无成。当然，任何于变法有利的建议，王安石都愿虚心接受，比如苏辙对青苗法提出要防止出现"抑配"，王安石高度重视，用了整整一个月的时间进行改进完善。为变法扫清舆论障碍，"辟邪说，难壬人"，反被安以"拒谏"罪名，王安石真是有苦难言，有口难辩。

一心想着"为天下理财""为天下兴利除弊"的王安石，却被扣上"三不足"这顶大逆不道的帽子。但"三不足"正是王安石变法的精神支柱，他干脆在《答司马谏议书》中向世人宣示：若畏天命，畏大人，畏圣人之言，何须变法。在那个封建迷信的时代，在那个君权神授的时代，承认这一点，需要何等气魄！

一个坚决变法，一个坚决反对变法。从此，这两位同朝好友因政见不合而分道扬镳，最终尖锐对立。在他们身后几十年，双方阵营的人还一直以他们为大旗相互攻击。

更让王安石伤心难过的是，三朝元老、文坛泰斗、对自己有知遇之恩的欧阳修也不赞成变法。无论是文学还是政治，欧阳修威望都如日中天，但他认为，富人放贷是四分利，而官府青苗贷款是二分，这和孟子的"五十步笑百步"没有本质区别。在知青州任上，欧阳修拒绝执行青苗法，按律，是大罪，但王安石仍奏请神宗特赦欧阳修。

欧阳修怀着对王安石的不满回家闲居去了，司马光怀着对王安石的怨恨到地方上做官去了。还有很多品德高尚的朋友，如吕公著、赵抃、苏轼、程颐等，也因变法与王安石产生矛盾，关系冷淡，甚至决裂。

无论是"三不足"的骂名，还是商鞅、桑弘羊式的指责，他都可以忍，相位也可以让。在王安石心中，变法高于一切。

3

有神宗强大的支持，王安石与司马光之间的政治纠纷，暂时告一段落。遗憾的是，神宗英年早逝，变法最有力的擎天大柱倒塌了。继位的哲宗尚年幼，按祖制暂由太后执政，两宫太皇太后、皇太后和皇后，即神宗的奶奶、妈妈、妻子，三个女人都反对变法，于是司马光首登相位。

司马光凭《资治通鉴》与司马迁《史记》同为"史学两绝唱，史家两司马"。这样的时代王者，无论何时，一旦登上权力巅峰，必然一呼百应；况且，王安石变法期间，司马光始终是保守派最坚决、最有号召力的一面旗帜。

如今，最大的暗礁浮出了水面，其他暗礁也就跟着若隐若现，密密麻麻，变法已经寸步难行。王安石忧心如焚，但仍心存侥幸：司马光再保守，也不至于把已证明对国家和百姓有利的那部分法制废除吧！

或许是心中的怨气憋得太久太烈，司马光全盘否定了王安石，对变法派施与了无情打击。

听闻"青苗法""免役法""市易法"被逐一废除，王安石终于不堪重击，病倒榻上。朦朦眬眬中，仿佛看到司马光带领一大帮他认识和不认识的人，正蛮横地拆毁他刚刚修建的大厦。那是一项浩大的社会工程，大厦还没有最后竣工，还没有进行全面的装修，就被强行拆毁，他的心血全部付诸东流。

"有志与力，而又不随以怠，至于幽暗昏惑而无物以相之，亦不能至也。"王安石有变法之志，有实现变法之能力，并能身体力行，但最终因失去了神宗之助而功败垂成。年轻时游褒禅山的经历与感悟竟成了其一生苦苦探索实践的变法之谶言。

"尽吾志也，而不能至者，可以无悔矣。"王安石一生兢兢业业，勤勤恳恳，于国于民尽心尽力，他无悔无怨。

邓广铭先生在《北宋政治改革家王安石》一书中有个精彩的比喻，很合我心："我认为，绝对不应把司马光的推翻新法，认为是新法的失败。正如一位建筑师经过长期的研究思考，设计建造了大面积的庭院房舍，虽还未必可称之为美轮美奂，然而已可供广大人民安居乐业之用，却不幸有仇人冤家突然到来，只为发泄其怨怒之气，便不问缘由，一律将其拆除推倒，这怎能说是建造师设计与施工的失败呢？"

4

商鞅变法，虽然商鞅被车裂，但秦孝公后的历代秦王坚持商鞅法制，最终一统六国，史学家把秦统一六国与商鞅变法联系在一起；王安石变法，王安石倒是颐养天年，但神宗后的历代皇帝在执行法制上反反复复，又偏逢北宋亡国亡君，于是，一向严谨的林语堂也认为王安石变法导致了北宋的南渡。

好在更为严谨的史学大家梁启超亲编《王安石传》，为《宋史》中的王安石翻案。今天，我也要为苏洵《辨奸论》和林语堂《苏东坡传》中的王安石翻翻案。

先说说苏洵的《辨奸论》。据史料记载，苏洵和王安石仅在欧阳修安排的宴席中见过一次。清人蔡上翔曾为王安石辩护，认为《辨奸论》属伪作，但蔡的观点没能成为主流。姑且不论《辨奸论》作者的真伪，单凭一顿饭之交，便对如王安石这样的历史人物作出定论，难免草率和鲁莽。至于又拉苏轼助阵，说什么苏轼也赞成云云，更是无稽之谈。元丰七年，苏东坡路过金陵前往拜访王安石时，曾说王安石是百年难得的人才。王安石逝世那年，苏轼在《王安石赠太傅》一文更是评价荆公，"将以非常之大事，必生希异之世人"。邓广铭先生经过考证，认同蔡上翔的翻案，并揭示真相：南宋初年，守旧派邵雍之子邵伯温趁举朝上下反对变法且推崇苏轼之际，假借苏洵之口，以预言家的姿态，诋毁中伤王安石。当时新帝赵构反对变法，认为王安石是导致北宋灭亡的罪魁祸首，在这样的政治环境中，文章一出，即被保守派大肆宣扬，加之主流舆论推波助澜，随后的八百年间，王安石便被安上了莫须有罪状。

再说林语堂的《苏东坡传》。林语堂为苏轼作传，难免偏向传主，但以王安石为反面衬托，委实不妥。神宗崩殂之后，变法一波三折，先是"元祐更化"，后经"绍圣再变"，而徽宗和蔡京则借新法旗号，行盘剥百姓之实，天怒人怨，终遭"靖康之耻"。血雨腥风过后，高宗建立南宋小朝廷，为掩饰父亲徽宗和哥哥钦宗的历史责任，把一切后果都归罪于大奸佞蔡京为首的新党集团，因此北宋灭亡的根源便拐弯抹角追溯到了王安石身上。当"十字军"以《圣经》的名义杀戮异教徒，当希特勒借用尼采的"超人哲学"屠杀犹太人，世人又怎能将脏水污血泼到写《圣经》的先知或提出"超人哲学"的尼采头上呢？

5

回想荆公一生，梁启超评价其"真正是数千年文明史上少见的完人"，实非过誉。中华文明长河中，历史认同的改革家不多，比如商鞅、桑弘羊、吴起、王安石、张居正；而无论是变法的广度和深度，还是变法成效，王安石都数一数二。

"举世皆浊，唯我独清；众人皆醉，唯我独醒"的屈原，以沉投汨罗江的悲壮方式宣告自己的爱国理想。但同样意识到"士大夫多以不恤国事、同俗自媚于众为善"的王安石，在政治主张无法实现时便隐忍潜伏，一旦时机成熟，则厚积薄发，一展平生愿。

　　"先天下之忧而忧，后天下之乐而乐"的范仲淹，踌躇满志地为积贫积弱的北宋开启庆历新政，终因顶不住上下压力而昙花一现。二十年后的王安石却能审时度势、力排众议，让变法主张得以贯彻，使王朝迎来了国富民强的辉煌时代。

　　王安石变法，是九百多年前中华民族的一次伟大变革。它扭转天地，扶正乾坤，使天下的政治、经济、文化、军事、社会生活发生了翻天覆地的变化，北宋积贫积弱的状况在一定程度上得到改变，百姓享受着新法带来的雨露春风。

　　整个纪念馆，我读出的王安石是"爱国思想不输屈原、忧国行动远胜范仲淹"的伟大政治家，是"心系天下苍生、敢为天下先"的改革先驱，是"不恋高位、不贪富贵、不念虚名"的真君子。

　　整个纪念馆，充满了改革气息，洋溢着改革精神。这股气息飘荡在中华民族历史长河之中，这种精神激励着一代又一代华夏有志之士。时至今日，神州上空的最强音仍然是——改革。

武夷讲学

1

五夫里，守望理学八百年的山间古镇，是我在茫茫武夷山中捕捉到的第一个文化坐标。

古镇小到在很多地图上找不到，却又大到可容下整个儒家理学；即使旅行爱好者也常常与其擦肩而过，却让千山万水之外的文化大咖慕名而来。

踏进五夫里，恍如跨入偏安一隅、战乱频仍的南宋年间。那一年，朱熹与母亲一手扶枢，一手扶箱笼，无奈而又迷茫地向北武夷的崇山峻岭之间迁徙。

"到了，到了，五夫里终于到了。"

这不是游历。朱熹打量着陌生的地，陌生的山，陌生的水，疲惫之间夹杂着莫名的忧伤，眼里泛红。

这是投靠。忧国忧民的朱松在岳飞冤死风波亭那年含恨而终，临终之前，将十四岁的朱熹托付给自己的三位义兄：屏山刘子翚、白水刘勉之、籍溪胡宪。

朱松没有把儿子送回婺源老家，而是让朱熹去五夫里投奔三位先生。他是对的，这一决定为中华文化哲学史增添了一座最耀眼的丰碑。

安置朱熹一家的居所不偏不倚，在刘府村首，潭溪之上，屏山之对。塘边一栋五开间的土楼内，一家三口自成一统，柴灶锅盆、经史子集、笔墨纸砚，一应俱全。

刘子翚忠于孔孟，又不受其束缚，重在经史，传授给朱熹一个千锤百炼的扎实基座。

胡宪深得"武夷翁"胡安国真传，教学朱熹《论语》，让朱熹在书本以外看到万事万物演变，推究其成因，找出规律，所谓"格物致知"。

刘勉之出乎天地之情的人伦教育，以一种温馨及亲情引导朱熹走入书本。

少年的朱熹，战乱觅静，远离尘嚣，往返于屏山书院、籍溪胡坊和白水村，在武夷山水之间领略着这种寓教于乐的求学甘甜。

一晃过了四年，朱熹学业成才，于是也去挤那读书人的独木桥，进京赶考，最终中了第五甲九十名，赐同进士出身。

回到五夫里，等待他的不仅有衣锦还乡的荣耀，更让朱熹欣喜的是，老师刘勉之的爱女刘清四也即将成为自己的娘子，可谓"金榜题名时，洞房花烛夜"。

　　遗憾的是，父亲朱松没有看到这一刻，恩师刘子翚也在前一年离世。朱松曾在徽州紫阳山游历读书，并刻有"紫阳书堂"印章，于是朱熹将自己居所题名为紫阳楼，并以父亲之号"韦斋"名东偏室。"韦"是一种柔软皮革，所示抑性制怒、克己复礼，与刘子翚临终前把"不远复"作为平生绝学传授给朱熹不谋而合。《周易》复卦中的"不远复"成了朱熹一生座右铭，并亲笔题书悬于紫阳楼厅中央，时刻提醒自己：迷途不远，克己复礼。

　　楼前有一池塘，朱熹常在池旁诵读诗书，无意间瞥见塘中云彩，映衬着自己清瘦的身影，受此启迪，遂作《观书有感》：

　　　　半亩方塘一鉴开，天光云影共徘徊。问渠那得清如许，为有源头活水来。

　　也许朱熹曾在池中洗过笔，曾在塘边汲过水，这半亩方塘陪伴朱熹度过了整个少年时代。

　　紫阳楼犹如一本厚厚的儒家活教材，朱熹对父亲绵绵不绝的孝，刘子翚对朱松义薄云天的悌，在这里演绎得自然而又感人。

　　千年沧桑，朝廷换了一代又一代，紫阳楼却越来越辉煌。当年建此土楼的刘氏家族，怎么也无法想到，这里居然成了五夫里的镇宝之楼。

从紫阳楼出来，穿过兴贤街，即今天的朱子巷，可抵达兴贤书院。朱子巷原长三百多米，现仅存一百三十米，路口立有石碑，路面用鹅卵石铺成，巷道曲折，两侧是古屋高墙。步入其中，流连巷道，依稀遥见当年朱熹在门生簇拥下径奔书院讲学的匆忙行踪。

2

恩师刘子翚临终前曾语重心长地对朱熹说："你有大志向，但机宜变通不足，过于执着，不宜为官。以你的性格，如治学讲学，前途无量。"

但哪个读书人不怀青云之志，不想施展抱负报效国家呢？更何况朱熹已是进士及第。年轻的朱熹抵挡不住仕途诱惑，循规蹈矩地来到同安任主簿，走入南宋多灾多难、奸臣当道的黑暗官宦世界。果然，三年的任期并不顺利、舒心。朱熹再次想起恩师教诲，猛然惊醒，遂脱去官袍，潜心治学讲学。虽然此后又断断续续知南康军、提举两浙东路常平茶盐公事、主政潭州，但朱熹的根最终还是扎在了武夷山。

这一讲，引来了蔡元定、林用中、詹体仁这些本已是饱学大儒的闽中学士，他们亦师亦友，一边教学，一边切磋。

这一讲，把相对凌乱的孔孟之道讲成了自成系统、浑然一体的朱子理学。

这一讲，讲出了心得，也讲出了疑惑；讲来了赞誉，也讲来了责难。朱熹觉得有必要以学会友，切磋学问。

　　怀着对好友吕祖谦志同道合的知遇之情，两人在武夷山水之间共商共撰《近思录》，至今在六曲响声岩仍留有朱熹手书的摩崖石刻，记录着他们的理学友谊。

　　迎着"心学派"对自己的责难，朱熹来到与武夷山一脉相连、隔山而望的江西铅山鹅湖书院，与陆九渊兄弟俩展开了一场盛况空前、影响深远的学术大辩论。

　　带着"已发未发"的疑惑，朱熹一行跋山涉水，历时半载抵达远隔千里的湖南岳麓书院，拜会好友张栻，拜会湖湘学子。

　　见过了岳麓、鹅湖两书院，重修了白鹿书院，这在朱熹心中掀起不小涟漪：寻一理想地，建一大书院，教书育人，为国谋大才，成了其毕生追求。

　　对武夷山，朱熹有着深厚的感情。早在弱冠之时，曾随恩师刘子翚游学武夷山，在武夷山水帘洞留下了求学的足迹，朱熹吃透了那山水中味。

　　"武夷山上有仙灵，山下寒流曲曲清。欲识个中奇绝处，棹歌闲听两三声。"一篇《九曲棹歌》写尽了武夷山水的玄妙，这水这山随着朱熹流转在闽赣大地，随手可掬，引人入胜。

　　武夷山有庐山的奇秀，岳麓的灵动，在这里建书院，得天独厚。

　　终于如愿以偿，位于武夷山五曲东、隐屏峰南麓的武夷精舍正式落成。学友门人会于武夷，庆祝学馆的落成，朱熹喜作《武夷精舍杂吟》十二首，并自序，其中第一首《精舍》写道：

　　　　琴书四十年，几作山中客。一日茅栋成，居然我泉石。

　　建在名山之中的武夷精舍，是理想的隐居之所，客人变成了主人。让理学扎根武夷山，朱熹觉得义不容辞。

　　空山敞室中，众贤画像下，点檀香，着深衣，佩儒冠，执羽扇，朱熹立在正中长条桐木桌旁，张口开讲："为学之道，莫先于穷理，穷理之要必在于读书，学之至则可以成为圣……"

　　在学生眼里，先生是威严的，像云蒸霞蔚的大王峰；先生又是可亲的，像欢快活泼的九曲溪水。

　　汲天地之精华、聚山水之灵韵的武夷精舍成了茫茫武夷中另一个永恒而宏大的文化坐标。朱熹在此空山苦读、格物穷理的言传身教，更是让精舍俨如一本永远也读不完的理学之书。

　　从此，道教名山逐渐变成理学名山，精舍旁的"道南理窟"巨型摩崖石刻向世人昭示着武夷山已成为宋明理学的重要基座。

3

　　武夷精舍的八年，朱熹的精神生活丰富而充实。读书穷理，乐在其中；教书育人，泽被天下。书院既是传学的讲堂，又是著述的书馆，教学授徒的同时，朱熹更是不忘潜心笔耕。

笔墨挥洒间，《大学章句》问世，《中庸或问》完卷，《论语要义》刻印。理学集大成巨著《四书章句集注》，经过数年修改酝酿，瓜熟蒂落，水到渠成，终于在武夷精舍横空出世。

从此，《大学》《中庸》《论语》《孟子》的全称——"四书"正式被世人认可，朱子理学终于修成正果。

可恨的是，南宋孝宗钦定的国家"治道之学"，却被他的不肖子孙宋宁宗连根拔除。在朱熹生命的最后五年，理学被定为伪学，遭到官禁。

帝王抛弃了他，上苍却已封他为时代之王。朱子理学仅仅被禁十年，便再次以更加强健的生命力破壁而出，此后长期成为封建朝廷科举取士的教科书，独领风骚七百年：

元代诏定以朱熹《四书集注》试士子，复科举。

明代太祖、成祖均极尊朱熹，继续以其为官学，下令天下学宫，祭祀朱熹，几乎取得与孔子同等的地位。

清康熙令编《朱子全书》，并亲为作序，预言"朱子立亿万世一定之规"。朱熹的牌位从先贤之列移至"十哲之次"，配享先圣。

甚至科举消亡，《四书集注》仍是一盏照亮我们人生的不灭文化明灯，是一股洗涤我们心灵的不息山间清流。

满腔报国志的岳飞、刘子羽、辛弃疾、陆游等众多文臣将相未能驱逐金人，实现"北定中原"的理想，朱熹在武夷山水之间一笔一画写下的理学经论，却被元代、清代定为官学，从而不仅延续了中华文脉，延续了中华文明，更是延续了中华民族一统的江山。

以朱熹为首的那群疲惫的理学大师奔走呼号，企图挽救摇摇欲坠的大宋王朝；虽然他们最终在军事、政治上失败了，然而不经意之间却建立了一个以他们为基石、永世长存的理学王国。

所不朽者，垂万世名。孰谓公死，凛凛犹生！正可谓是"天不生孔子，三代以上如长夜；天不生朱子，三代以下如长夜"。

不敢说朱熹是理学之开创者，毕竟此前已经有周敦颐、二程、张载、杨时、李侗等一批批理学巨匠，但可以肯定的是，朱熹是理学之集大成者，是理学最成功的传播者。

也不敢说朱熹是此后800多年中华文化的精神领袖，毕竟理学在登上官学宝座之后，逐渐僵化，甚至成为统治阶层剥夺个体自由的工具，于此而言，负面影响也是巨大的。但"三纲五常"却切切实实成了社会各个阶层的普及性规范，《四书集注》也成了科举士子们案头必备之书。

这就是朱熹，争论中仍被奉祀于文庙之中的朱熹。

如沐春风般走出武夷精舍，却不忍离去，我捧书默坐朱子身旁，只愿能静心听古圣贤讲一堂理学之课，讲一讲"格物致知，诚意正心"，被教化，被感化……

一代天骄

1

早就知道，鄂尔多斯附近有座成吉思汗陵。那次出差到附近，返沪前有半天的空闲，正好借机一探。

陵园占地约五公顷，是蒙古第一代大汗铁木真的衣冠冢。由于蒙古族盛行"密葬"，因而，真正的成吉思汗究竟葬在何处至今仍是个谜。现今的成吉思汗陵经过多次迁移，最后才由青海的塔尔寺迁回故地伊金霍洛旗。从蒙古民族心理来说，成吉思汗陵是圣地，是蒙古民族崇拜的"总神祇"。这一认同感已经根植于每一个蒙古人的内心深处，成为民族文化不可或缺的组成部分。

穿过门楼，进入陵园广场，一触眼，满是震撼！

"一代天骄，成吉思汗，只识弯弓射大雕"，用一句通俗的话来理解，成吉思汗是军事巨人和政治强人，可惜没有文化。这也是我对那位驰骋欧亚大陆的蒙古大汗的全部认识，而且有很长一段时间都根深蒂固地占据着自己的脑海。

尽管如此，成吉思汗开创的改变世界历史进程的蒙古帝国仍让我心潮澎湃，其子孙建立的中国历史上疆土最辽阔的元代仍让我引以自豪；我无法抗拒那些游牧英雄的召唤，无法抗拒草原文明力量之美的诱惑。

如果你也曾因蒙古铁骑纵横欧亚而感到热血沸腾，那么陵园广场内骑在马背上极目远眺、高大威武的成吉思汗铜像定将让你无法抵御地驻足长叹——一个敢于借用马背作为历史图腾来进行总结的民族，定然是个强悍的民族。

蒙古人视马为自己的第二生命，成吉思汗陵能建在鄂尔多斯，也是由于马的缘故。1225 年，远征西夏路过鄂尔多斯草原时，马鞭不慎掉落，对蒙古骑士而言这是非常不吉利的征兆，正可谓是"腿可断，马鞭不可丢"，成吉思汗当然知道对蒙古大军会造成何种士气影响，于是灵机一动，说："这是美丽的鄂尔多斯草原在挽留我，我死后可葬此地。"虽贵为大汗，却也逃不过那不吉利的征兆，远征返程时，成吉思汗病逝于六盘山。

迈过九十九级台阶，进入陵园宫殿，一触眼，再次震撼！

身披盔甲、腰佩宝剑、相貌英武的成吉思汗端坐陵宫正殿中央，塑像背后的弧形背景是"四大汗国"疆域地图。

历史有些纷乱如麻。

蒙古灭宋，建立元朝，在汉人看来，是外族入侵，是奇耻大辱。蒙古统治神州大地一百多年，汉人民不聊生，原宋朝臣民更是被划在最末等，称为南人。

最终蒙古人建立的元朝被认可为中华民族历史上的正统王朝，成为中华民族历史不可分割的一部分。即使是与对历史不太了解的国人聊起世界上谁征服的土地最辽阔，他也能很骄傲地回答出：是中国元朝的成吉思汗。当然，这里的成吉思汗已成了一个代名词，拔都、蒙哥、忽必烈等曾对开辟疆域有所贡献的后代也都成了这一代指的外延。

我没有去查证，俄罗斯是否也同样把蒙古人建立的钦察汗国、伊利汗国、察合台汗国作为其正统历史不可分割的一部分？伊朗、乌兹别克斯坦等国是否也以蒙古铁骑能踏平欧亚大陆而引以自豪？我想答案是否定的。

且抛开民族成见，抛开所谓的"大汉族主义"，再仔细看看塑像背后那幅称霸世界的山河图：

那幅地图再次包含了吐蕃西藏、西域新疆、大理云南，这些大宋王朝没能有效管理的区域。

那幅地图第一次把自黑龙江至鄂霍次克海的广大区域纳入了管辖范围。

当然，还有成吉思汗的故乡——如今的蒙古，以及那一个个已经随风而去的钦察汗国、伊利汗国……

2

天空下起了滂沱大雨，一时也走不了，我漫不经心地欣赏着陵宫内墙上的幅幅壁画。

墙壁上展现的是成吉思汗曲折雄伟的生平历史画卷，有凄惨坎坷的童年遭遇，有一统蒙古各部落直到称汗的壮年风采，也有御驾西征病死六盘山的英雄迟暮，每一幅画都足够惊叹震撼，尽管充满烽烟战火和血腥杀戮。

直到站在殿内一幅没有任何硝烟味的壁画——铁木真、一位高大英俊的大胡子中年人以及一位仙风道骨的老年人，画中的他们盘腿而坐——之前。我怔住了，我肃然起敬。

他们在谈论治国之道。地点在阿姆河西岸，时间是公元1221年。

此时蒙古人占领的土地已经远远超出其所能有效管辖统治的范围，"马背上可以得天下，却不能治天下"的道理，唐太宗明白，成吉思汗同样明白。无奈的是，成吉思汗本身文化水平并不高，手下那些莽将也个个杀人如麻。为了他的天下能长治久安，成吉思汗已着手寻找军事手段之外的统治途径。于是七百多年前中亚战争的废墟间，有两个身影开始常伴在成吉思汗身边。

中年人叫耶律楚材，契丹皇族后裔，儒佛兼修，虽非汉人，却一生致力于秉承儒家文化与汉传佛教。老年人是丘处机，全真派掌门人，道学宗师，中华道教文化开山鼻祖之一，军事、政治、医学都很精通。

他们希望能用中华文化中儒、佛、道的基本精神，来感化成吉思汗，来控制已经蔓延了小半个地球的战火。于是有了无数次的讲学、探讨和激辩，尤其是丘处机与成吉思汗的那番谈经论道更是传为历史美谈。

成吉思汗问丘道长："怎么才能长生不老？"

道长回答："清心寡欲。"

成吉思汗又问："我占领了那么多地方，该怎么治理？"

道长回答："敬天爱民，不嗜好杀人。"

话语虽短，却充分传达了道家的人文思想精髓。

按常理，要让凭着草原生态滋润出的马背文化征服大半个亚洲的成吉思汗，转而去接受以农耕文明为基础的儒家文化，应该很难。但让人惊讶的是，丘处机的这些人文告诫，成吉思汗居然全都听进去了。望着统辖下的辽阔疆土，凛冽的北国寒风中，成吉思汗一次次抬起头来，对两位博学智者露出赞许的笑颜，他最终作出了抉择。后人颂赞丘处机"一言止杀"，使成吉思汗认识到一味屠城并不是开疆拓土的好办法。

这里，搭起桥梁的是一儒一道，奠定乾坤的是文化，而建立元朝文化基石的正是那位"只识弯弓射大雕"的成吉思汗。

西域大沙漠和朔北大草原里出现的这次文化选择，在中国历史进程中产生了重大影响：

成吉思汗在临终前下达"不掠杀，不屠城"的手谕，尽管处于战争之中的蒙古帝国一时还无法完全执行，但能作为一个重大政策布告天下，也使处于战火中的百姓略感安心。

窝阔台接任大汗后，任命耶律楚材为宰相，主管行政事务，推行汉化管理，使蒙古历史进入一个全新阶段，奠定了后来元朝的基本统治架构。

"攻城之后不屠城"最终成为国策。在成吉思汗颁布"不掠杀"手谕六年之后，在中书令耶律楚材的一再推动下，在窝阔台彻底灭金国占领汴梁（今开封）时，这一国策使汴梁一百多万平民百姓免遭涂炭，临安显然也因此得以留存，甚至反抗最激烈、抗争长达四十年、让蒙哥大汗命丧城下的钓鱼城也未被屠城。

虽然窝阔台皇后掌权那几年全盘否定汉化，耶律楚材也被她活活气死，但忽必烈登基后，全面推行汉化，主动将自己纳入运行了近两千年的儒家文化轨道上。

成吉思汗的文化选择让我终于从内心彻底接受元朝属于中华民族正统王朝这一历史结论。

试想，如果没有成吉思汗确定的儒家文化基调，元朝的建立势必更加血腥，恐怕也将如那四大汗国一样，随风而去，难入历史主流。

试想，如果没有成吉思汗确定的儒家文化基调，元朝又怎么可能以《窦娥冤》《望江亭》《汉宫秋》《富春山居图》来承接几千年来绵延不绝的中华文脉？而且承接得是那么豪放，那么开天辟地。

因那幅三人"论道治国"的壁画，因"只识弯弓射大雕"的成吉思汗的文化选择，因元朝时隐时现的儒家文化基调，我终于放下心头久存的偏见。

池州两诗人

1

来杏花村文化园之前，只知杜牧是晚唐诗人，常叹怀才不遇；很多人的眼中，杜牧甚至以风流倜傥、风花雪月的形象出现。

诗人的一生，正如其才华从来没有受到质疑一样，他的人品也从未得到认可。百度查询，满屏尽是"张好好诗""杜秋娘诗""十年之约""赌酒取姬"，一生以青楼为家，还因纨绔放荡险与进士失之交臂。当然，背上"青楼薄幸"的名声，似乎是他自找的，且看这首名满天下的《遣怀》：

落魄江湖载酒行，楚腰纤细掌中轻。

十年一觉扬州梦，赢得青楼薄幸名。

满纸逍遥快活的口吻，表面上落魄潦倒，内里却隐忍不住风流得意，能不让人羡慕嫉妒？

更何况还有那么多风花雪月的诱人诗句：送别情人——"春风十里扬州路，卷上珠帘总不如"；和情人同床共枕——"天阶夜色凉如水，卧看牵牛织女星"；与情人月夜谈情——"二十四桥明月夜，玉人何处教吹箫？"；描绘少女袜子的别样情话："细尺裁量减四分，纤纤玉笋裹轻云。"

这些情诗，好友李商隐都看不下去，专门写诗委婉批评他行为的过火与做作："刻意伤春复伤别，人间惟有杜司勋。"

不管他风流也罢，浪荡也好，我无论如何是要进园一睹为快。

2

进园右拐，便是六朝长廊，廊中近半壁画叙述着杜牧与黄公酒的情缘。自古以来，酒与诗似孪生兄弟，有不解之缘。唐代许多诗人的潜意识里，人生最大的快乐是能与诗酒作伴。李白不用说了，吟诗之前必喝酒，酒助诗兴，酒喝得越多，诗写得越绝。杜牧的千古名诗《清明》，同样也因酒而生。

公元844年，杜牧被贬池州。风流多才的大诗人难耐府中寂寞，听说池州杏花村出产有名的黄公酒，于是携官妓前往。不巧黄公外出，只有女儿看店，黄妹妹并不知道来客是刺史大人，因此没当回事，端出一般酒水来应付。

杜牧一闻酒味不无遗憾："尽听说黄公酒好，也不过如此嘛。"于是起身要走。

黄妹妹赶紧上前问道:"先生尊姓大名?"

杜牧没有直接回答,却说出一副对联:"半边林靠半边坡,一头牛挂一卷文。"

聪明的黄妹妹一听,不禁失声说:"啊,原来是刺史大人。"

一个是饱学大儒,一个是山村稚女,一副对联下来,彼此的心拉近了。

黄妹妹赶紧拿出上等黄公酒,杜牧端起酒杯,一股香气扑鼻而来,急不可耐地品尝一口,满脸堆笑频频点头:"哈哈,天下美酒喝过不少,唯独此酒妙不可言。"

酒过三巡,见刺史大人高兴,聪慧伶俐的黄妹妹说:"大人,好酒助诗兴,何不乘兴留下墨宝以作纪念?"

面对如此美酒美女,风流的杜牧自是无法拒绝,望着门外细雨,略微思考,信笔挥舞:

　　　　清明时节雨纷纷,路上行人欲断魂。
　　　　借问酒家何处有?牧童遥指杏花村。

脍炙人口的七律,吟出了江南清明时节那醉人的雨、花和酒,吟出了一个酒香满园的杏花村。

一首流传千古的诗作自此问世,一壶醉倒无数文人墨客的黄公酒因此名扬天下。

也引来了现代的一场"杏花酒"的正宗品牌之争。山西有一款酒，取名"杏花酒"；历史却无法考证杜牧时期的黄公酒被称为杏花酒，毕竟过去了一千一百多年。论情感，我认为自是《清明》古诗中所吟杏花村产出的酒称为"杏花酒"更合适。遗憾的是，一纸判书，却让杏花村和杏花酒两地相隔，杏花酒跑到山西去了。杏花村难觅杏花酒，杏花酒不属杏花村，这隔开的不仅是酒，更是文化。

穿越长廊，一幅幅壁画，展示着各朝各代曾在此舞文弄墨、丹笔留青的文化大咖。虽也不乏佳句，不乏名人，然而在这里遇到的是《清明》，是杜牧，于是只能默默靠边站，只能无奈作陪衬；《清明》就像黑夜里的一道强光，使其他诗赋都黯然失色。面对萧统、杜荀鹤、黄庭坚一众文化名人，我匆匆作揖别过，怀杜轩迫切地吸引着我。

3

终于来到怀杜轩，深吸一口气，整整衣冠，叩门而入。轻轻迈过门槛，却仿佛跨越千年，瞬间踏入了大唐东都，正壁而书的《阿房宫赋》把我带进当年科考现场。

一千一百多年前，吏部郎中崔郾奉命主持洛阳科考，文坛泰斗柳宗元的老朋友、翰林学士和太学博士吴武陵，听闻《阿房宫赋》文章，欲推荐杜牧高中。旁人不依，言称杜牧人品不佳，喜出入烟花场所。

"六王毕，四海一；蜀山兀，阿房出。覆压三百余里，隔离天日。"崔郾听闻全文后也随之激动起来，特别是文章末尾那犹如警钟长鸣的感叹，更是让他拍案称奇，笑称"真才实学面前，风流浪子又如何"，遂点杜牧以第五名进士及第。应该说，崔郾的决断是正确的，经过十多个世纪时光的检验，《阿房宫赋》至今仍高坐文学经典的殿堂，成为千万中学生必修的课文。文章深刻剖析了秦朝覆灭的原因，以史喻今，文笔优雅，使杜牧扎扎实实地在群星灿烂的盛唐文化中拥有了属于自己的坐标。

此时，杜牧年仅二十三岁。

人如其文，杜牧一生虽不时感慨怀才不遇，但在其主政之地，均留下了令人称赞的口碑。怀杜轩内两面墙壁上刻着杜牧出任池州刺史期间的政绩：一曰理政为民，除暴安良，平均徭役，自置"簿籍"；二曰体察民众疾苦，研制"刻漏计时"；三曰风流太守，流嗣池州，留《清明》诗一首，使"杏花村"流芳千古。

能遇上才华横溢的杜牧主政，是池州的幸运；不仅是诗，还有诗人的情怀，诗人的情怀总是牵系天下苍生，总是豪放壮美。

站在这里，诵读着《阿房宫赋》，才猛然醒悟：风流其实只是杜牧的表象，诗人的内心充满理想和抱负。

诗人经牛僧孺点醒后幡然悔悟，作《遣怀》，貌似自招风流，实际上是向风流往事告别的宣言书。一个"梦"字，表明诗人已从不堪回首的过往醒悟。要不然，也就不会有后来那些忧国忧民、针砭时弊、感怀历史的千古名诗了：

> 东风不与周郎便，铜雀春深锁二乔。（《赤壁》）
> 商女不知亡国恨，隔江犹唱后庭花。（《泊秦淮》）
> 南朝四百八十寺，多少楼台烟雨中。（《江南春》）
> 一骑红尘妃子笑，无人知是荔枝来。（《过华清宫》）

4

杜牧任池州刺史时所作《九日齐山登高》，让我萌生非去看看齐山不可的固执念头：

> 江涵秋影雁初飞，与客携壶上翠微。
> 尘世难逢开口笑，菊花须插满头归。
> 但将酩酊酬佳节，不用登临恨落晖。
> 古往今来只如此，牛山何必独沾衣。

杜大人在重阳佳节登齐山，秋高气爽，友人张祜从丹阳特意赶来作伴，加之是池州最高长官，就算没有前呼后拥，至少也有一二书童携酒，甚至还有头插菊花的官妓执扇而随，难怪能"酩酊大醉酬佳节"。

尽管酷暑炎炎，仍是抵挡不住翠微亭的诱惑，我独自一人直奔齐山。

齐山高不过百米，片刻间便登顶，登顶便是翠微亭。翠微亭立有一石碑，碑上刻着李白的《赠秋甫柳少府》"摇笔望白云，开帘当翠微"。晚唐首屈一指的诗人杜牧谦虚地以先辈李白诗句命名所建亭楼，于是，把酒吟诗的翠微亭又添了一种大山般的气度和心境。

途经"岳飞广场"，才知当年抗金名将曾长期屯兵齐山，并留下可与《满江红》媲美的《池州翠微亭》：

> 经年尘土满征衣，特特寻芳上翠微。
> 好山好景看不足，马蹄催趁月明归。

尽管对山水景色无限热爱，无限留恋，无奈军情紧急，披甲执锐、冲锋陷阵的岳飞只能依依不舍地趁着夜色赶回军营。

有了岳飞，杜牧修建的翠微亭总算不全是风花雪月。长期转战南北的岳飞在此得到了片刻休憩，获得了稍许喜悦，翠微亭也陡添了几分豪气。

从翠微亭下山，一路东行，漫步其间，如行画中，千丛怪石犹如天然盆景，岩、洞、石、壑、泉、峡密集丛生。沿途石壁峭岩之上点缀着形形色色的摩崖石刻。起初，石刻并未引起自己过多关注。直到遇见北宋包拯所题"齐山"二字，才猛然意识到，石刻当是齐山胜景之一。果不其然，自唐代李方言任池州刺史，便已发齐山摩崖石刻之先端，此后不断有骚人墨客、文臣武将来此寻踪觅迹，吟诗刻词。包拯被贬池州期间，曾携好友游览齐山，并对山名由来充满好奇。有的说齐山上十余座小山峦，高度几乎相等，十分整齐，故而得名；有的说是唐贞观年间，齐映任池州刺史时常游于此，后因他"有惠政于此"，后人仰其功德，以其姓而命山名。英雄惺惺相惜，包拯显然倾向于后一种说法，并欣然提笔，写下堂堂正正、高大刚健的"齐山"二字，刻于寄隐岩崖壁之上。

微风吹来，松涛阵阵，竹海摇曳，令人心旷神怡，暑气顿消；放眼望去，阡陌纵横，山环水绕，秋浦河、平天湖尽收眼底。杜牧的酒壶不在了，岳飞的战马也离开了，凉风习习中，我站在齐山山顶遥思古人。

5

杜牧、杏花村、《清明》，足以让池州在华夏众多郡县独占鳌头、鹤立鸡群；走着走着，居然有一座青莲馆横亘眼前，馆内展示着青莲居士李白的《秋浦歌》十七首。

小时候能对李白的《秋浦歌》倒背如流：

> 白发三千丈，缘愁似个长。
> 不知明镜里，何处得秋霜？

但那时不知秋浦为何意，也不知李白绵绵诗意是来自悠悠秋浦河，更不知，这仅仅是《秋浦十七首》的其中一首。李白一生多次游秋浦，这组五言诗大概创作于唐玄宗天宝十二载。全诗内容丰富，情感深厚，运用多种艺术手法，从不同角度歌咏秋浦的山川风物和民俗风情，同时在歌咏中又若隐若现地流露出忧国伤时和身世悲凉之叹。

一个能让站在盛唐诗歌顶峰的诗人一口气写下十七首诗的地方，景色之引人入胜毋庸置疑。对于风光秀丽的秋浦河，后人再也不敢落笔，也无须再落笔，一切尽在《秋浦十七首》。满壁的《秋浦歌》猛然间把池州诗文化浓度提升了一档。

来到安徽宣州、池州之时，李白已经游历近十年。十年里，虽然快意山水，却天天"正西望长安，下见江水流"，连连哀叹"何年是归日，雨泪下孤舟"。

十年前，李白曾以翰林身份陪侍唐玄宗，为皇帝写诗唱和，令同僚不胜艳羡。但一位心中幻想着能像管仲、晏婴、范蠡、张良那样辅弼朝廷的大诗人，只能整天喝酒写诗、求仙问道，难免有怀才不遇之感。这一切与诗人抱负大相径庭，天生浪漫、无拘无束的李白对御用文人生活日渐厌倦，求政不得转求山水，于是离开宫廷，开始游历山川。

官场不得意的李白，难免困惑。在宣州谢朓楼牢骚满腹，声明要从此与官场、上流社会划清界限，要浪迹天涯：

抽刀断水水更流，举杯消愁愁更愁。

人生在世不称意，明朝散发弄扁舟。

要去享受宣城城北敬亭山的悠闲与孤独：

众鸟高飞尽，孤云独去闲。

相看两不厌，唯有敬亭山。

要去体验泾县桃花潭水的热情和幽静：

李白乘舟将欲行，忽闻岸上踏歌声。

桃花潭水深千尺，不及汪伦送我情。

游历十多年的李白，突然发现自己已经"白发三千丈"，于是不断责问"何处得秋霜"。秋浦风景再好，终是"清溪非陇水，翻作断肠流"，诗人只盼有朝一日能"遥传一掬泪，为我达扬州"。

机会终于来了。永王李璘邀其相助时，李白一口答应。李白认为，黄河流域已被"安史之乱"叛军糟蹋，帮助永王守住长江流域乃当务之急、正义之举。在诗歌王国唯我独尊、逍遥自在的李白，踏入官场却左支右绌、险象环生，最终身陷囹圄。被赦之时，李白感慨万千，如释重负，写下一生中最欢快轻松的诗句：

　　朝发白帝彩云间，千里江陵一日还。

　　两岸猿声啼不住，轻舟已过万重山。

　　经历这一场人生磨难，诗人终于看透人性，从此不再恋官场，不再恋功业，只盼快快回到妻儿身边，回到自己的诗歌王国。

6

　　有了杜牧，有了李白，池州不再仅仅是池州人的池州，成了天下人的池州。他们浇注出了池州历史上最灿烂的诗文化，池州也因此而获"千载诗人地"誉称。

　　一个杜牧，一座怀杜轩，一首《清明》，撑起了整个杏花村。一个李白，一座青莲馆，一组《秋浦歌》，孕育着长长的秋浦河。

穹窿武魂

穹窿山位列太湖东岸群山之中，主峰簪帽峰三百四十一米，是苏州海拔最高的一座山。因其中间隆起，四边下垂，故名穹窿山。但其海拔不及泰山的五分之一，登山爱好者提不起多大兴趣，也难入旅行大家的法眼。我却对其情有独钟，引颈期盼。今天终于如愿以偿。

"穹窿"与乾隆音相近，穹又有大、广、深之意，据说乾隆下江南曾六临此山，留下很多广为人知的趣闻轶事。我便是沿着乾隆御道登山的。整齐划一的苍松和翠竹分立御道两旁。一侧苍松，恰似威武雄壮的北方汉子；一侧翠竹，宛如亭亭玉立的江南少女。

"山不在高，有仙则名"，穹窿山的仙是大军事家孙武。原以为乾隆皇帝是穹窿山的那个神仙；毕竟贵为天子，毕竟从进山门直至望湖园，几乎都在御道上行走。深入山间才领悟到，兵圣才是镇山之王，才是山中仙，乾隆不过是山中一名身份显贵，为旅行便捷豪掷千金修了几条路的游客而已。念于此，既兴奋又惭愧，于是登山与否反不重要了，静坐孙武苑，沏上一壶茶，回望两千五百年前的"军神"，成了此刻自己唯一的心愿。

就在这山中，就这茅舍里，正值盛年的孙武感悟着大自然给予人类的启示，探索着兵学无穷无尽的奥秘与智慧。他挑灯夜读，夜以继日；他冥思苦想，废寝忘食；他奋笔疾书，不舍昼夜。智慧的火花在他胸中燃成熊熊烈焰，精言妙语如同山中清泉一般从笔端源源涌出，字字珠玑，酣畅淋漓，一发而不可收，震古烁今的《孙子兵法》横空出世。历代军事名家膜拜的《孙子兵法》十三篇诞生于此，孙武苑当之无愧成了穹窿山的灵魂所在。

遁世隐居的孙武看着完稿的《孙子兵法》，掩卷沉思。他自信，谈兵论阵临敌应战，将无人能敌，将无往而不胜。熬不过蠢蠢欲动的心、建功立业的念，于是经由伍子胥举荐，背上兵书，孙武前往拜谒吴王。完美睿智、无懈可击的兵书征服了身处乱世、野心勃勃的吴王，只是过往有过太多只会纸上谈兵的军事理论家，吴王对孙武还心存疑虑。

不愧为兵圣，为释吴王之疑，孙武自请以吴王后宫诸女子为对象演示练兵，并任命吴王最宠爱的两名女子为队长。于是，金戈铁矛换作折扇长袖，震耳呐喊变成嘤咛娇嗔，威武雄壮让步柔美秀气。最后，以那两名女子的生命为代价，须臾之间，兵圣训练出一支令行禁止、纪律严明的娘子军。

恼怒的吴王也不得不承认孙武用兵之独到。一场充满军事哲学的"后宫演兵"，不仅让犹豫不决的吴王下定决心任命孙武为吴国大将军，也为后人留下了一本绝佳的军事教材。

在孙武的辅佐运筹之下，吴国大败楚国，占领郢城，终成春秋一霸。恰如《史记》所载："西破强楚，入郢，北威齐晋，显名诸侯，孙子与有力焉。"

遗憾的是，孙武五十多岁时，至交好友伍子胥被吴王夫差所杀，孙武发誓从此不再为吴国出一谋划一策，转而隐居乡间，直至死后葬于吴都外郊。而失去了孙武辅佐的吴国，在不到十年的时间里便被曾经臣服的越国所灭。

如今，《孙子兵法》已被译成英、日、德等多国文字，并刻于孙武苑石碑之上。因《孙子兵法》，中华民族在世界军事和哲学思想殿堂都拥有了一席之地。后人广为传诵的还有孙膑，"田忌赛马""围魏救赵""马陵之战"可谓是家喻户晓、童叟皆知。据《史记》记载，孙膑是孙武后代，继承并进一步发展了《孙子兵法》十三篇。

徘徊于孙武苑，不胜感慨。位高如乾隆皇帝，在这穹窿山中，却被一部《孙子兵法》遮住光芒，并不得不对两千多年前的军事鼻祖俯首称臣。客观地说，乾隆皇帝也多才多艺，文治武功，为穹窿山修了御道，功莫大焉。只是在这里碰上的是孙武，是向历史、向全人类贡献了一部千古不朽兵学巨著的孙武。当然，能陪衬于这样一位全人类的军事哲学巨人，哪怕贵如天子，也应感荣幸。世人所更能记住的往往不是权势，而是才华。历史总是这么公正地把真正的伟人镌刻在本该属于他的丰碑上。

从孙武苑出来，经过朱买臣读书台，再穿行一段公路，可直达簪帽峰。登临泰山之巅，有"一览众山小"的豪迈，历代帝王为此常常劳师动众登顶封禅；泰山之巅，放眼望去，除了山还是山，征服的是静止的大自然。站在簪帽峰，顿觉"一览众生小"；此处目之所触，是烟波浩渺的太湖，高楼林立的苏州城，川流不息的高速公路，还有隐约可见的村姑少女，这景象远比泰山之巅有灵气。我钟爱江南众山的原因或许就在于此，这里的山柔美圆润，独立成山且与城市比邻相连；每座山都有属于自己的故事，注入了欲触难触的灵气；让你有归隐之感，却又烟火正旺不觉远离尘世，"结庐在人境，而无车马喧"，在喧嚣之中收获一份宁静。

穹窿山给了孙武大自然特有的灵感，《孙子兵法》和孙武也如此山一样，经历了历史无情而公正的考验，大浪淘沙，风霜磨蚀，仍异彩纷呈；有了孙武坐镇，穹窿山将永远为世人铭记。

拜泰伯

1

《论语·泰伯》曰："泰伯，其可谓至德矣，三以天下让，民无得而称焉。"

孔子听说泰伯让王事迹后，为泰伯精神所感动，认为泰伯的品德已达到顶峰，难有人超越，对这一行为给予了无上评价。泰伯至德精神，把一片荆蛮之地最终变成了礼仪之邦，将一群蛮夷之人最终孕育成了谦谦君子。

"泰伯之奔荆蛮，自号勾吴。荆蛮义之，从而归之者千余家，立为吴泰伯。"因《史记》，吴氏起源无可争辩地一锤定音。

泰伯奔荆蛮，原因是让王，谦让本应由其继承的国王之位。天下可让，世间大大小小的事，还有什么可争可抢？这一让，让出了称雄中原五百多年的周王朝，让出了光耀华夏的"至德文化"，让出了璀璨的长江文明，让出了吴氏大家族。

2

老家重修族谱时，对吴氏起源产生了浓厚兴趣，查证研讨之际，族内老人建议我去参拜泰伯庙。遂与妻在秋高气爽的九月来到无锡梅里。

古镇虽然商业气息较浓，现代工业文明也争相辉映，但仍掩盖不住一条条沧桑街道和一座座古老牌坊散发出的一道道至德光芒。走进泰伯庙，庙貌庄严，殿宇深沉，松柏成荫，净洁清亮，泰伯的开拓和谦让精神扑面而来。越过香花桥，"至德名邦"石牌坊巍然竖立，光芒四射。跨入棂星门和戟门，至德殿内"头戴冕旒，手捧玉圭，身穿玄衣"的泰伯塑像栩栩如生，一幅幅波澜壮阔的历史画卷穿越时空浮现于眼前。

两千多年前，一次改变华夏文明结构、最终抵达无锡梅里的东进，在今天的彬州市、旬邑一带（周国都城豳州）拉开了序幕。此时的周族在古公亶父的带领下，已成了戎狄中心，商王朝却由于君主一代比一代残暴，正加速衰败。王朝的更迭已是众望所归，大势所趋。按祖制，周族王位应由长子泰伯继承，但三弟季历同样贤能，特别是三弟儿子昌（即后来的周文王）深得古公喜爱。善观大势、贤达孝顺的泰伯，为遂父亲传位于季历的心愿，于是带上二弟仲雍，主动离开豳州，朝着太阳升起的方向前进。

这一让，心甘情愿。至孝的泰伯，为遂父亲心愿，加之三弟贤能，把本属于自己的王位毫不留恋地让出，没有一句怨言。

这一让，义无反顾。一让不成二让，二让不成三让，三让不成直接以一种近乎自我放逐的方式迁徙，甚至为了不让三弟为难，还说服二弟一起退让，态度何其坚决。

这一让，深谋远虑。到远方去，到王不能达的地方去，既让三弟安心，也能在偏远荒芜的地方做王外王，一展心中宏图。

我想，离别的那天一定是个艳阳高照的初夏日，泰伯三跪九叩拜别双亲，执手细细叮嘱三弟，然后转身不回头，直到消失在视野外，才敢放声大哭任由眼泪倾盆。

我又想，不是的，离别的那天应该是在一个乍暖还寒，天空飘着霏霏春雨的初春三更时分，泰伯留书二份，三跪九叩遥拜，然后悄无声息转身离去。

这应该是一支人数不少的队伍，队伍中有牛车马骑，有各行各业的能工巧匠，他们一路东进，披荆斩棘，跋山涉水，最终来到了长江边。

不清楚两千多年前的泰伯是如何渡过长江的。但可以肯定，正是这次可歌可泣的集体渡江，从根本上改变了长江两岸的生态和文明，惠及百世。

渡过长江，继续向东行走，终于达到尽头，远远望去，是壮丽的海上日出，是无边无际的海洋。泰伯颇为踌躇：这里的江水奔流不息没有片刻宁静，这里的海水苦涩腥咸，这里没有山岭高地，找不到西北望的立足之地。

泰伯最终还是选择返身逆流而上，走不多远，来到一片茫茫绿叶碧水间，一个当时非常安静、寂寂无名之地——梅里，远处有不高的群山，佳节时候可以登高西北望聊解相思苦。这里有太湖，闲暇时可以携友泛舟，孤蓑垂钓；这里有奔腾的长江，一如心中汹涌的热血；这里有淳朴的乡民和肥沃的土地。就这里吧，或许是倦了流浪，或许是一眼相中，泰伯把千里东进的终点选在了这里。

泰伯来此，既为让王，也为传播文明。他要让黄河流域的先进文化和耕种技术在这片荆蛮之地生根发芽，成长壮大。于是：

修伯渎河改善水利，并在生产上改"一年一熟"为"一年两熟"，种了水稻又种麦子，粮食产量大为增加。

建荆村蛮巷，开办祠堂，把分散的土著居民适当集中，"荆蛮义之，从而归之者千余家"。

传承黄河流域文明礼制，"以石为纸，以碳为笔，以歌为教"，周族诗歌和当地蛮歌土谣，在泰伯的糅合改进下，形成了流传至今的吴歌。

这次朝着太阳升起方向大迁徙产生的影响，也如太阳一般，光耀千古，照亮了整个长江流域。吴地文明由此起源，吴文化由此孕育，吴国吴姓由此诞生。

黄河文明延伸至长江流域，进而助长了与之齐肩的长江文明，这是泰伯奔吴带来的最深远、最长久的万世功业。完全可以说，泰伯是长江文明的鼻祖。

三让王位、东进奔吴的泰伯，使梅里古镇成为名扬天下的"至德名邦"。世人称颂泰伯德高、功高、才高，在泰伯居住地修祠建庙，以追其高义。

3

五百年后，季札再度"三让王位"。季札是吴王寿梦幼子，在兄弟四人中德行最高，有经国治世之才。寿梦一心想传位于季札，兄长们也都拥戴他，奈何季札执意不肯。为了实现寿梦的心愿，长兄诸樊死后传位给了二弟余祭，余祭死后又将王位传给三弟余眜，余眜临终前要传位给季札，季札仍坚辞不受，无奈之下只得把王位传给了儿子僚。吴国成了春秋时期的仁义之国。

王位之争，向来血腥，吴国却兄友弟恭，泰伯遗风再现。太史公称赞："延陵季子之仁心，慕义无穷，见微而知清浊。呜呼，又何其闳览博物君子也！"

后世诸多政体以"吴"称国，也应是欲取谦让精神为治国之本吧：比如三国时期的东吴便是孙策让权与弟弟，最终由孙权建立国家；还有五代十国时期的吴国、吴越国等等。

遗憾的是，春秋末期，礼崩乐坏，吴国也是如此。兄弟之间为争夺王位，互相残杀，公子光派专诸刺杀吴王僚，自立为君，崇尚武力暴力，先辈谦让的仁义美德荡然无存。此后，虽然吴王夫差凭军事实力与中原诸侯在黄池会盟号称春秋一霸，但这不过是"灭亡前的疯狂"，数十年后就成亡国之君。

句吴，因恭谦礼让、开拓进取而立国；因内讧争夺、穷兵黩武而亡国。

4

自泰伯主持开凿以来，碧波荡漾的伯渎河三千多年奔流不息，一如既往发挥着灌溉和航运功能。如今一头连着京杭大运河，一头直通苏州城，两岸绿树成荫、亭楼林立，不仅是市民休闲娱乐好去处，更是泰伯谦让、开拓精神的最好写照。

饱经沧桑的泰伯庙，历经兴衰更迭，战火可以毁掉庙塔建筑，但泰伯"至德"精神却永存，且历久弥新。今天的泰伯庙，既是纪念泰伯的历史遗迹，也是吴地民众和吴氏子孙心中的一段历史记忆。

第十次人口普查结果显示，吴姓人口在中华姓氏中排名第十，占全国总人口的百分之二，约两千四百六十万，这是一个非常庞大的氏族群体。连接这两千多万人群的纽带，便是位于无锡梅里的泰伯庙，从泰伯庙飘向神州大地的至德文化也成了他们的文化精神源泉。

我猜，写毕《吴子兵法》的吴起来此追思过，第一次以农民身份揭竿起义的吴广来此追思过，身披铠甲的吴三桂来此追思过，还有吴芮、吴大澂……

我猜，吴道子身携《送子天王图》来此祭拜过，吴承恩手捧《西游记》来此祭拜过，吴昌硕怀抱"石鼓篆书"来此祭拜过，还有吴均、吴敬梓……

今天，我，21世纪的吴氏后裔，亦斗胆来拜泰伯。

南 京

南京，已不知去过多少次，城内大街小巷、历史名胜、古刹寺庙寻访了很多，但从未落笔于它；似乎太冷落秦淮河畔历代金粉，似乎太失敬于六朝古都。

余秋雨《五城记》追问过为何南京的明清名妓、农民起义、历代古会与众不同；朱自清一篇《桨声灯影里的秦淮河》把华灯映火、画舫凌波、笙歌彻夜的秦淮河写得出神入化，还有一篇《南京》对整个城市犹如逛古董铺子一样作了最细腻而全面的描画。看似已经足够，但我心有不甘。一座十几个朝廷定都过的城市，一座在任何一个动荡年代都会掀起巨浪狂涛的城市，一座亦粉亦霸亦佛、侠骨柔情、辉煌却又悲壮的城市，岂能这么容易说透？明故宫里，无论哪扇门随手一推，要么是亲王将相，要么是名臣才子，哪个名字都足以使人感慨好一阵子；夫子庙内，无论往哪里一站，要么是才华横溢的风流名士，要么是柔情万种的秦淮佳艳，在这里，王导和谢安也只能悄悄躲至一角，不敢与李香君争风头；紫金山上，信手拾起一块石头或许就有一个惊天动地、气壮山河的故事，随意摘下一根树枝便能引出一段柔情秘史；何况还有那满是悲壮仇恨的南京大屠杀、壮志凌云的雨花台。

　　来到南京，好似在听历史老人讲故事。老人时而感慨激昂，时而豪情冲天，时而又低声呜咽；甚至无须多语，只要带你在中华门城墙上一站，则无论指向哪个角落，都是攻城的敌军，或是魏晋南北朝时期的铁牛木马，或是蒙古的草原铁骑，或是太平天国的千军万马，或是日本倭寇的坦克大炮，朝着你飞奔而来，屈辱也是层层相叠。是啊，这座城市就是如此，霸气时是神州帝王都，落魄时却又常成人间地狱。

　　尽管如此，南京并不让你感到沉重。南京人天生有这样一种胸怀，这样一种大爱，哪怕是经历屠城式的毁灭，重建之后也不想再留下过多仇恨的痕迹，任它随秦淮河水流入长江，奔向大海。当然，胸怀再宽广的人也无法忘记和原谅日本侵略者那惨无人道的大屠杀，这个痕迹，历史老人永远也不会抹去！

　　来到南京，又好似在和相识已久的情人约会。不自觉地，你便会走进李香君故居，来到媚香楼听一曲《琵琶记》，"花容兼玉质，侠骨共冰心"的秦淮八艳之首落落大方地对着你莞尔一笑。只是刚一开口，还未对上两句诗词，便显出自己鄙陋，于是满脸羞愧，匆匆告退，逃入隔河相望的江南贡院，参加乡试，以图金榜题名，抱得美人归。"自古才子多风流"，江南贡院与晚晴楼隔河相对，仿佛是为了让那些赶考的少年能在残酷的竞争中有些许偷闲而故意设置的一道风景线。试想，经历一整天紧张的咬文嚼字奋笔疾书，倘若能偷偷摇橹对岸，将会是何等惬意轻松。不自觉地，你便会来到莫愁湖，再大的疲惫，再多的忧伤，在莫愁姑娘的抚慰下也烟消云散，唯留柔情阵阵。

李香君和莫愁姑娘，两人都因对爱情的忠贞不屈和爱国热情而被后人敬仰。一为青楼，却被林语堂高度评价"香君一个娘子，血染桃花扇子，气义照耀千古，羞煞须眉汉子"；一为民女，虽"人生富贵何所望，恨不早嫁东家王"，即使面对梁武帝的胁迫，也宁为玉碎不为瓦全。那已化作秦淮河水的李香君，那已融入湖光山色的莫愁姑娘，恰如向来将历史消解于自然的南京城，让寄情于历史与自然的文人骚客常常驻足于此。然而，秦淮河的似水柔情，纵然如雄主永乐大帝，也没有勇气与其长相缠绵，生怕成为多情的后唐李煜，生怕雄心壮志被融在这桨声灯影里，只能依依不舍移都北上。

来到南京，还好似在接受无上智者的心灵洗礼。"南朝四百八十寺，多少楼台烟雨中"，历经战火浩劫，四百八十寺恐怕早已不足数，但中国佛教的根应仍在南京，南京仍无愧于中华佛教发源地之一。祖堂山的宏觉寺太冷清、太年轻，牛首山的地宫佛顶寺又现代气息过浓，栖霞寺和鸡鸣寺旺盛的香火让你无法静心体会佛禅清幽。不过，好在有个大报恩寺遗址公园——不，应该说，有个大报恩寺已足够，足够奠定南京的佛教地位。整个大报恩寺犹如一位无上智者，不但见证了佛教在中华大地上的兴衰交替，更是见证了南京城的兴衰交替。每一次毁城不可避免地导致毁寺，而每一次的毁后重建又会毫不犹豫地首先建寺，正如史家所说：建始初创，长干不继，天禧更名，永乐大报恩。尽管智者还会不时数落太平天国的无知和蒙古铁骑的残暴，但更多时候是一笑了之，深信越被摧毁越是反证价值所在，并用他那千年智者的声音告诉世人：佛法便是大爱大善，便是报恩，便是抛弃仇恨。

大报恩寺原址已经勘探确认，但并不急于恢复原貌，或许永远都不会；这样的废墟状态最能弘扬佛法、昭示人性。随便一块砖、一个石柱，甚至一抔黄土，便足以让普天之下众寺庙相形逊色、顶礼膜拜；单是那些佛像，那些大殿遗址，那些顶骨舍利，就能让中华佛教找到根之所在，让众僧体悟到佛法的精妙神圣。南朝本有四百八十寺，留下一寺遗址又何妨？更何况是代表江南佛教起源的遗址。

这霸气，这粉气，这佛气，足以让南京傲视群城。

岳麓书院

来长沙可以不去橘子洲，可以不去火宫殿，岳麓山却不能错过，"一座岳麓山，半部长沙史"。岳麓山融儒、佛、道为一体，岳麓书院便藏于山间。

在长沙作短暂停留，只为去书院领略其千年文化气息；匆临书院，只为能在此瞻仰叩拜南宋理学二贤。

历史上，岳麓书院曾七毁七建。毁灭，有时是因自然灾害，有时是政治需要，有时也是战火纷扰；重建的原因却只有一个：它是长沙之根，是湖湘文化之基。毁的是建筑，毁不掉的是风骨。岳麓书院的风骨成形于朱熹和张栻。

进入山门，无暇他顾，急匆匆前往寻找朱熹和张栻。我知道，这里一定会有二贤纪念祠，虽然一时无法想象将以何种形式呈现。

"六祠同堂"，这让我颇感欣慰。濂溪祠、崇道祠、慎斋祠、船山祠、六君祠、四箴祠，上三下三，相向而立。

罗典、朱洞、刘珙、王夫之等人对书院有再生再育之恩，立祠于此，理所当然；周敦颐，二程，朱熹、张栻正好为三代一脉相承的理学大师，在此立祠，且占半壁江山，足见理学在岳麓书院地位之举足轻重。

这里俨然成了理学大师会聚宝地，成了宋代文化的缩影，整个庭院散发着充满哲学思辨的理学气息。我待在这里不走了。

崇道祠内，相对而坐的朱熹和张栻，彼此微笑着，是老朋友分别多年再度重逢时激动的笑，是两位顶尖哲学高手激辩后醍醐灌顶时会心的笑，是乱世之中尚能有如此深层次心灵碰撞时满足的笑。这笑声回荡在岳麓山峰林石山泉之中，回荡在湖湘大地苍茫天穹之中，回荡在中华文化浩浩书卷之中。

试想当年，三十八岁的朱熹意气风发，风尘仆仆，带着学生蔡元定、林用中从遥远的武夷山来到了湘江边的岳麓书院。长达数千公里，即使在交通发达的今天，也仍是一段颇为辛苦的旅程。师生三人一路奔波，舟车劳顿，风餐露宿，辗转半个多月，终于抵达岳麓山。山主张栻更是翘首以盼，以最隆重也最符合朱熹心意的方式郊行十公里，带领众多湖湘学子前来迎接。

踏入岳麓书院，朱熹笑着说："甚好，此地甚好，以后我要办大书院，也得要有这等气派，也得要找这般景地。"

张栻说："这好办，元晦兄不妨留下来，这主讲由你了。"

一旁林用中说："张主教美言了，朱先生哪敢劳您让贤，真要打手操办学业，大兴土木，武夷山风水、木头由得挑。"

朱熹豪兴大发："敬夫兄，来个君子约定，今天我来，明天你往，以后搬你这尊贤去武夷山呢。"

张栻作揖："岂敢！岂敢！"

氛围融洽，心态放松，朱熹幅巾束首，深衣布鞋，手摇羽扇，端坐大堂榻上，面对人挤人的学子，开始侃侃而谈。

那一天，是两位当时站在宋代思维巅峰之上的伟大哲学家的会面，是理学精神创造者和传播者的会面，他们要共同把自己伟大的学说变成中华文化苦旅中长长的脚印。

那一天，在这岳麓书院，两人共同会讲，讲此前曾影响中华文化数千年的儒、释、道，讲此后将统治中华文化数千年的理学精义。

在书院讲学十二天的朱熹成了书院灵魂，朱张会讲之理学成了此后官方文化的主流思想，这是当年的朱熹和张栻无论如何也想不到的。

岳麓会讲二十七年后，朱熹任湖南安抚使。惦记着年轻时心中那块圣地的朱熹抵达潭州后，首访之地便是岳麓书院。过去是客座讲演，现在是潭州主帅，今非昔比，重整书院，颁行《朱子书院教条》，亲临讲课。在朱熹的关怀下，岳麓书院再次进入繁盛时期，再次成为湖湘学说的核心之地；只是张栻却已随湘江之水东流而逝，朱熹慨然长叹……

三百年后，另外一位儒学大师王阳明被贬贵州龙场，途经湖南长沙。毁于元末战火的书院，十多年前才在地方官员吴世忠的主持下恢复主体建筑，但当年朱张会讲的"一时舆马之众，饮池水立涸"盛况却已踪影难觅。王阳明在赫曦台静思、仰望、叩问。

王阳明想起自己年少时为了体悟朱子理学"格物致知"真谛，曾"格竹七日以致病倒"，此后逐渐对理学存疑；又想起在"鹅湖之争"让朱熹懊恼不已的心学鼻祖陆九渊，象山大人既不得配享圣庙之典，子孙也沾不上褒崇之泽。尽管如此，对朱子的尊敬仍油然而生，对岳麓书院的没落难免扼腕叹息。想想前辈们，看看潦倒不堪的自己，赫曦台引发了王阳明豪情与忧郁共生的诗意：

　　　　隔江岳麓悬情久，雷雨潇湘日夜来。
　　　　安得轻风扫微霭，振衣直上赫曦台。

虽然前途未卜，但仍关心着书院命运的王阳明暗暗发誓：日后有机会，定来光大岳麓书院儒学风貌。

龙场三年，悟道的王阳明最终弃朱从陆，提出了属于他的"心即理"哲学思想。但王阳明也很清楚，陆九渊对朱熹那句"尧舜之前，何书可读？"确属辩论之术，无关学术本质。他觉得朱陆之别只是像子路、子贡一样，同门殊科而已，陆未尝不让学生读书穷理，朱也讲"居敬穷理"，讲"尊德性"。程朱理学和陆王心学同宗同源，殊途同归，是儒学的不同分支，都是通往圣人天道之路。

悟道之后的王阳明一直鼓励自己的学生在岳麓书院开课讲学。嘉靖十八年，长沙知府季本不顾刚刚颁布的禁毁书院令，大力修复岳麓书院，并亲自登坛开讲阳明学，尔后不断有王门高足前来主讲，遂使岳麓书院成了以阳明心学为主导的学术中心，让程朱理学和陆王心学在此同结儒学硕果。

王阳明在岳麓书院虽未讲学，却胜似讲学，开启了明代书院与学术再度一体辉煌的大门。清赵宁《新修岳麓书院志》记载："是时，朱张遗迹久湮，赖公过化，有志之士复多兴起焉。"

经历了朱熹、王阳明过化的岳麓书院，儒学种子在此生根发芽，茁壮成长，名人辈出，明末思想家、抗清义士王夫之，清代启蒙思想家、近代中国"睁眼看世界"的先驱者魏源，叱咤风云的历史人物曾国藩、左宗棠，戊戌六君子之首谭嗣同……

面对崇道祠内朱、张二贤，我长揖作别；登上赫曦台，默念着阳明诗句，我深深鞠躬。回望山门，"惟楚有材，于斯为盛"跃入眼帘，但愿岳麓书院万古长青，永远人才辈出、书香四溢。

龙门石窟

对历史文化名城有着魔般的兴趣，总是有意无意找机会亲近它们，诸如西安、南京、北京等等，去了走，走了又去；突然发现十三朝古都洛阳居然从未踏入，于是便"叶公好龙"般脸红耳赤了。

仔细想想，洛阳还真了不得。夏朝起已是都城，夏、商、西周、东周、东汉、曹魏、西晋、北魏、隋、唐、后梁、后唐、后晋共十三朝以洛为都，洛阳成为中国建都时间最长的城市。道学肇始于此，老子写下的五千言《道德经》，至今仍对世界起着重大影响；儒学宏大于此，孔子入周问礼于老子，成为儒家学说的代表人物；佛学首传于此，东汉明帝修建的中国历史上第一座官办寺院——白马寺，至今仍被视为中国佛教的祖庭；理学创始于此，宋代程颢、程颐在洛阳开创的理学，成为此后长达八百年的官方统治思想。这里宛如中国传统文化的精神家园。当然，最让我魂牵梦萦的还是伊河两侧的龙门石窟。

几年前，曾去过敦煌莫高窟和大同云冈石窟。敦煌壁画上翩翩起舞的飞天让我仿佛穿越到盛唐，朔北峭壁上雄武威严的佛龛让我犹如来到北魏。这次终于来到龙门石窟。

龙门石窟开凿于北魏孝文帝迁都洛阳年间（公元493年），之后历经东魏、西魏、北齐、隋、唐、五代等朝代连续大规模营造达五百余年之久。南北长达一公里，今存窟龛两千三百多个，造像十万余尊，碑刻两千八百余品，其中"龙门二十品"成为魏碑书法精华，褚遂良所书的"伊阙佛龛之碑"则是初唐楷书艺术的典范。

北魏，一个历史文学爱好者容易忽略遗忘的朝代，一个大汉族主义者不屑提及的朝代，一个被认为是北方蛮族入侵中原的朝代，却多次谱写灿烂篇章。因龙门石窟，北魏再次在中华文化史中留下浓重得无法抹去的一笔，而上一次流传千古的那一笔还墨迹未干——云冈石窟仍在断断续续开凿。

这一切诱惑着我低头去故纸堆中寻找那位北魏最了不起的统治者，孝文帝——鲜卑人拓跋宏。

记忆中的拓跋氏是北方游牧民族首领，曾几次被前秦苻坚灭国，前秦淝水战败后，拓跋氏趁机重新崛起，经过几代人的努力，最后居然一统北方。

这次统一完全改写和扭转了"五胡乱华"的历史进程，而起关键作用的是文化这把无形利剑；能握紧这把利剑的必须是一位文韬武略、博学多才、对汉文化推崇备至的盖世雄主。

孝文帝一生勤学，手不释卷，性极聪慧，精通五经，博涉史传，善谈《庄子》《老子》，尤其通晓佛教义理。舆车之中，戎马之上，都不忘讲经论道。这样一位北方游牧民族皇帝自然而然承担起了"用夏变夷"的历史重担，在"胡汉互化"的历史过程中作出了正确定位：让更加文明的汉文化来教化落后的鲜卑文化，为相对懦弱的汉文化注入一股北方游牧民族所特有的雄壮阳刚气概！

要实现这一切，阻力重重。孝文帝首先想到的是迁都，从平城（今大同）迁至洛阳，这不但有利于北魏对整个中原的统治，更关键的是有利于鲜卑文化的汉化。为保证迁都顺利进行，孝文帝宣称要大举南伐，计划在南伐中暗度陈仓，造成迁都的既成事实。于是亲率大军二十万，平时只顾练兵，专挑阴雨天气攻城略地，让北方士兵苦不堪言。孝文帝见时机成熟，便提议：要么消灭南齐，要么建都洛阳暂且休兵。最后二十万大军终于选择了定都洛阳。

迁都洛阳后，孝文帝便着手大规模进行汉化，穿汉服，说汉语，用汉姓，与汉人通婚，重用汉人，这些措施使鲜卑的经济、政治、文化、军事等方面得到了极大发展，缓解了民族隔阂。

最重要的，还是开凿龙门石窟。这，最容易让举国崇佛的鲜卑人找到家的感觉，最容易稳定南迁鲜卑人的心。对于已经有开凿云冈石窟经验的北魏王宫贵族、能工巧匠而言，一切驾轻就熟，北魏最信佛礼佛，以雕刻佛像为旗帜，人力、物力、财力便可源源不断而来。

黑压压的人群聚集到了伊河两岸的龙门山上，叮叮当当的石敲刀刻声此起彼伏。佛教高僧、书画名家、能工巧匠云集于此，经过三十多年近百万人工的集体智慧和努力，古阳洞、宾阳中洞、莲花洞陆续呈现于世人面前。体量巨大、与山相依的龙门石窟充分彰显出佛教的顶天立地、俯视山河。

近百万的雕刻大军中有不少是中原汉人，"胡汉互化"在此演绎和体现。这一时期的北魏造像淡化了云冈石窟粗犷、威严、雄健的特征，生活气息逐渐浓厚，更贴近现实，趋向活泼、清秀、温和。

这百万大军，谁也没有意料到，他们为祈福求平安开凿的佛龛、雕刻的佛像，千年之后成了展现北魏最重要的文化标识。

仅仅想在古阳洞记录建龛时间和心愿的达官贵人，更是怎么也想不到，那个年代普普通通的二十块石碑，千年之后，居然被冠以"龙门二十品"的至尊称号。魏碑体因此成了群星璀璨的中华书法文化上空最耀眼的几颗恒星之一，自己和家人的名字也因后人对魏碑体的痴迷而被一次次临摹。

整个龙门石窟百分之六十开凿于唐代，最具魅力、最气魄惊人、最具代表性的佛像也是唐代雕刻的卢舍那佛，但在我心中，龙门石窟的灵魂仍在北魏，在古阳洞，在龙门二十品的魏碑。

可以毫不夸张地说，没有北魏的始凿，便不会有龙门石窟，甚至于不会有此后兴盛华夏的佛教，不会有此后的盛唐。

孝文帝拓跋宏富有远见的设计，以最温柔、最有效的方式，让草原游牧文明和农耕文明不仅从地理位置上融合在一起，还从血缘和生命本体上连接起来。唐高祖李渊和唐太宗李世民的生母，都是鲜卑人，李世民的皇后，也是鲜卑人。结果，整个唐朝皇室，已分不清到底是汉族血统还是鲜卑血统。

站在龙门大桥，放眼所触，是规模宏大、气势磅礴、叹为观止的无数佛龛与佛像；心中所想，却是那个甘冒政治风险、敢为天下先的北魏孝文皇帝。

北魏作为一个王朝，虽然被灭，但它所开创的"胡汉互化"先河却无法磨灭，一直传承；北齐如此，北周如此，直到隋唐依然如此。

于是，卑微的鲜卑因此变得伟大，充满英雄气概的大唐也由此走出。诸子百家在长江黄河边未曾领略过的"天苍苍，野茫茫"，成了新的文化背景，中华文化犹如骑上了草原骏马，鞭鸣蹄飞，焕发出前所未有的生命力。

九华问禅

1

走遍华夏名山大川，你会发现一个惊人的共同点：有山必有庙，有山必有佛；游客登山，一半为赏景，一半为拜佛，逢庙入拜成了很多人寻求心灵安宁的习惯。

佛教四大名山中的五台山、峨眉山、普陀山都已拜访过，每次登山随波逐流，随缘而拜，也不知为何而拜，所拜为何，只记得总是双掌合十，双目紧闭，心中默念：菩萨保佑云云！

九华山自山麓至天台峰，名刹古寺林立，文物古迹众多，尚存化城寺、肉身宝殿、慧居寺、百岁宫等古刹，藏有明万历皇帝颁赐的圣旨、藏经及玉印、法器等文物。因寺庙群集，高僧汇聚，更因历代文人骚客的笔墨推崇，九华山成了佛教四大名山之首。

来九华山之前，心中一直疑惑：佛教为何能在"罢黜百家，独尊儒术"的中华文化稳占一席之地，甚至于在很多乡野农村还凌驾于儒家之上？

毕竟"孝、悌、忠、信、礼、义、廉、耻"只是少数文人谈经论道的专属权，"苦海无边，回头是岸""积德行善、慈悲为怀"却成了平民百姓口口相传的道德准绳。

毕竟儒学虽然曾经是统治阶级公认的主流意识形态，却仍只有限地存放在少数宦官文人的书房案头，而佛教理念却连大字不识的村野匹夫也能默诵几段。

毕竟孔子还只是在屈指可数的文庙被世人所供奉，而供奉佛陀的寺庙则遍地开花，数不胜数。

这确实是个让人百思不得其解的悖论：土生土长且一度统治中国两千多年的儒家文化，渗透力居然抵不过从印度东传而入并在历史上数度经历灭顶之灾的佛教。

更让人疑惑的是，最先扎根于九华山的道教，如今也仅剩稀稀落落的几座清冷道观，嫉妒而又无奈地仰视着三步一殿五步一寺的佛庙。

主宰九华山的是佛教，九华山是佛教四大名山之首，山上一定藏着答案，且在登山时慢慢悟解。

2

上山的车道修得很好，随着景区公交车层层盘旋而上，没多久就到了九华天街。下车后，我匆匆赶往九华山开山之寺——化城寺。

唐开元末年，新罗国王子金乔觉初来九华，居于东崖洞穴，常在洞旁岩石上静坐清修。山下居士诸葛节游山，行至东崖，见金乔觉之苦行，深为感动，筹资修建寺庙，请金乔觉离洞入驻。金乔觉圆寂后，肉身不坏，后人建肉身塔供奉，九华山化城寺被辟为地藏菩萨灵迹。

化城寺旁有一太白书院，为当年唐代诗人李白求仙问道、把酒吟诗之处。受好友韦仲堪盛情邀请，李白曾一度卜居九华山龙女泉畔（今太白书院），读书饮酒作诗其中。天宝十三载冬，李白与秋浦友人高霁和青阳友人韦权舆邀请，聚会于九华山西麓的夏侯回堂，共同谱写《改九子山为九华山联句》，"妙有分二气，灵山开九华"。高品位的诗化奠基自此正名九华山。

龙女泉正好在东崖峰西侧，金乔觉初至九华山时栖身之所，相传龙女泉是龙女奉献给金乔觉的甘泉。金乔觉和李白属同时代人，一僧一道，比邻而居，只是都没想到，彼此会成为九华山的镇山之魂。当金乔觉结庐苦修，渴饮涧水、饥食白土时，或许偶尔也能闻到隔壁李白醉卧龙女泉吟诗作画时的阵阵酒香。李白的诗意显然也撩拨着金乔觉，在诗仙面前虽显班门弄斧，但作为一个新罗王子，一首《送童子下山》足见其对九华山之挚爱：

空门寂寞汝思家，礼别云房下九华。
爱向竹栏骑竹马，懒于金地聚金沙。

添瓶涧底休招月，烹茗瓯中罢弄花。

好去不须频下泪，老僧相伴有烟霞。

美酒相伴、求仙问道的李白未能让自己信奉的道教在九华山发扬光大，苦行修炼、大彻大悟的金乔觉终使普度众生的佛教在九华山扎根发芽，这似乎离自己寻求的答案越来越近了。

因一诗一禅，九华山文采斐然，足以跨入华夏名山行列，上天却宠爱有加，还在这里留下了王阳明的足迹。王阳明曾三上九华，最大的收获是得遇周经和尚，《赠周经偈》仍刻在东崖禅寺岩壁之上，表露出他对佛禅的巨大亲和力。化城寺往西，"高山仰止"石牌坊前有王阳明石刻像，便服方巾，端坐太师椅上。来过化城寺的文人墨客众多，独为王阳明立碑修祠，可见王阳明与九华佛禅渊源之深。

事实也是如此，阳明心学本就主张"先出世后入世"。出世便为修己心性，为寻找佛陀所说的"本来面目"，为寻找"良知"。单言形式，王阳明心性论与禅宗殊无二致，都讲究人的空无本性，龙场悟道也如禅宗顿悟。从这个意义上来说，心学便是禅宗也未尝不可，以佛禅盛名的九华山把王阳明搬来助阵也就不足为奇了。阳明心学又不止于禅，其出世是为入世，入世便是儒学了，"这边得了，且回那边践履去"，寻"良知"是为"致良知"，如此才是"知行合一"。

巍峨九华引来李白，引来王阳明，一个为中华文化史上最伟大的诗人，一个为明清两代最受人推崇的思想家，于是，充满诗意的九华群山之间飘荡着哲学思辨精气神。

化城寺出来，沿山道步行二十分钟可达百岁宫。明代无瑕和尚，百岁圆寂，肉身不坏。明思宗朱由检敕封无暇禅师为"应身菩萨"，题额"为善为宝"，赐无瑕禅师肉身塔"莲花宝藏"四字，遂使九华山在明末清初成为"江表诸山之冠"。

高僧的苦行清修、文人的诗词歌赋、帝王的褒扬扶助，使九华山佛教日臻鼎盛。九华山的山门也因此成了佛教之门、问禅之门。

3

九华天街可乘车至凤凰松，然后坐缆车前往天台寺。为心中的那份虔诚，我选择徒步登山。

从山下到天台寺，一路上遇见很多背着香烛的信众游客，有年近八旬的老人，也有初入学堂的小孩；有五大三粗的庄稼汉，也有温文尔雅的书生；有富商巨贾，也有妙龄少女。不管他们出了山门如何耀武扬威，呼风唤雨，来到寺庙无一不虔诚，无一不卑微，各色人群于此化一。

登顶天台，静坐十王峰，思绪中再次浮现九华山历史中不可或缺的三位文化巨人。

九华山应该感谢新罗王子金乔觉。王子在山上苦行清修，弘法布道，使九华山终成地藏菩萨道场，被誉为"莲花佛国""九华圣境"，有了金地藏的九华山才有了灵魂，寺庙热闹了，香火旺盛了，信众络绎不绝，游客川流不息。

九华山应该感谢唐代诗人李白。诗人改九子为九华，一字千金，万古流芳。一首"昔在九江上，遥望九华峰。天河挂绿水，秀出九芙蓉"，更引得历代文人墨客纷纷慕名而来，或筑屋隐居，或设堂讲学，或礼佛览胜，赋诗题咏，蔚然成风，积淀了九华山独特的人文。

九华山应该感谢明朝侠儒王阳明。平宁王反被诬陷的王阳明来到九华山，夜宿化城寺，与高僧对话，与山神对话，与自己内心对话。这一番对话不得了，下山之后，"致良知"从王阳明心中喷薄而出，光耀中华，历史再次见证佛、道、儒结合的神奇力量。

三位巨人，三足鼎立，得缘于禅意、诗意、儒意九华山；一禅一诗一儒，整个九华山就顺理成章地进入了中国文化殿堂。

在我看来，整座山都在教人如何看破红尘，看破功名。遗憾的是，想栖居于此的李白没有看破，欲禅修于此的王阳明也没有看破，在他们心中，儒仍重于道与佛，建功立业仍是心头挥之不去的诱惑。

于是亦道亦儒的李白下山了，下山去帮助永王李璘平叛安史之乱，一腔正义却惹得身陷囹圄，险遭不测。

于是亦佛亦道亦儒的王阳明也下山了，下山去讲学，只是架不住朝廷三请四求连哄带骗，又前往广西剿匪，功成仍遭算计，终客死南安，无奈感叹："平生学问才见得数分，未能与吾党同志共成之，为可恨耳!"

　　早已看破功名的新罗王子却结庐苦修，任凭亲人、朋友、同道高僧、朝廷官员多番劝说，仍不为所动，扎根修行，圆寂九华，终成九华山镇山之神。

　　上山前心中的疑问似乎有了进一步的答案。只是自己终究也还是得下山了。

南岳衡山

1

登山，不仅人要上山，心也得跟着上山；不仅欣赏领略山间风景，还需体悟感怀山之文韵；不仅锻炼体能和意志，更要澄澈心境、回归本性。

迄今为止，已登临名山有：恒山、华山、泰山、峨眉山、九华山、庐山、黄山、井冈山、普陀山、五台山、龙虎山、三清山、雁荡山、莫干山、丹霞山……

数来数去，少了南岳衡山。

急于来衡山，还因为最近在阅读《朱熹传》，这位自己无比敬佩的理学宗师三度监管南岳大庙，且曾携好友张栻登山赋诗一百多首，挠得我心里痒痒的。

高铁很方便，下午三点半从上海出发，晚上九点便已来到宾馆。八百多年前朱熹从武夷山水陆并行，舟车联动，至少半个月时间才能抵达；倘若当年朱张二人所处时代有如此便利的交通，不知是会让理学更臻完善还是会半途而废无果而终？科技的过度发达有时反而容易助长人的惰性。

上山有巴士直达南天门，然后从南天门步行半小时左右可至顶峰——祝融峰。我毫不犹豫选择全程徒步。

遗憾的是，登山步道并非如登泰山那般宽大的台阶一铺到顶，步道不时与公路交错。刚刚绕华严湖走了一圈，还未从如镜面般平静的湖面中醒过来，指示牌便把我逼入汽车道，一抬头，一辆巴士从头顶呼啸而过。梵音古道缥缈悠扬的梵曲被不时的汽车轰鸣声替代，梵音变成了噪声。

埋怨归埋怨，心里仍自我安慰：排除干扰，在噪声之中感悟禅意道机，才算真正澄心静体。

2

于是定定心，静静神，绕过石柱，穿过石洞，越过石槽，果然，懒残和尚拿着半坨牛粪上烘烤的芋头静候在崖壁之下。幽静的古道仅我一人，心里不免奢侈地盼望着高僧能骂一句："你书不读，想来偷我东西，不安好心。"然后一边骂一边把吃剩的半个芋头给我，我当然会毫不犹豫把芋头接过来。

可惜没李泌那缘分，换不来那句"慎勿多言，去领取十年宰相"。得缘懒残和尚的李泌几乎占据着大半个衡山，而我只能双掌合十，叩别高僧。

过半山亭再行一里路左右，来到烟霞峰下，一栋青砖绿瓦，间以花岗岩石柱的建筑横亘于前。不用问，这里就是邺侯书院（端居室），唐代宰相李泌归隐读书之处。

大门前方圆柱上一副对联引我穿越千年，再回大唐：

　　　　三万轴书卷无存，入室追思名宰相。
　　　　九千丈云山不改，凭栏细认古烟霞。

书卷虽无存，邺侯一生的功勋、学问、品德却在我心里不断萦绕。精研《易经》和《老子》的李泌悟得大道，淡泊宁静，达到了顺应万物、无我无物的高深境界。安史之乱后，在云谲波诡的唐朝政局中许多名臣都不得善终，身负国任且五度被权臣排挤出朝廷的李泌却既能建功立业又能全身而退，原因正在于此。

"夫唯不争，故无尤"。权逾宰相却心归山林的李泌，不争名位不争权势，无意之中反而为自己争得了一座衡山，成就了千古名相。

三万轴书卷气息弥漫在巍巍衡山，吸引无数文人墨客前来吟诗讲学。

宋时理学宗师胡安国父子在此传道授业，讲读之风，盛行一时，对湖湘文学的发展和传播起了重要作用。

湖湘文学创始人之一张栻也曾到邺侯书院最早的旧址，烟霞峰谷底的端居室，寻寻觅觅，却见烟草凄迷，难免仰天长叹：

石壁巉岩径已荒，人言相国读书堂。

临机自古多遗恨，妙策当年取范阳。

张栻乃宋代名将张浚之子，是主战派务实派，他渴望打败金人，恢复中原。李泌当年曾为唐肃宗决策，一举攻下安禄山根据地范阳，这一历史情境，自然而然跃进张栻的诗中，产生了一种共鸣，英雄惜英雄。

3

登山之前便听说衡山有八怪，其中第一怪是"和尚道士住一块"，这在山下南岳大庙得到了充分体现。南岳大庙佛道共存，东侧为八个道观，西侧是八大佛寺，和尚道士们在这里轮流值殿。

上山的道路也印证了这一怪，一会儿是十方玄都观，一会儿是寿佛殿、铁佛寺；拜过湘南寺，祖师殿便恰到好处地出现在眼前；刚从祖师殿出来，上封寺、高台寺又不争香火不抢信客肃然而立。

途经高台寺，前面一座"开云亭"把我吸引住了。衡山经常为云雾所遮，昼夜之内，顷刻之间，千变万化，奇景迭出。韩愈在永贞元年被贬岭南，途经衡山，夜宿岳庙，一连数日遇阴雨天气。于是潜心默祷，韩愈的精诚感动了岳神，果然云开日出，众峰尽现。

韩愈不仅开衡山之云，而且开自汉唐以来笼罩在中华文

化上空八股文之云，一扫古人落笔即骈文之云雾，使中华文
化拨云见日，焕发出清新活力。韩愈也因此而居唐宋八大家
行列，成为"一代文宗"。

　　只是衡山云雾易开，政治之云却难撼。元和十四年，韩
愈因上表谏阻迎佛骨，触犯了唐宪宗，再度被贬，正如苏轼
所叹："公之精诚能开衡山之云，而不能回宪宗之惑。"

　　驻足"开云亭"，联想唐代大诗人、大文学家韩愈的遭
遇，能不感慨古今为一理吗？人们"岁岁开云，代代开云"
的希望有时是多么奢侈和难能可贵。

4

　　登上南天门，已两腿发软，望着对面的祝融峰，难免心
生退缩，只是想想当年朱熹在风雪天尚不畏艰难登顶拜祖，
我岂能半途而废？

　　从南天门至祝融峰，一路有轿夫吆喝，因脚扭伤，便有
乘轿上山的念头。抗战时期，周恩来在衡山参加蒋介石主持
召开的军事会议，受蒋所邀前往祝融峰，当时蒋介石随从已
经找好轿夫，周恩来见是坐轿，便委婉地说："蒋先生，坐着
轿子看风景，恐怕不太自由吧？最好还是安步当车，捷足先
登。"[1] 蒋介石虽感不悦，却也不能有失风度，于是只好向轿
夫挥挥手，叫他们回去。

---

[1]　中国人民政治协商会议湖南省衡阳市委员会文史资料研究委员会：《衡阳
　　文史资料　第3辑》，1985年。

想到此，我无论如何也不敢坐轿，还是"安步当轿，拐足登山"吧。

终于来到祝融峰，自古以来，游人皆以登上祝融峰为一大乐事，文人墨客用诗歌来赞颂祝融峰的确实不少。

韩愈曾写道："祝融万丈拔地起，欲见不见青烟里。"诗中所描绘之意境，只有亲临祝融峰顶才能体味。在这里，连绵不绝的群山尽入眼底，果真是"俯瞰翠微峦屿低"。

当然，论衡山高峻雄伟的描绘，我还是更喜欢李白因流放夜郎国，途经衡岳时挥毫而就的《与诸公送陈郎将归衡阳》诗中所云：

衡山苍苍入紫冥，下看南极老人星。

回飙吹散五峰雪，往往飞花落洞庭。

南极星本来很高了，但南岳还要高；山高自然风大，南岳的雪花竟被吹到洞庭湖里去了。

5

从祝融峰下来，左侧有条山道可通往禹王城和广济寺，行人稀少，突生探幽寻胜念头，于是拐入。行不到百米，一略微倾斜的大岩石横于身前，似乎被某种神秘力量呼唤着，忍不住小憩于此。

谷底空无一人、辽阔寂静，凝视越久越是忘我，以至祝融峰的人山人海、人声鼎沸都已从眼前消失，从耳边消失，从心中消失，心中那个本原的我也仿佛呼之欲出。

仰卧于岩石之上，望着笼罩大地的天穹，我不断叩问：郏侯书院的主人如今在何处？开云亭里的韩愈又去了哪里？人生既然犹如天地之蜉蝣、沧海之一粟，为何不用这有限的生命好好去贴一贴这苍茫大地？

山风吹来，似睡非睡，恍惚之间懒残和尚飘然而至："慎勿多思，去领取百年凡人！"猛然惊醒，却空无一人，回想梦中高僧所言，赶紧匆匆下山，灰溜溜汇入芸芸众生洪流之中。

龙场突围

1

公元 1506 年，明朝遭遇了史上最流氓的皇帝，正德不正，正德失德，加上一个更加流氓的太监刘瑾，狼狈为奸，锦衣横行，腥风血雨，一时天昏地暗。

历史总是这么捉弄人，有时故意把牵动社会进程的绳索交给几个得势便猖狂的小人，并料定另外几个有着圣贤之道、侠儒之心的人必然会起而反之，小人为维护权威，也必定会让反对他的人受尽磨难。

其时，牵动明朝历史的绳索就拽在流氓刘瑾的手里，从小立志要做圣贤的王阳明，也不可避免地被列为"奸党"之一。那一年，曾梦想要统率千军万马的王阳明三十五岁，深陷漩涡而不屈，受廷杖、下大狱、被追杀，最后从六品兵部主事贬为无品无级的驿丞，发配到了离京师三千多里的瘴疠之地——贵州龙场，人生似乎从此将陷入天昏地暗的包围之中。

龙场是个小地方，在贵州西北的修文县，处万山丛棘之中，毒蛇遍地，野兽奔窜。龙场驿站是明洪武年间彝族土司奢香夫人为效忠朝廷，打通贵阳与四川通道而开设的九驿之一。这条驿道因过于偏僻，几乎没什么人马通过，设驿丞一人，吏一名。

惶恐与孤独齐侵的王阳明似乎要终老于这样一个偏僻险峻、瘴气与猛兽环伺的无闻之地。

2

一路南下，千难百死，王阳明渐渐觉得内心得失荣辱观已经打通，唯有生死这一念"尚觉未化"。亡命天涯时，惶恐；途经沅水，险些翻船丧命，还是惶恐；初到龙场，无粮无屋，无衣无被，依旧惶恐。

考验日日临头，干脆自备棺材一副，哪怕明日便死，今日也姑且先行修炼，只有通了"生老病死"关，才可能成圣。在里面躺了三天三夜，出来时已气若游丝，却仍感迷茫。

心智仍处痛苦之中，筋骨仍被劳累着，体肤仍在经受着饥饿。如果说权奸迫害、刑杖相煎、流放夷地是痛苦的，那只是外部的，而现在，他是刻骨镂心的痛。

王阳明"日夜端居澄默，以求静一"。静静地思，静静地悟，把一个个静谧的黎明变成孤寂的黄昏，又把一个个孤寂的黄昏还原成静谧的黎明，什么杂音都没有，什么杂念都没有，除了山鸟鸣啾、泉水叮咚以及呜呜的风声。

立志成贤的文人圣哲，总是能为自己遭受的苦难找到心理安慰，找出通天意。你可以说这是"精神胜利法"，但却又不得不承认，这也正是哲人超越磨难的秘密武器。通之，能凤凰涅槃，破茧成蝶；不通，便可能一蹶不振，甚至命丧于此。

王阳明深谙此道，他视廷杖追杀为"劳其筋骨"的捶打，视流落蛮夷荒庙为"饿其体肤"的淬磨，视罢官贬黜为"空乏其身"的修行，视忠而被贬、言而遭囚为"行拂乱其所为"的历练。

明白这一点，龙场的一切困境，对于王阳明来说，便不过是成圣路上的一堂必修课，苦难也因此凸显诗意。这种境界，整日案牍劳形的官场找不到，公务之余偷闲上九华山找不到，静养山阴阳明洞也找不到，如今在荒无人烟的龙场，却隐约可见。

三十五年的苦难和磨砺，已如被薄薄地表包围、积累千年的地下岩浆，即将喷涌而出，烧毁一切，湮灭一切，重生一切。

3

"生命的意义究竟是什么？道究竟在哪儿？如若孔圣人也

处于今天我一样的境地，他会如何想？他会如何做？"

煎心煎肺的叩问似乎感动了上苍。

"道不远人，人之为道而远人，不可以为道。"一个雄浑有力的声音从远处飘来，孔夫子从天而降。

"夫子是说，道必须通过人来实现吗？"王阳明欣喜若狂。

"君子志于道，造次必于是，颠沛必于是。"

"夫子昔日匡地遇难可谓造次，困于陈蔡可谓颠沛？守仁今日投荒万里，为何尚不能悟道？"

"你此时不是正在悟吗？身处逆境尚能悟道，近乎道也！"

"如何才能更近？"王阳明紧问不舍。

"学问之道，无他，求其放心而已。"孟子飘然而至。

"孟夫子，求得本心便能悟道吗？请教我。"

"悟道，由心而生，向心问道，你已经很近了。"

"我还要更近。"

"一草一木皆有至理，如能豁然贯通，便能知天理。"朱子来了。

"守仁三十五年来饱读经书，曾格竹七日，却未能悟道，纵使悟得草木之理，又如何直指大道？请教我。"

"豁然贯通。"

"我无法贯通，谁能教我？"王阳明仰天长问。

"能教你的只有你自己，人皆有是心，心皆具是理。"陆九渊也来了。

"陆夫子，你说的是心即理吗？求问大道，求的便是本心吗?"

"哈哈哈哈,孺子可教也。"

王阳明被孔圣人、孟夫子、朱子、陆九渊团团包围着。与此同时,他还在被儒、释、道的教义层层困扰着,"道"似乎近在眼前,却又仍然抓不着。他不断问天、问圣、问贤:"道在何处,能否更近些?"

终于,沉沉的暗夜中透出一线光亮,重重的包围中裂开一丝缝隙,静坐石床的王阳明忽然呼啸而起,把跟从他的人着实吓了一跳。一阵激动过后,王阳明对天长啸:"圣人之道,吾性自足,不假外求。"

为这"吾性自足",王阳明历经百死千难,从格竹到廷杖、从监狱到龙场,他从人情事变中获得"炼习",他的意念往心本体处聚集,逐渐过滤掉一切私欲杂念,"心"获得了无挂无碍的自由,由"澄悟"而彻悟。

最终,身体从权奸迫害中突围出来了,心本体从得失荣辱、权势名利、生老病死的遮蔽中突围出来了,思想也从儒、释、道、程朱理学的交缠中突围出来了。

身心突围之后的王阳明如涅槃之后的凤凰,如烈火熔炼过的齐天大圣,更加敢于斗争,更加善于斗争,并赢得了往后的一次又一次胜利。从此,他如鱼得水,如马入川,如鸟飞天,所有的苦难都化成了人生的快乐。

王阳明宣告:心即理。

从此,名不见经传的龙场被点亮,被载入史册。

从此，纠缠于私欲、迷茫混沌的人心被点亮，找到了本原。

跟着王阳明左冲右撞，随着王阳明突破身心重围，自己的内心也逐渐澄亮。

婺源古村落

春节自驾回赣南老家绕道杭瑞高速完全是因为婺源。这个在江西数一数二的旅游城市，曾多次出现在自己的旅行计划之中，却一直未能成行；江湾、篁岭、李坑一次次进入梦里，使前往的欲望更加强烈。

说起来，婺源在新中国成立前一直属徽州管辖，从它大部分建筑的风格也可以很明显感觉到徽派特色。现在的行政划归，与其说是婺源让江西沾足了面子，倒不如说是江西扬名了婺源；那些古村落在安徽司空见惯，可能被宏村、西递掩盖，但在江西却鹤立鸡群，独领风骚。

从停车场出来，沿着河边小路步行，经过一片农田和一排排崭新的高楼，拐进一条小巷，从小巷出来之后，眼前一亮：粉墙黛瓦、马头墙、青石板道、砖石溪桥点缀其中，清一色的徽派建筑；村内街巷溪水贯通，九曲十八弯，一幅小桥流水人家的美丽画卷，酷似江南小镇的徽州古村落。

要成为这种古村落，必有官宦富贾出于其中，而且不止一人一代，只有文化气息与滚滚财源才能支撑得住其百年不衰。宏村有汪姓，西递有胡氏，李坑也是如此，据说祖辈是李世民一族。自宋至清，李坑高官巨富达百人，村里的李姓文人留下的传世之作达二十九部，南宋年间更是出了一位武状元李知诚。身怀绝技的李知诚一心想效法岳飞抗金报国，然而软弱无能的朝廷却一意与金议和，报国无门的李知诚只好怏怏辞官，回归故里，开馆授徒，以终天年。再比如，刚进村就看到的"中书桥"，是北宋大观三年李村进士李侃升为"中书舍人"时而建，大桥用青砖砌筑，为婺源现存的最古老石拱桥。

整个古村落被一排不太协调的现代高楼包围遮蔽着，从而使李坑少了一种远观的整体美感；不像宏村那般，人未到，景已先至。我不喜欢人太多的地方，于是顺着河边小路一直走到村庄的小山岗下，爬上小山岗可以瞰视整个村落，恰好弥补了李坑整体美感缺失的遗憾。

独自坐在静静的山岗上，夕阳躲在我身后，偶尔在云层里洒出一片金色。对面半山上几块零零落落的油菜花田在风中摇摆，路上走着农耕归家的人。耳边虫鸣低叫，远处传来几声吆喝还夹着小孩子的叫喊，房子升起袅袅炊烟，山边飘起了迷雾。临近傍晚，游人多已散去，满眼田园风光，这正是自己心中渴望的人间烟火。

2

正北二十公里外的篁岭与李坑风格迥异。

无论从徽派建筑的艺术特色，还是从选址的别具一格，甚至单就整个景点自然风光，篁岭都使人神往。

说起篁岭，人们首先想到的是"晒秋"。每当日出山头，晨曦映照，整个村落的徽式民居土砖外墙与圆圆晒匾里五彩缤纷的辣椒、夏菊、玉米、稻谷等农作物组合在一起，绘就出世界独一无二的农俗景观。同时，自然条件的局限也激发了他们的想象和创造力，从而无意间造就出一处中国绝无仅有的"晒秋人家"风景画廊。如今，篁岭晒秋已成为一种民俗风情、一种生活方式、一种文化体验；无疑，"晒秋人家"的壮观场景，终将成为时代的文化符号，如同"清明上河图"，如同"富春山居图"。

篁岭是典型的山上人家，上百栋民居房舍依陡坡而建，层层堆叠，高低错落，向上蔓延，几近山顶；篁岭之下，层层梯田，弯曲回绕，如诗如画。地无三尺平，数百年来，村民早已习惯用平常的心态与崎岖的地形交流。乘缆车至半山腰，一条天街横于眼前，街道两旁是风格迥异的徽派店铺。

把村落建于山上，要么万不得已，比如避祸、躲难或隐居避世，要么想留名千古，以永恒的村落建筑来延伸转瞬即逝的人生。不论何种原因，都需要有一代甚至几代不畏艰难、挑战世俗的强人望族。

篁岭的强人是曹氏一族。起初，曹氏祖先为了躲避因黄巢起义带来的战乱自河南上蔡一路南迁，历经六代，最后定居篁岭，自那时算起，被称为"梯云人家"的婺源篁岭古村，已有六百多年的历史。但篁岭真正为世人所知，并载入史册，是在明代末期有了进士曹鸣远之后。

曹鸣远，字文季，号篁峤，明朝崇祯十六年进士，授抚州临川知县。据《婺源县志》记载："甫莅任，遭甲申之变。后清兵下南昌，鸣远复潜遁入闽地，与汪志稷等募兵江西。崎岖险阻，破家危身，弗顾也。后为郡将所执，义而释之，遂改号寄庵，遁迹林泉。"曹鸣远隐居家乡篁岭后，一心经营老家。他在篁岭修族谱，纪源流，兴乡学，教子弟，终使篁岭成了一个人才辈出之地。位于天街北头的"树和堂"原主人便是曹鸣远。

清朝年间，篁岭土生土长的曹文埴、曹振镛父子历乾隆、嘉庆、道光三代皇帝，清王朝的大半历史都受到了他们父子的影响。嘉庆皇帝出巡，曹振镛以宰相身份留守京城处理政务，代君掌朝三月，民间至今流传着"宰相朝朝有，代君三月无"的俗谚。曹文埴家五世一品，有感于在功名上取得的巨大成功，取"蟾宫折桂"之意，将自家老宅命名为"五桂堂"。"五桂堂"既是整个篁岭曹氏族人的荣誉，也成了他们身处于大山之地，不废耕读、勤于奋进的历史写照。

我到过不少江南古镇，也看过不少关于江南古镇的艺术作品，比如陈逸飞的油画《双桥》、余秋雨的散文《江南小镇》。印象中，江南古镇几乎都是几条弯弯曲曲小河，河上几座造型迥异的拱桥，河中是一些小船，两岸则建些仿古商铺。小桥古树、青砖古瓦是古镇的衣裳，此起彼伏的叫卖声是古镇的主旋律。然而，乌镇太柔美，周庄又因沈万三显得过于沉重；朱家角太秀气，召稼楼又商业气息过浓。篁岭的浑朴崎岖则体现出一种个体生命的强硬刚健，就连村落流淌的水，也一改江南古镇的柔美平静，注入了一种奔腾之势。在我印象中，能与篁岭一较奇险的，或许只有安徽齐云山顶的古村落，那里曾是宋朝方腊起义的根据地。最原始的生态村落，却孕育出了最强健的文化人格，最崎岖的山村走出了一个又一个状元、进士。曹家一代代强人，从这山顶村落朝北走，走进京城，在那里经营着小半个清朝。功成名就之后，又往南回，回到家乡，在那里营建着自己心中的梦想。篁岭，是建筑史上的奇葩，是人文史上的杰作。千棵古树，万亩梯田，这气魄，这悠远，江南古镇望尘莫及。朝晒暮收的田园生活，水墨丹青般的万亩梯田，傍山而建的"慎德堂""京卫府""竹山书院"，构成了一幅气吞山河的耕读山村图。

我来篁岭，在寒冬腊月，"晒秋人家"呈现的是残缺美，"梯田花海"还在萌芽之中，"垒心桥"也在孤独等待油菜花开；唯独那一栋栋明清建筑和一代代曹氏强人，却不论风雪，无关季节，默默陪伴着我……

圣湖圣山

1

突然之间从平原来到海拔三千多米的高原，有些无所适从。湛蓝的天空、美丽的拉萨河、高原特有的荒山带来的兴奋和激动，仅仅维持了半个小时，自己便已无心欣赏那些与城市完全不同的风景与民俗；整个人感觉头痛欲裂、眼睛发胀、四肢乏力、昏昏欲睡。没想到高原反应来得这么快，这么强烈。

参观布达拉宫必须提前两天通过旅行社进行预约，只好作罢。那就先去日喀则吧，沿途正好经过一直魂牵梦绕的羊卓雍措和卡若拉冰川。

车子一路开，一路陪伴我们的是那绵延不绝的山峰和总也到不了尽头的雅江。不时经过的藏民小镇，全是新盖的小楼房，屋顶无一例外插有数面五星红旗，这些房屋均由政府出资援建。

蜿蜒曲折的山路，盘旋距离较长，所以不觉特别险峻；因海拔较高，植被稀稀疏疏，荒莽而壮阔。越接近岗巴拉山口，人也越昏昏欲睡，上下眼皮反复打架。但面对如此奇景、美景，生怕错过了某一点便会影响自己对整个青藏高原欣赏的完整性，于是不断靠毅力来克服睡意，始终贪婪地环顾着，想让一切在脑海里入画，在记忆中成诗。

突然惊叹得从座位上跳起来，头在车顶上猛地撞了一下，但我无暇顾及疼痛，思想、灵魂、身体完全被眼前的一弯湖蓝吸引过去了。我知道，来到了西藏三大圣湖之一的羊卓雍措（藏语意为碧玉湖）。

来之前也有所耳闻，但湖蓝之美、成湖之奇、占地之广还是出乎意料。车子沿着羊湖岸边一路行驶，总以为快要到尽头，拐个弯，却发现依旧伴湖而行，绵延六十多公里。羊湖是咸水湖，可仍禁不住诱惑，双手掬上一口细细品尝；涩涩的，因太爱之，仍觉沁人心脾。这样一个湖泊，即使在江南平原，也会令人恋恋不舍，如今居然镶嵌在高原之上，于是恨不得搭上帐篷，养几头牦牛，从此融入这片山、这片水。

2

湖面从眼前消失的时候，正好进入浪卡子县城。汽车往西行驶，自己还一直沉浸在羊湖的甜美之中，无法自拔，好似着魔。眼前猛然出现的雪峰竟活生生把我揪出了羊湖，这里已是后藏圣山——卡诺拉冰川。

山是乃金岗桑山，峰是乃钦康峰。卡诺拉冰川就背靠乃钦康峰，似一个刚刚梳妆的素衣美人，在群山之中脉脉远眺。巨大的冰川从云雾缥缈的山顶一直延伸到离公路不足百米的山沟。

公路至冰川修筑了原木栈道，两侧遍布经幡、白塔，通过栈道可以到达冰川之下，近距离观看冰川、冰舌。此地海拔五千一百多米，静静站在路旁远距离欣赏，已是两腿发颤、胸闷气短，更不要说穿过几百米的栈道——生怕迈过去便回不来。然而，那若远若近、似动还静的长长冰川就像个美丽少女，在向自己招手，喃喃细语，撩动着本已怦然的心扉。于是着魔似的，拖着沉重的步伐，沿着栈道慢慢前行，心想：今生可能也就来此一次了，纵然与其长眠也无怨无悔。

担心是多余的，心灵渴望完全可以战胜身体懦弱。站在栈道尽头，我不由想起了那首耳熟能详的歌词：

> 爬过了唐古拉山遇见了雪莲花，
> 牵着我的手儿我们回到了她的家，
> 你根本不用担心太多的问题，
> 她会教你如何找到你自己。

我忍不住和几位藏族少女合了几张影；我姑且把她们当作冰川的化身。

那画那塔那诗

在青藏高原适应了两天，依然感觉头痛眼胀、四肢乏力。然而如果仅仅因此就望而却步，我想西藏是不可能欢迎我的。咬咬牙，顶着剧烈的高原反应，登布达拉宫去。

初见布达拉宫，是在汽车上。在天与地的中央，在红山之上，穿过喧嚣的闹市声，以一种飞翔之姿，透过车窗，翩然而至，占领视野。今天终于身临其境。从外围看，整个布达拉宫分白宫和红宫，白宫为达赖日常起居之地，红宫是历代达赖灵塔所在，正可谓是"白宫红殿湛蓝天，盖世高原气万千"。

在海拔三千七百米的高原上攀登，每一步都迈得那么沉重，丝毫不敢逞强，丝毫不敢大意。随着人流，穿过一座座宫殿，瞻仰着一尊尊佛像，欣赏着一幅幅壁画，似懂非懂。很多地方仅容一人通过，虽井然有序，却不容你驻足久留，只能走马观花。猛然间，一排壁画把我滞留了。我不再随波逐流，静静伫立一角，久久观摩，公元 641 年的壮阔景象栩栩如生就在眼前：

领衔壁画描述的是文成公主远嫁逻些（今拉萨）的路途场景。幽怨、茫然的公主，此时并不知自己开创的将是一条千古流芳的唐蕃古道，并不知自己将从此载入史册，被后人代代传颂和敬仰，并不知自己的婚礼将成为人类历史上最盛大、影响最深远的婚礼。

接下来的一幅是松赞干布亲率群臣在柏海（今青海玛多县）迎接文成公主那一幕。盛唐金戈铁马征服不了的吐蕃王国却向公主臣服，连年的征战也因公主的出现而偃旗息鼓，原始、野蛮的吐蕃百姓不再抗拒大唐的丝绸、佛经、茶叶、书籍，桀骜不驯的吐蕃国王甘当大唐的乘龙快婿。"自从贵主和亲后，一半胡风似汉家"，文成公主对吐蕃吸收汉族文化的重大影响化入了唐代陈陶的《陇西行》诗句之中。

最后那幅应该就是松赞干布带领藏民在为公主修建布达拉宫。虽然当年的布达拉宫在百年后毁于雷电、战火，但经过十七世纪的两次扩建，又形成了如今的规模。一千三百八十二年前，文成公主受藏民爱戴的程度由此可见一斑。

当一个个曾在这片高原上驰骋纵横、声名显赫的英雄人物早已被人们遗忘时，唯独她——我们的公主——依然活在老百姓心中，大型历史歌舞剧《松赞干布与文成公主》也将永远演绎下去。

文成公主的入藏为大唐西域高原带来了长达百年的和平与安宁，这功德岂是任何一个运筹帷幄的谋臣所能比？岂是任何一个挽弓射大雕的将军堪可及？

依我看，文成公主便是布达拉宫的主人，公主入藏壁画便是布达拉宫灵魂所在，而"汉藏亲如一家"便是布达拉宫的建殿初心。

不知不觉，到了红宫顶端，豁然开朗，一座座灵塔映入眼帘。我直奔最大最高的那座灵塔——五世达赖灵塔，塔身用黄金包裹，并嵌满着各种珠宝玉石。灵塔被举世关注，被汉藏百姓敬仰，当然不仅仅因为其自身建筑之雄伟，也肯定不是因为其外表的辉煌；比如此时的我，虽未能进入灵塔，无法体验其内部建筑之神奇和奢华，但单单是在外面绕它走一圈，便已心潮澎湃、感悟颇多。五世达赖以他深厚的宗教哲学和思辨能力，高超的政治智慧和统治艺术，非凡的胆识和超人的气魄，主导了一系列重大历史事件，是引领西藏历史潮流的杰出政治宗教领袖。比如，1652 年，应顺治皇帝之邀，他亲率三千官员浩浩荡荡前往北京，回到西藏后，用朝廷赠送的金银重建布达拉宫，并正式制订了格鲁派的各种制度、礼仪。

如果说文成公主是布达拉宫最初的主人，那五世达赖便是布达拉宫最虔诚的继承者。正是他，才让毁于雷电、战火的"高原之神"以更加辉煌灿烂的姿态展现在世人面前；正是他，才让公主早年传入的佛教文化成为藏族人民生生世世的不变信仰。

如果说"汉藏亲如一家"是布达拉宫的建殿初心，那五世达赖便是"不忘初心"的最好典范。正是他，不远万里拜见顺治皇帝，缔造了更加团结、更加牢固的藏汉关系；正是他，在灵塔旁边一直供奉着康熙皇帝长命牌位和乾隆皇帝画轴，以记载并警示历代达赖同中央政府的隶属关系。

以此而言，奉之以最高的灵塔、最大的殿堂，就不难理解，就是理所当然了。

站在布达拉宫之巅，遥望对面药王山，俯瞰整个拉萨市，一种"唯我独尊、君临天下"的凌云壮志油然而生。

从前山上布达拉宫，不知不觉又被人流簇拥着从后山下来了，绕着广场从不同角度拍摄布达拉宫，真可谓是"横看成宫侧成殿，远近高低各不同"。

几乎是一步三回头渐渐离开布达拉宫的，我知道很难有机会再来，但我肯定还要再来。光是那幅壁画，光是那座灵塔，我便无法抵挡再来的诱惑，更不要说还有六世达赖仓央嘉措那首诗：

那一夜，我听了一宿梵唱，不为参悟，只为寻你的一丝气息。

那一月，我转过所有经轮，不为超度，只为触摸你的指纹。

那一年，我磕长头拥抱尘埃，不为朝佛，只为贴着你的温暖。

那一世，我翻遍十万大山，不为修来世，只为路中能与你相遇。

呼伦贝尔

陪同公司优秀员工旅行，选择去呼伦贝尔是对的。美丽辽阔的大草原让大家身心得到了放飞，穿越在 G331 国道，既有踏上祖国边疆的猎奇感，又体验到了大草原"天苍苍，野茫茫，风吹草低见牛羊"的壮美。

一早出发，在石家庄转机，下午三点才到海拉尔机场，住在火车站旁边的假日酒店。当天没什么特别安排，吃过饭大家决定一起去看看海拉尔新修建的所谓"古城"。"古城"不古，商业气息倒是很浓，闹哄哄一片。

由于纬度高，晚上八点天还亮着，我趁机去离酒店不到一公里的伊敏河边闲逛一圈。不管身在何处，总有成群的小蚊虫侵扰着你，落在手臂上，停在脸颊上，当地人称之为"小咬"。今年雨水足，草原上的植被长得好，"小咬"也比往年多。虽然不会像蚊子那样叮出个又痒又痛的大包，但仍不胜其扰。

无论是去景色迷人、充满俄罗斯风情的白桦林景区，还是来到神奇美丽、辽阔深邃的额尔古纳斯湿地，甚至在黑山头草原骑马，我都把自己放松得懒洋洋，停止思考，停止赞美与惊叹，权当是大草原上飞来飞去的一只"小咬"，是额尔古纳斯河边一只傻得只知往前拱的小绵羊，是白桦林中无忧无虑的一只小松鼠。

直到住进巴尔虎蒙古部落，一睹两年前在鄂尔多斯错过的蒙古小伙马术盛宴，我强压着的激情，我故作的平静，终于奔涌而出，一发不可收拾，如决堤之江水，如溃崩之冰雪。

只见一个个蒙古小伙骑马从看台前飞驰而过，有的在马背上忽前忽后、忽左忽右腾空跳跃；有的时而横卧马背，时而倒吊马侧，时而藏身马腹；有的站在马背上犹如一杆不倒的旗帜。

随之又有骑手驾驭着两匹马并排而来，双脚分别站在两匹马的背上，跟随马的飞奔，小伙子在马背上不停地起起伏伏，却稳稳站着，仿佛在马背上生了根。更让我吃惊的是，以前电视上看到过的蒙古骑手飞马射箭，今天也有幸目睹，无论站立马背还是侧身马腹，虽风驰电掣，却百发百中。

忽然，几位蒙古姑娘把一根根黄白蓝红的哈达铺在赛马场，骑手策马飞来，俯身伸手把哈达捞起，五彩的哈达在手上随风飘舞，映着姑娘开怀的笑。

刚到呼伦贝尔，导游对我们说，来内蒙古，如果只看到草原、牛羊、蒙古包，那是虚来一场；内蒙古的美不仅仅在此，它的美需用心去体会，用心去发现。此时此刻，听着万马奔腾之声，看着矫健彪悍的骑士，我终于体会到内蒙古那种"只可意会不可言传"的美。

内蒙古的美，在草原文明；草原文明的神奇，在这奔腾的马背之上。能在马背之上征服一片天地，开创一种文明的，只能是比马还矫健、比马还彪悍的生命个体。马术表演展示的是一种强劲的生命力，是一种征服的力量，是那些在马背上长大的青年对生养他们的大草原的无限热爱和骄傲。

自蒙古之后，草原文明开始向人类展现它的自然之美、野性之美。此前，草原呈现的是蛮荒之力，大自然之蛮荒以及生长在这片草原上的主人之蛮荒。这种蛮荒历经千年，终于演变成一种文明，一种在中华文化占据了举足轻重地位的文明。关于这一点，在呼伦贝尔博物馆得到了证实。

整个博物馆很大，我直奔二楼，融入草原文明漫长而曲折的演绎历程，寻找着这片土地上草原文明的起源。

果不其然，从呼伦贝尔大草原走出了两个极大影响着中华民族历史进程的王朝：北魏和元朝。

北魏由鲜卑民族建立，元朝由蒙古族开创。两个民族都起于呼伦贝尔，都是草原民族，都是马背民族，因此都充满力量之美，饱含豪放之情。

北魏是由北方少数民族建立的第一个真正意义上的中原王朝，曾一路南迁，从呼伦贝尔到大同，从大同到洛阳。一路南迁，一路胡汉互化。结果，鲜卑虽在历史长河中昙花一现，却因让中华文化兼具草原的奔放和儒家的谦逊而为历代史学家赞不绝口。

洛阳的龙门石窟为我拉开了进入北魏的大门。此后，每到一处，只要有北魏，只要有鲜卑，便总会让我恋恋不舍。要不是嘎仙洞离呼伦贝尔远达一千多公里，这次我无论如何也要一访为快。

元朝更不用说，蒙古人北伐南征，东移西迁，以呼伦贝尔为中心，全方位散射着草原马背上特有的矫健和强悍，虽充满杀戮与血腥，创建的中国历史上有史以来最为辽阔的疆域版图，却无时无刻不让每一个中华儿女热血沸腾、引以为豪。

鄂尔多斯成吉思汗陵园内一幅气吞山河的地图，让我抛弃民族偏见，怀着无比崇敬的心情写下散文《一代天骄》。

除了鲜卑、蒙古，东胡、匈奴、回纥、突厥、契丹、女真等民族也曾繁衍生养于此，呼伦贝尔大草原成了"中国北方游牧民族的摇篮"。

同是草原上走出的文明，我最喜欢鲜卑。以鲜卑族为主建立的北魏王朝，由于文化背景的差异，很可能给汉文化带来沉重劫难，就像公元476年欧洲的西罗马帝国被"北方蛮族"灭亡，古希腊、古罗马文明长时间陷入黑暗深渊一样。谁料想，北魏统治者中一些杰出人物，尤其是孝文帝拓跋宏，居然虔诚地以汉文化为师，快速提升统治集团文明等级，放弃胡姓，放弃胡风，放弃胡服。试问中华文明上下五千年，

哪一个帝王有勇气、有魄力、有气度，放弃得如此彻底和豪
迈，放弃得如此轰轰烈烈，放弃得如此千古留名？经由大兴
安岭出发的浩荡胡风，穿越茫茫北漠、千里西域，因包容谦
卑而变得更加强盛。

　　呼伦贝尔之美，在那一望无际、平平展展的绿草地，在
那弯弯曲曲贯穿大草原的额尔古纳河，在那明珠般镶嵌于大
草原的呼伦湖，在那如恋人一般依偎着大草原的白桦林，更
在那马背上奔驰于大草原的东胡先祖、鲜卑汉子、蒙古骑
士⋯⋯

海峡对岸

1

女儿多次说想去台湾看看，正好也合我心意，于是有了这次台湾之行。从办理入台证、个人签注，再到入境签证，一路顺畅。有前段时间美国自驾游的经验，对此次自由行我充满信心，除来回机票，诸如行程、酒店都未事先安排，毕竟是在祖国，交往的是同胞，不存在语言障碍，应该一切笃定。

飞机于上午十一点准时降落在台北松山机场。两岸航班直通后，大陆台湾往来方便多了，以前转道香港少说也得六七个小时。这种进步给两岸人民带来了极大的便捷，给两岸经济发展、文化交流带来了极大的机遇。本是一家人，理应常来常往，两岸的大门何不开得更大些？

跨出舱门的刹那，眼眶有些湿润。不同于第一次踏入澳洲的兴奋，也不同于刚到达美洲大陆的狂热，此刻是一种内心汹涌澎湃而表面平静如水的圆梦式激动。

是啊，曾经多少次在梦里来到仙境般的日月潭和四季如春的阿里山，曾经多少次在梦里游走于台北大街品尝着叫人垂涎欲滴的台湾小吃，曾经多少次在梦里与亲爱的同胞们一起探讨着祖国的统一和未来。而今，梦想终于实现了，叫我如何能不激动，如何能不热泪盈眶，如何能不有一种圆梦般的感觉？

不要说你是"亚洲四小龙"之一，不要说你如今的经济地位在亚洲举足轻重，有影响全球的 HTC、台积电等国际知名品牌，不要说你有风光迷人的日月潭、阿里山和堪比美洲西海岸十七里弯的苏花公路，哪怕你一贫如洗，即使你风光不再，我也是仍然要来，你也仍是我梦中向往之处。

从机场直接乘出租车来到酒店，放下行李，略作休息，带上孩子先去参观台北中山纪念馆。孙中山，在台北如在南京一样，受到所有人的瞻仰和纪念。

台北中山纪念馆位于台北信义区仁爱路，占地约 1.16 万平方米，馆外有中山公园环绕，馆内四大展室装饰精美，设计新颖，展示着中国近代革命史及现代名家艺术品。

女儿跟着我，似懂非懂听我讲解孙中山的革命史，从同盟会到中华革命党再到国民党，从广州起义到辛亥革命再到护国护法运动。不仅对女儿，其实对我自己，这也是一堂生动而严肃的爱国主义教育课。

2

真应了那首耳熟能详的歌曲《冬季到台北来看雨》，从到达台北的那一刻，雨一直下个不停，又恰逢冷空气南下，雨水中偶尔还夹着小冰雹。本想从台中经中横公路前往花莲，顾及天气带来的安全隐患，改乘高铁到高雄，然后包车至垦丁。

垦丁位于台湾省屏东县，东临太平洋，西靠台湾海峡，南望巴士海峡。据说，清朝时期大陆派遣了一批批壮丁到台湾最南部的地方开垦，于是，后人将这里取名"垦丁"。垦丁还被称为台湾的天涯海角，有鹅銮鼻公园、猫鼻头公园；鹅銮鼻公园有块巨石酷似美国总统尼克松，当地人美其名曰"尼克松石"。

整天淅淅沥沥下着小雨，我们在烟雨朦胧中游览鹅銮鼻公园和猫鼻头公园，但内心都在盼望着夜幕的降临，盼望着一睹垦丁夜市的繁华与喧闹。

在台北时曾想去士林夜市小吃街，因下着小雨，便猜测那种摊贩式露天小吃可能不太方便，于是作罢。在垦丁也是刮风下雨，但不能再错过了。于是打着雨伞走上大街。好客的台湾同胞没有因为下雨便躲在家里，照样亮起路灯，搭起雨棚，摆开阵势，迎接着大陆来客。整条大街摊铺林立，不下百家，但却又不雷同，各有特色，有烤鱼、炸虾、熏鱼、鱼豆腐、烤香蕉、章鱼小丸子、巨无霸臭豆腐、懒人虾、葱包饼、鸡排，名目繁多，应接不暇。阵阵香味飘散在空中，饥肠辘辘的我们迫不及待拿起几根台湾香肠先吃为快，平时对饮食较为挑剔的爱妻也是禁不住诱惑，细细品尝。小吃与正餐不一样，一路走，一路看，一路吃，因味美，因色香，不知不觉就吃过量。

这就是台湾夜市：色香、味美、人热情。

3

今天终于见到太阳。不过由于冷空气南下，台湾全境迎来了百年难得一见的大雪，电视上看到，阳明山、阿里山、清镜农场白茫茫一片。

趁着好天气，我们去往日月潭。在我们这代人心中，日月潭、阿里山是台湾的象征，犹如北京的万里长城、西安的兵马俑、上海的东方明珠。

从台中包车到日月潭约一个半小时车程，两千新台币。司机是位大姐，我没和她说国事谈政治，而是拉拉家常。大姐不仅为我们详细介绍着沿路景点，还告诉我们她儿子也在上海读书，有机会想去上海看看。

"大姐，台中的房价贵吗？"

"台中还好，不比台北，贵得吓人，老百姓都买不起，听说你们上海房价也很贵。"

"是呀，赶超台北了。"

"也不知以后我儿子能否在上海工作定居？"

"能的，当然能，大陆台湾本来就是一家人嘛。"

同胞之情在这家常式的闲谈中越拉越近，不知不觉已经来到日月潭。

"日月潭很深，湖水碧绿。湖中央有个美丽的小岛，把湖水分成两半，北边像圆圆的太阳，叫日潭，南边像弯弯的月亮，叫月潭，所以人们称它为日月潭。"小学一年级学习《日月潭》的琅琅读书声在我耳边回荡着。从那时起，我知道祖国宝岛台湾有个湖叫日月潭，它在台中附近的高山上；从那时起，我一直向往着能有机会领略日月潭的秀丽风光。今天，梦圆了。

此时虽是正午，却恰好下起绵绵细雨，日月潭像披上了轻纱，周围的景物一片朦胧，犹如童话中的仙境。我们乘坐游轮参观了玄光寺、伊达邵等景点，每一处都充满浓浓的台湾味道。在日月潭通往玄光寺的码头阶梯旁边，凉亭里有一个阿嬷在卖香菇茶叶蛋，据说阿嬷在这里已六十多年，从少女茶叶蛋西施到年长阿婆茶叶蛋，历久不衰。

4

五天旅行一转眼结束了，尽管依依不舍，仍只能挥泪告别。徐志摩和余光中两位诗人的千古佳句映照着自己此刻的心情：

悄悄的我走了，
正如我悄悄的来；
我挥一挥衣袖，
不带走一片云彩。

我在大陆的那头，
隔着浅浅的海峡，
等着这头的你。

第二辑

抱愧赣南

游历了祖国的山山水水，拜访过诸多国内外的名山大川、人文古迹，有形形色色的感慨和赞美，但这一切都在家乡之外。仿佛整个赣南找不到能让我惊叹和赞美的自然风光，找不到能让我感慨和钦佩的历史名人，找不到能让我留恋和驻足的文化古迹，找不到白发苏州那种千年底蕴和天堂杭州那种美丽活泼。

近两年才发现，这一切赣南都有。王阳明在此让"致良知"破壁而出，宋代在此建造了至今仍存在的"赣州宋城"，红土地上遍布中华文化不可或缺的文化山河。越是深入了解，越是感觉到那片土地蕴藏和正散发着的莫大文化诱惑力。于是顿生愧疚，愧疚自己未能去亲近家乡的山山水水，未能去体悟家乡的人文古迹，愧疚自己遗忘了家乡蕴藏的那种千年来一直有的淳朴民风民俗民情。

因沈从文，湘西文化从湖南大山之中走入了每一个中国知识分子梦境，在梦中寻找自己心中的翠翠；因贾平凹，陕北秦腔唱进了神州大街小巷，秦岭龙脉展现在每一个炎黄子孙面前；因莫言，山东高密的红高粱酒香弥漫在华夏大地上空，高粱地的抗日传奇故事也随着酒香漂洋过海，传诵全球。赣南有着和湘西苗族风情一样深厚而淳朴的客家文化，有着和陕北秦腔一样高亢激昂的采茶戏，这片土地上所经历的战争及其在中国近代的历史地位较之高密也是有过之而无不及。然而，赣南大地上的翠翠在哪里？赣南采茶戏为何唱不出江西省界？这片红土地上的感人事迹怎么才能由历史演绎出文学色彩更浓的篇章？自己没有沈从文的文学情怀，也没有贾平凹的文学功底，更不用说莫言的文学巨匠般的地位，但家乡情怀和他们一样真，一样纯，一样浓。凭这情怀，我想写写赣南，写写家乡的故事和客家文化。

那就去补课吧，且行且写，趁着每次回家探亲的机会，好好走走这赣南大地。

寂寞梅关

我来梅关，在炎炎夏日，梅花不可能绽放。没有梅花的梅关便显寂寞，除了我与妻，苍茫大山几乎空无一人。于我而言，这却是走古道、登梅关的最佳意境。簇拥在熙熙攘攘的人群之中，痴迷于暗香浮动凌寒绽放的梅花世界，虽可饱赏梅之福，却难将自身融入梅关。

1

自秦以来，马蹄声声，车辙滚滚，或经商，或征战，或升迁，或遭贬，爱恨情仇，荣辱兴衰，在梅关古道演绎着；更兼名家诗文点染，使得梅关古道犹如一幅宏大的历史画卷。

梅关古道，首先应记住的是唐代宰相、诗人张九龄。因是宰相，才有能力把古道修筑成一条真正意义上的驿道；因是诗人，便能让古道散发出绵绵不息的文化气味。一首《自始兴溪夜上赴岭》铺开了梅关古道悠悠诗卷：

尝蓄名山意，兹为世网牵。

征途屡及此，初服已非然。

日落青岩际，溪行绿筱边。

去舟乘月后，归鸟息人前。

数曲迷幽嶂，连圻触暗泉。

深林风绪结，遥夜客情悬。

非梗胡为泛，无膏亦自煎。

不知于役者，相乐在何年。

中国古代，出梅关后是蛮夷之地，便要过上"去国怀乡"的生活。因此，政治家们总是想着法子把异己"贬往岭南"，很多文人士子在贬谪中郁郁而终，但也有例外。

被列为"元祐党人"之首的苏东坡受政治迫害遭贬惠州，举家水路到达南安府后，弃船登上梅关。梅关古道似乎天然具有一种魅力，无论路过者多么窘迫，多么沉沦，总能激发其心中的澎湃诗情，更何况是豁达乐观的苏东坡：

梅花开尽百花开，过尽行人君不来。

不趁青梅尝煮酒，要看细雨熟黄梅。

写完之后，鹅笔一掷，长笑出关，到惠州，探幽寻胜，"日啖荔枝三百颗，不辞长作岭南人"。当权派嫉妒他的逍遥，于是将其贬往更遥远、荒蛮的海南岛。一般人此去便是人生终点，但对于乐山乐水的苏东坡，本就天涯处处是家乡，本就"安往而不乐"，文化的力量再次拯救了文化大师。

苏东坡携家带口北返梅关时，关楼下卖凉茶的老翁一句"天佑善人"引得他豪情大发，挥笔而就：

> 鹤骨霜髯心已灰，青松合抱手亲栽。
> 问翁大庾岭头住，曾见南迁几个回。

苏东坡走了，留给梅关古道绵绵诗情，无尽诗意，还有无限沧桑。

汤显祖来了，这一来，便将梅关爱恨情仇演绎得淋漓尽致、凄婉缠绵。

想必那时的古道定是"人苦峻极"，不堪行走，艰险难通；想必那时行走在古道上的多是怀才不遇的文人士子，失意沉沦。"世道无情，梅花有意"，梅关古道在路上撒下一曲"杜丽娘还魂记"陪伴着那些失意之人。无论多苦多累，无论心绪多低落，凄婉的爱情故事总会让路人流连忘返，对人生失意一笑了之。

"枫叶沾秋影，凉蝉隐夕晖。梧云初掩霭，花露欲霏微。岭色随行棹，江光满客衣。徘徊今夜月，孤鹊正南飞。"汤显祖一首《秋发庾岭》把梅岭秋色，描绘得栩栩如生。如果只是一首梅诗，那么，汤显祖也将如千千万万被贬官员一样，在漫漫古道留下轻轻划痕，转瞬即逝。汤显祖与古道更深的情缘结于《牡丹亭》。

明万历二十一年，汤显祖赴浙江遂昌担任知县，途经梅关古道，也听闻了杜丽娘还魂的故事。五年后，不忍朝纲败坏，他辞官归乡，而后从杜丽娘的遭遇中联想到自身宦海坎坷，写下"情不知所起，一往而深"的《牡丹亭》。于是，梅关古道记住了临川才子汤显祖，汤显祖也让梅关古道延伸至神州大地每一个角落。

一纸爱情诗，成了梅关古道百听不厌的千古绝唱；一曲《牡丹亭》，唱了四百多年。四百年间，梅关古道少逢诗词佳作，直至陈毅出现。

苏区红军主力战略转移后，陈毅因伤奉命留下，担负起领导江西革命根据地的工农红军开展敌后游击战争的重任。陈毅和战友们转战在深山密林中两年有余。《梅岭三章》便是陈毅被困梅山，自料难免牺牲的情况下写成的一组带有绝笔性质的诗篇：

断头今日意如何？创业艰难百战多。

此去泉台招旧部，旌旗十万斩阎罗。

南国烽烟正十年，此头须向国门悬。

后死诸君多努力，捷报飞来当纸钱。

投身革命即为家，血雨腥风应有涯。

取义成仁今日事，人间遍种自由花。

何等慷慨激昂、气吞山河！诗人舍生取义的一身正气回荡在梅关崇山峻岭之中。

在梅关古道留下梅诗的文人还有很多，比如三国太守陆凯的"江南无所有，聊赠一枝梅"，送别场面看似虚情假意，实则风流高雅。比如唐初宋之问，因罪被贬岭南，多次经过梅关，写有《度大庾岭》："度岭方辞国，停轺一望家。魂随南翥鸟，泪尽北枝花。"

如此诗文，不胜枚举，鼎盛时期，梅岭沿途共有诗碑一百三十六块，讲述着一段段或悲伤或激越的故事，默默陪伴着梅关古道。

华夏大地崇山峻岭之中的古驿道不在少数，但论古道留下的文人墨客足迹、诗文数量之多，非梅关莫属。这不免引起我的好奇：是什么让众多的名人志士在此留恋驻足、以诗明志？沧桑的历史还是美丽的风景？且进山入关一探究竟。

2

北宋王巩如是描述梅岭："予尝至岭上，仰视青天如一线，白梅夹道，行者忘其劳。然既过岭，即青松夹道，以达南雄州。"

古道很宽阔，路面也算平整，然而烈日当头，无处遮阳，走了不到十分钟已汗流浃背、口干舌燥。妻开始抱怨；入关之前我和她吹嘘这里是"郁郁凌云气，岩岩耸壑材""不风能避暑，即雨也衔杯"的林荫古道。我也开始怀疑王巩，怀疑《南安府志》，这哪是"仰视青天如一线"？

道路越走越长，山谷越走越宁静，虽有虫叫蝉鸣，却反而让古道更显寂然无声。

好在有陈毅"梅岭三章诗碑"，有"杜丽娘还魂记"陪伴，一路走来，倒也不觉辛苦，不觉太过寂寞。

到达山顶，两侧石壁不断渗透出滴滴水珠，丝丝凉意沁人心脾，汗气、怨气顿时消失得无影无踪。

一座雄伟的牌坊式关楼当头出现。关楼建于宋嘉祐年间，砖石结构，高大牢固，古朴雄伟，冬暖夏凉，北面门额上写着"岭南第一关"五个遒劲大字，跨过关楼，转身又见南面门额"南粤雄关"四字。

关楼游客很少，倒是遇见一位卖水老人，气定神闲，颇有"姜太公钓鱼""醉翁之意不在酒"之意境。

我突生疑念，莫非老人是当年在梅关为苏东坡煮茶的那位老翁后裔？于是借着买水之机，与老人拉起家常。对我的如此一问，老者笑而不答，却顺口吟唱："问翁大庾岭头住，曾见南迁几个回？"

站在梅岭之巅，站在赣粤分界处，站在梅关关楼，眺望着两边连绵不断、郁郁葱葱的苍茫大山，我思绪万千：眼前一会儿是红旗飘扬、千军万马，一会儿是枪林弹雨、险象环生；耳边不断响起马蹄声声，马背上坐着一个个文人墨客或被贬政客，张九龄、汤显祖、苏东坡，清晰却又模糊。

3

在关口歇了一阵，打听到走完古道南侧至少还需一个多小时，来回差不多三小时，看着炎炎烈日，还是以"时间紧"为由折返大余县城。道路两旁的寺庙、驿站已成为历史，夹道遮天的虬松也难觅踪影，扑面而来的暑气使人如陷蒸笼。

登山，我不算弱者，泰山、峨眉山、黄山，自己都视缆车而不见，凭双腿征服山顶，为何独独消受不住梅关古道的长途和清寂？本以为能找到古道激发诗情的原因所在，为何答案反而离我更遥远？

下山经过庾将军祠和梅国碑，我若有所思：战争，难道是战争使梅关古道丧失了触发诗情的意境，让梅关古道陷入沉寂？

梅关历来是兵家必争之地，梅岭南北自秦汉开始一直是古战场，历史上许多英雄豪杰曾在这里留有战迹。远的不说，最近一百多年，太平军与湘军、红军与国民党军队，便在这里反复厮杀。

战争一旦来临，那只能对不住宗教、美景和诗文，梅关古道无可奈何地切换着主题。

粤汉（京广）铁路、雄余公路、韶赣高速通车后，梅关古道逐渐被现代交通线替代，失去了古时南北通衢的功能，古道逐渐开始沉寂。

单就游人数量而言，梅关古道确实寂寞，但在中国文人心中，梅关古道不可能寂寞。我一路下山，一路浮现眼前的尽是喧闹场面：

迎面走来的是西汉大将军庾胜，庾将军为岭南带来第一批汉人。

浩浩荡荡、人涌马嘶的队伍是西晋末年为躲八王之乱的南迁人流。

那个被追逐至梅岭的和尚正是南传佛教的开创者，禅宗六祖慧能。

还有带领父老乡亲开通连接漳水和南粤浈水的大庾岭路（即今天的梅关古道）的老人，唐开元宰相张九龄。

苏东坡、秦观、宋之问、汤显祖又出现在梅关古道，虽遭贬黜，却诗情大发。

这些似乎太过沉重，于是调皮地走来了杜丽娘，并在此演绎出至情至圣的爱情故事。

古道上的快马，也使一个人快乐过，那就是远在华清池洗浴的杨贵妃，"温泉水滑洗凝脂，侍儿扶起娇无力"的她，正等待着岭南送过来的荔枝。"一骑红尘妃子笑"，梅关古道上快马接力，在给杨贵妃送荔枝。

极尽喧闹之后终于沉寂下来，归于平静；犹如一位儿孙满堂、享受天伦之乐的老人，又犹如一位桃李满天下、与众弟子围炉夜话的先生。老人的满足、先生的笑容，暗示着他们并不寂寞。

　　我心中的梅关古道，是一条拓展中华疆土的古道，是一条延伸华夏文明的古道，是一条传播佛教文化的古道；这样的古道，永不寂寞！

千古绝唱

吃过中饭，独自前往大余牡丹亭文化园。天气炎热，游客稀少，仍是应了去年暑期游梅关的那种寂寞心情。去梅关，以为那里只是普普通通的古驿道，岂知涌出一路诗人，令我措手不及，几经梳理，才稍稍触摸到苏东坡、汤显祖、张九龄这些文坛巨人在梅岭踩踏出的千年印迹。来牡丹亭，渴望已久，汤公戏剧熟记于心，当是可以气定神闲、游园不惊。

1

进入文化园，"东方爱神"四个巨幅汉字，如四颗璀璨明珠般直入眼帘，柔美之中隐现刚烈，令人心旌荡漾。中华文化习惯以"神"来赞美顶礼膜拜的人和物，比如"财神""药神""酒神""山神"等等，将杜丽娘称为"东方爱神"，无疑是赋予了她最圣洁、最崇高的荣誉。

作飞天状的杜丽娘雕像矗立在文化广场中央。那忧郁的眼神，看得出这是游园惊梦之后寻梦不得的丽娘；翩翩神韵、仪态万方却又向世人展示，这是冥判之后重获自由并满怀希望寻找爱情的丽娘，这是因爱死而复生、有情人终成眷属的丽娘。

她受制于父亲管教，年虽二八，身为太守千金，却终日绣房，足不出闺室，不知府上有个后花园，以致偶尔游园便触景伤情，本能而痛切地感受到美好青春被禁锢，花样生命被扼杀的悲凉。

她围困于封建礼教，因"游园惊梦"而怀春，因"寻梦不得"而伤春。杜丽娘的少女心思，杜母心知肚明，却无能为力；父亲杜宝不懂，也不想懂，固执认为"古者男子三十而娶，女子二十而嫁"。对爱情渴望、对现实绝望的杜丽娘只能自留丹青并以"他年傍得蟾宫客，不在梅边在柳边"的绝笔，寄托对人世的最后一丝幻想、一点期盼。

当她终于敢大胆追求属于自己的爱情时，已身处冥间。冥间判官虽外表狰狞，青面獠牙，却甚解风情，将杜丽娘鬼魂放出枉死城，随风游荡，灵魂重回梅花观，觅得梦中情人。

她为情而死是值得的，因为遇上了同样愿为情而死的书生柳梦梅。纵然触犯"开棺见尸，不分首从皆斩"的刑律，纵然内心也不相信死能复生、幽魂还阳之事，但挚诚爱情战胜了恐惧，柳生与石道姑冒死掘墓，丽娘也终于因爱死而复生。

爱情很美好，现实却依然残酷地受制于礼教。官至宰相的杜宝，即使柳梦梅高中状元，结发老妻携女相见，仍认为是"妖鬼白日欺天"。最后杜宝、柳梦梅、杜丽娘三人御前对质，由皇帝做主，悬镜鉴魂，杜丽娘和柳梦梅以至情的力量超越生死，赢得自由和团圆。

这就是汤显祖根据途经梅关古道时听来的"杜丽娘还魂记"改编而成的《牡丹亭》内容梗概。看似神话，却活如一部人间剧；虽是虚构，却显真实。于是，"东方爱神"如惊雷般响彻华夏大地，如春雨般沐浴着多情男女。

2

"不到园林，怎知春色如许"，顺着雕像指引，且随丽娘畅游后花园吧。花园正对面是"玉池精舍"，右拐进入"芍药栏"，九曲回转，虽炎炎夏日，仍觉春色满园，怎般景致，不枉乎"良辰美景奈何天，赏心乐事谁家院"。

终于来到牡丹亭，檐角飞翘，势若凌空，自己佯装书生模样，手持柳枝，缓步入亭，幻想着能艳遇缱睡于此隐几而眠的杜丽娘。

终于来到太湖石下梅根旁，绕梅三圈，幻想着能找到那个藏放丽娘自描丹青的紫檀匣，拾画拥画，唤得美人归。

终于来到梅花观，忍不住入观寻席而卧，观门虚掩，幻想着东方爱神飘然而入，将点点梅花散落于经台之上，道一声"秀才万福"。

牡丹亭，娇恰恰；湖山石，羞答答；读书窗，淅喇喇。

游完后花园，却总觉得还没有寻到牡丹亭文化根之所在，没有搔到最痒处。于是再进园，仍觉怅然若失：整个牡丹亭文化园竟然寻觅不到汤显祖的踪影，也找不到对这千古绝唱式爱情故事的完整介绍。

没有汤显祖的牡丹亭文化，难免残缺不全，易被理解为纯爱情文化，无法让游园者把握住其精义。离了汤显祖的牡丹亭文化园，便犹如一位得了软骨病的美人，再娇媚也无法长久侍立。

汤显祖是牡丹亭文化的灵魂，是镇园之神。

可记得，四百年前的某日，汤夫人送午饭到书房，见房中悄无一人，急忙率家人四处寻觅。后来听到后院柴屋传来隐隐约约的哭声，还夹杂着念些什么"赏春香……还是你……旧罗裙……"，原来是汤公写到《忆女》一幕，睹物思人，不禁悲从中来，满脸泪痕，为了不惊动家人，悄悄跑到柴屋里痛哭一场。

可记得，当年《牡丹亭》家传户诵，让称霸戏坛数百年的《西厢记》不得不减价，让娄江女子俞二娘读《牡丹亭》后哀感身世而亡，让杭州演员商小玲在演《牡丹亭·寻梦》时气绝身殒。

《牡丹亭》魅力不仅在文辞之优美，不仅在写性写情写爱，不仅在为爱而死、又为爱死而复生的离奇情节，更因为这是历经宦海浮沉、阅尽人间沧桑的汤显祖对统治华夏数百年的程朱理学的一声叛逆式呐喊。这一喊，道尽了封建礼教对青年男女的百般摧残；这一喊，引发了无数青年男女对自由对爱情的舍身追求。

一出《牡丹亭》，写出了"情"的觉醒，阐释了"情之至"的力量。汤显祖通过一系列奇幻情节，把在现实中无法实现的愿望，在超现实的理想境界中实现了，为呻吟于礼教文化铁幕内的青年开辟出了全新的人生境界，这正是"理之所必无，情之所必有"的奇迹，也显现了汤显祖"情必胜理"的决心和信心。

一出《牡丹亭》，温暖了多少女性的心房。封建卫道士们痛感"此词一出，使天下多少闺女失节"，"其间点染风流，惟恐一女子不销魂，一方人不失节"（黄正元《欲海慈航》），这正是慑于《牡丹亭》意欲解救天下弱女子之强烈震撼力的嘤嘤哀鸣。

一出《牡丹亭》，唱得丫山山顶道源书院的周敦颐、程颢、程颐也自惭形秽，掩面而退。泼辣直率的春香天真一问："关了的睢鸠，尚然有洲渚之兴，可以人而不如鸟乎？"看似在乱解"关关睢鸠，在河之洲"，但实际上，纵然朱熹在世，恐怕也将无言。面对这发自生命本能的"至情"，"存天理，灭人欲"的程朱理学和封建礼教终是有些心虚，有些胆怯；不要说迂儒陈最良，便是从道源书院请来周敦颐，请来二程，也会词穷吧。

牡丹亭文化实际上是对程朱理学的宣战书，将战场选在理学发源地南安府，汤公用心良苦。这也使得《牡丹亭》既属于它那个时代，又超越了那个时代而具有不朽的价值。

充满"千般爱惜，万种温存"的《牡丹亭》使汤显祖赢得"东方莎士比亚"的美誉，南安牡丹亭也因此名播四海，声誉不亚于滕王阁和黄鹤楼。

3

终于领悟到：牡丹亭文化是至情文化，是至爱文化，更是敢于冲破束缚、挑战传统、追求自由的文化。

倘若在广场上立一尊汤显祖雕像，甚至于让汤显祖与莎士比亚比肩，让《牡丹亭》与《罗密欧与朱丽叶》同台，无疑将进一步凸显牡丹亭之文化精义，将更加彰显对中华文化的自信。

倘若在芍药栏九曲回转桥铺展杜丽娘与柳梦梅爱情故事，穿越芍药栏犹如来到四百年前的南安府后花园，牡丹亭中再现杜丽娘，梅花观内重见柳梦梅，这将为牡丹亭文化园增添何等的魅力与吸引力。

倘若《西厢记》《长生殿》《桃花扇》与《牡丹亭》共展一室，华山论剑，《牡丹亭》在中华戏剧史上不可替代的冠军地位将一目了然。独霸剧坛数百年的《西厢记》因《牡丹亭》而黯然失色，仿《牡丹亭》而成的《长生殿》和《桃花扇》虽红极一时，终因政治色彩过浓而无法体味那种酣畅淋漓的至情至爱。唯有《牡丹亭》，艺盖古今，为爱而死却不敢复生的罗密欧与朱丽叶自叹弗如，贵为天子的唐明皇也只敢跟随杨贵妃还魂阴界不出天宫。

这样的牡丹亭文化园才有景有情，有亭有爱，才更显文化韵味。

好在牡丹亭剧院即将落成，下次再来时或许能够观看一场戏剧演出，亲身体验这千古绝唱。

有了牡丹亭文化园，有了牡丹亭大剧院，《牡丹亭》终于可以回归娘家，荣归故里。

王阳明在赣南

游历通天岩，一尊"王阳明雕像"让我流连忘返。

登大余丫山，途中于灵岩古寺旁巧遇"阳明亭"。

路过上犹，蓦然发现"陡水湖"已更名为"阳明湖"。

翻看县志，崇义县乃五百年前王阳明剿灭横水山匪后奏请朝廷所设。

浙江余姚的儒学大师阳明先生，功遂名成后客死于南安府青龙码头舟船之中。

…………

这一罗列，我无比惊讶：开创光耀千秋之"阳明心学"的王阳明居然与赣南有如此不解之缘。讶异之下，找来《王文成公全集》《赣州府志》《传习录》，细细研读。研读之后，无可抵挡地下定决心，要踏着当年王阳明的足迹重走一次赣南。

1

重走的第一站选择了崇义县。

崇义建县于 1517 年，王阳明以"崇尚礼义"之意取其名。五百年前的崇义属于上犹县的一个乡里，民稀而地僻，据《上犹县志》记载："正德间，山贼盘踞南安上犹。贼首谢志珊据横水，自号'征南王'，与桶冈贼首蓝天凤、广东贼首池大鬓等互相声援，连接千里，荼毒列郡者数十年。官兵讨之，不克。十二年，大修战具，造吕公车，欲谋不轨。"

横水，即今天的崇义县城；桶冈，乃今天的崇义县思顺乡齐云山村。

造吕公车，可不是一般的抢劫杀戮，是要谋反，要夺江山。正德皇帝这才真慌了，一纸诏书急命王阳明巡抚南赣，平乱戡匪。

平乱戡匪，难免又要战火连绵，生灵涂炭，百姓遭殃；万幸的是赣南百姓遇到了王阳明，一位"知行合一"的侠儒。

如果没有"人性本善"的"知"，剿匪便是简单长驱直入、大肆杀戮，也就不可能写出情真意切、情理并茂、诚意之至的《告谕巢贼》，让大半匪贼思想动摇，精神涣散，斗志瓦解，甚至直接缴械投诚，从而达到不战而屈人之兵的最高兵事境界。

如果没有"仁义之道"的"知"，自是如历任巡抚般，为一己之政绩征调比土匪还土匪的湖广土军、广东狼达匆匆而来，荡平一切，又匆匆而去。匪患则春风吹又生，有过之而无不及。

深知"破山中贼易，破心中贼难"的王阳明，招募民兵自行团练，推行"十家牌法"让村民自治，颁布《南赣乡约》改变民风民俗，剿匪之后又力劝朝廷设置崇义县府以求万世长治久安。

正是王阳明对崇义设县的首功，走在崇义县城，便无处不感受到王阳明的气息和思想。"阳明国家森林公园""阳明湖湿地公园""平茶寮碑阳明主题公园"，一路伴我随行，而崇义图书馆、博物馆也分别命名为"阳明书院"和"良知楼"。正德皇帝、嘉靖皇帝坐了江山，统了天下，大明河山也没听说哪山哪河易姓为朱，倒是王阳明一个遭贬大臣，在南赣一块蛮夷之地主政五年，这里就忽然山湖易名了。个人是微不足道的，只有当他与百姓利益，与社会进步连在一起时才会价值无穷，才能被社会、被历史承认。历朝历代有多少人希望不朽，或刻碑或建庙，但哪一块碑哪一座庙能雄过高山、永如河湖呢？

这阳明山、阳明湖、阳明书院正是对王阳明永恒的纪念。

2

平定山匪，王阳明便算完成了朝廷的使命。对常人而言，完全可以居功自傲、颐养天年了。但他更大的心愿是要实现民众之"知"，于是孜孜不倦地刊儒书、办书院、讲经学。

学生薛侃在赣州刊行王阳明的语录《传习录》上册，其中包括徐爱记录的一卷及序二篇、薛侃和陆澄记录的一卷。

王阳明手书《大学古本》《中庸古本》《修道说》，从赣州千里传书至庐山白鹿洞书院，当时就摹刻上石。

政务之余，组织修缮赣州濂溪书院，新建信丰桃溪书院、赣县云龙书院和上犹东山书院。

王阳明觉得这一切是比平匪戡乱意义更大的"破心中贼"的实事，那一时的事情无法与这长期的事情相比，他要用教材和书院的力量来普及自己的思想，通过讲学在更大范围内春风化雨。

打仗时讲，打完仗更要讲；在书院讲，游山玩水时也讲；对饱学之士讲，对农夫村妇也讲。

王阳明得到了好学上进、崇文向善的赣州人空前支持。明嘉靖年间编著的《赣州府志》记载：王阳明当年讲学时，盛况空前，城内濂溪书院和阳明书院常常座无虚席，连围墙上都聚满人群，倾城谈论阳明学。

讲呀讲，教化了民众，更提升了自我。潜心讲学于此的王阳明每天默念着"天即理"，可天又是什么？是那片永远也望不到边的蓝，还是那朵不时遮于其上的云？自己每天在这通天岩、观心岩所讲的心学到底能否通天？直到有一天，学生陈九川在通天岩的提问，终于让那憋了十几年，已在口边却说不出来的三个字犹如旭日东升般喷薄而现，从此光耀华夏。

正德十五年初夏，门人陈九川往虔（即赣州）通天岩拜见王阳明，问老师："近来功夫虽若稍知头脑，然难寻个稳当快乐处。"

先生曰："尔却去心上寻个天理，此正所谓理障，此间有个诀窍。"

陈九川问："请问如何？"

先生曰："只是致知。"

陈九川问："如何致？"

先生曰："尔那一点良知，正是尔自家底准则。尔意念着处，他是便知是，非便知非，更瞒他一些不得。尔只不要欺他，实实落落依着他去做，善便存，恶便去，他这里何等稳当快乐！"

那一刻，他开悟了，通天岩，不正是通往天理之岩吗？对了，心即天，而心就是良知，明天理，不就是要致良知吗？理终于有了实实在在的落脚处。

通天岩灵动的佛陀之气和宁静的隐逸之气终于呼喊出光照千秋、与日月同辉的"致良知"这一醒世恒言。

看似普通的一席对话，却促使明清最伟大哲学思想的诞生。经历了官场因伸张正义而被贬，经历了龙场悬崖临跳顿悟，经历了南赣两年剿匪，经历了平宁王反被诬陷，"致良知"在王阳明心中可谓是百转千回、千锤百炼，千呼万唤终于在通天岩破壁而出。一语之下，洞见全景，真是痛快！

心即理，理即天，天人合一，这便是"致良知"的起源，通天岩乃"通心岩"也，乃"通往天理之岩"。

"致良知"无疑是心学思想更加精炼，更加传神的总结，是"在事上磨炼"之后对"知行合一"思想的再一次提炼，是真正通心了，通天了。

3

离开江西的王阳明回到老家余姚继续讲学，似乎他与这块土地的缘分已尽；然而上苍却有意要把心学精魂留在赣南大地。

1529 年 1 月 9 日，江西南安，一艘泊于青龙铺的舟船上，一个高贵的灵魂离开了人世。

王阳明逝世前三天，自南雄越梅岭到达南安府，此前刚刚平定思田之乱，戡定八寨、断藤峡匪患。离开增城时，病情开始加重，王阳明打算在南安府休养几天，并饶有兴致地前往丫山灵岩古寺敬祀拜庙，顺便访问那里的高僧老友。

只是高僧已经圆寂。圆寂之前嘱咐弟子锁上居室，告诫要等一位王守仁施主出现才能开门。

所等之人正是王阳明。

于是禅室门开，桌上有一封布满灰尘的书信，王阳明拂去尘土细读之下满身冷汗："五十七年王守仁，启吾钥，拂吾尘，若问前生事，开门人是闭门人。"

五十七岁的王阳明心生不安，匆匆离寺下山，离府上船。

船在慢慢前行，终于走到不能再走的地步，夜幕降临之时，船停泊在青龙铺码头。

天命难违。第二天早上八时许，王阳明让家童把学生周积叫进船舱，周积躬身侍立。

这个大禹陵前立志的少年，兰亭下写诗的文学青年，龙场悟道的心学大师，领兵打仗的慈悲将军，呼唤心性自由的启蒙思想家，徐徐睁开眼睛，说："吾去矣！"

周积泣不成声："老师，有何遗言？"

老师微微一笑："此心光明，亦复何言？"

"此心光明，亦复何言"，何等洒脱，却又何等震撼人心！

为这八个字，我不由自主地来到大余县青龙镇赤江村青龙铺王阳明去世原址，如今的"落星亭"。

静坐"落星亭"，内心颇觉失落。一位五百年以来最有影响力的哲学家，一位为无数迷航的芸芸众生点亮灯塔的心学大师，一位中华文化长河中的鸿儒侠将，为纪念他而在其去世处修建的"落星亭"，却是由一群日本阳明学专家学者捐建，碑名也是由日本九州大学冈田武彦所题，这不能不让我汗颜和羞愧。

把这一想法告诉陪同前来的妻子时，她笑着回答："这不正说明阳明心学影响力之大吗？"

是啊，哲学原本没有国界，自己持这种狭隘的观念，乃此心不够光明。

4

如果说贬谪龙场造就了中国哲学史上的王阳明，南赣巡抚的任命则造就了中国政治史上的王阳明，并将其推上一个更高的哲学巅峰；而正是这两个方面的相互激发、相互结合，才造就成完整的、千古唯一的王阳明。

可以说，王阳明在赣南的四年是其一生中的最重要时期，他在南赣的心学实践是其心学理论得以形成与完善的最重要部分。显然，赣南是王阳明"知行合一"思想的试验场，并直接引导"致良知"思想的诞生。

"知行合一"的王阳明在这里遇上勤劳勇敢的赣南人，于是便有了"立德立言立功"的伟大传承。

赣南也因王阳明的眷顾，由"蛮夷之地"逐渐演变成"礼仪之邦"，物质文明和精神文明得以共同发展。

阳明濡养着赣南，赣南也怀念着阳明，并期待着再一位王阳明的出现……

通天岩之"隐"

1

我和妻一大早就赶往通天岩了，这次是故地重游。读高中时来过，去年暑假也来过，但每次都太匆匆，仅迷恋于那山、那湖，那岩、那树，记忆中能说出的也就一个蒋经国舞厅和一尊微笑着的睡佛。

再次来到通天岩，已不满足于简单接受大自然洗礼，而是要寻找"山魂"。

进入山门，王阳明雕像迎面而来。当然是王阳明，通天岩由他来引领，再适当不过。

妻站在王阳明雕像前看了一阵，脱口而出："没想到一代心学大师王阳明这么帅气。"

我未免一惊，这评论，看似调侃，倒也颇为贴切，王阳明的魅力不仅在其人品，其心学，也在于他的气宇轩昂、阳刚伟岸。

穿过风范亭，越过陡峭台阶，便来到了王阳明讲学处——观心岩。王阳明端坐其中，左右是邹守益和陈九川，旁边两书童侍立。

王阳明是中国历史上罕见的全能大儒，他在推行自己的教育文化思想和心学体系时，必然要寻找一个宁静灵动而又有浓烈文化氛围的场所。通天岩曾有许多高人隐士卜居，无疑是修行的绝佳之地。于是，每天政务之余，总是匆匆赶往通天岩，与众弟子探讨心学真谛。

他常常独自行走在通天岩的幽静小道上，与不同时代的智者隐士进行着跨越时空的心灵交流。虽然已臻知行合一境界，却仍觉得缺了点什么，没有到达顶峰。

上苍青睐这条哲学巨龙，先将其抛在千里之外的龙场，悟得"圣人之道，吾性自足"，如今又以某种隐隐约约的暗示让他来到通天岩。《王阳明在赣南》一文中，我曾写道：通天岩灵动的佛陀之气和宁静的隐逸之气终于呼喊出与日月同辉的"致良知"这一醒世恒言。

穿过长长的阳明书洞，豁然开朗，忘归岩跃然眼前。忘归岩与其他岩洞不同，是一个贯通的岩洞，游人穿过岩洞便可进入屏峰内侧，恍如世外桃源。忘归岩上有很多摩崖石刻，最著名的又是王阳明的一首五言诗：

青山随地佳，岂必故园好。

> 但得此身闲，尘寰也蓬莱。
>
> 西林日初落，明月来何早。
>
> 醉卧石床凉，洞云秋未扫。

显然，王阳明已经把蓬莱仙境般的通天岩视作自己的又一个故乡，一如会稽山。他无比渴望能隐居于此，但他的心学思想不允许他脱离尘世，他的"知行合一"要"担当世道"，因此，归隐的只能是他的心。

身为官场之人的王阳明，与通天岩众多山野隐士截然不同，他是"心隐"，是"大隐隐于朝"。

2

通天岩的众多隐士中有一位大儒，上犹县安和乡莲花井村人阳孝本。阳孝本年少时勤勉好学，二十九岁游学汴京，因学识渊博，才华横溢，被左丞蒲宗孟聘为老师，后因不屑与官场同流合污，带着满腹才情回乡，隐居在通天岩，号"玉岩居士"。

遥想当年，意气风发的阳孝本沿赣江顺流而下时，内心何等踌躇满志，而当从京城逆流回乡归隐，内心又怎样地无奈与凄凉。

似乎还要考验磨炼一下这位隐士，宋大观三年，阳孝本再次接受了朝廷直秘阁参事的任命，但一达京城便心生悔意，不久再度辞官。

　　这次的归隐从容淡定、义无反顾。阳孝本回家后就将家产分为三份，一份送给乡中师友，一份捐给赣州通天岩的寺庙，一份留给自己日常应急，然后便到通天岩隐居。

　　通天岩再次敞开怀抱接纳了这位阔别的游子。他的性情、爱憎，终于与通天岩的岩石融为一体。他的隐，被通天岩的山水推向了极致；通天岩的山水，柔情之中便也多了风骨。

　　阳孝本在通天岩的隐居之地为翠微岩，紧邻广福禅寺，旁侧建有一座"阳公祠"。

　　广福禅寺主殿位于后龙山山腰的中间处，院门则与主殿不在一条中轴线上，视野开阔，山下坡处有一水塘。论通天岩风水，广福禅寺为最，藏风聚气，又不闭锁，灵动之气，周流不息。

　　阳孝本选了一个充满灵气和仙气的归隐之地。

　　在我心中，历史上最高风亮节、清逸绝尘的两大隐士，一位是西汉的严子陵，另一位则是北宋的阳孝本。

　　因范仲淹的名篇《严先生祠堂记》而让严子陵成了高风亮节隐士之代表人物，"云山苍苍，江水泱泱，先生之风，山高水长"也成了诸多隐士追求的最高境界。至今，富春江畔严子陵钓台仍是文人骚客争相竞去之处。

　　同样"出乎日月之上"的先生，千年之后再度现身，并隐居于通天岩。

　　这一隐，便是四十年，最后在通天岩无疾而终。

　　这一隐，为通天岩引来了大文豪苏东坡。

3

那年，被贬岭南路过赣州的苏东坡专程前往通天岩拜访阳孝本，两人相见，"深讶相遇之晚，遂为刎颈之交"。

阳孝本小苏东坡三岁，属同时代人。阳氏对苏氏的文章佳誉早已烂熟于心，对苏氏一生陷于新旧党争之中屡遭讼狱郁郁不得志的悲凉处境也深有体察；而受老庄出世思想影响颇深、在政坛官场上浮沉颠簸甚至流放的苏氏，对阳氏急流勇退、退隐山野的人格精神同样有着深刻的认同，两人是精神知己。

爱热闹的苏东坡其实也是个内心向往归隐之士。他曾在政务之余去徐州云龙山拜见隐士张天骥，并为山人二鹤挥笔而就《放鹤亭记》。"子知隐居之乐乎？虽南面之君，未可与易也"，文章虽这么写，然而，此时的苏东坡正任徐州太守，官运亨通，春风得意，官场之乐远胜隐居之乐，虽心生向往但尚不愿归隐。

还未品出官场之乐的苏东坡，却瞬间因乌台诗案遭贬黄州。偶遇已成隐士的旧友陈季常，很是惊讶，无法理解"世有勋阀，家在洛阳，园宅壮丽，岁帛千匹"的陈季常为何要"皆弃不取，独来穷山中"。及宿其家，似乎才略微悟得归隐之乐，并作《方山子传》。此时的苏东坡未必真正知道方山子舍弃富贵隐居山林所得为何，所乐为何，他心中仍割舍不断与朝廷的千丝万缕，一旦有机会，又忍不住步入政坛漩涡。

直至再次被贬岭南，途经虔州，遇见阳孝本，苏东坡才彻底意识到内心向往的生活原来如此，自己一生苦苦追求的那种与世无争、闲云野鹤的境界，《放鹤亭记》《方山子传》中梦境般的世外桃源，阳孝本拥有了。苏东坡对归隐于此的阳孝本羡慕至极。

于是，两位超然飘逸的大才子来回互访，携手同游郁孤台、八镜台、光孝寺，在濂泉旁多次彻夜长谈。

然而，苏东坡的名气实在太大，大到同时代的文人嫉妒得咬牙切齿，这种名气让他即使有心归隐也已难成现实；朝廷一催再催，身不由己的苏东坡不得不与已成为知己的阳孝本依依惜别。

离别之际，苏东坡所写赞诗，则成了范仲淹《严先生祠堂记》的姊妹篇，诗云：

> 道不二，德不孤。无人所有，有人所无。世之所宝者五，天啬其二而畀其三。是以月计之不足，岁计之有余也。

当然，苏东坡之于通天岩，有些匆匆，但毋庸置疑，他那被动之隐让通天岩的文化增添了不少亮色，让阳孝本的主动之隐显得更加难能可贵。

如今被称为"苏铁"的千年铁树静静守护在阳公祠旁边，枝叶繁茂，年年开花。

4

走在通天岩幽静小道上，我一直在思考：小小的通天岩，自晚唐至今，千余年的时光里，为何有如此众多的文人雅士对其恋恋不舍？

或许是独特的地理位置造就了赣州城善接纳、乐包容的博爱胸襟，赣南大大小小的河流，仿佛为它而生，以一种朝圣般的魔力，从四面八方蜿蜒汇聚而来。在这一特质的荫庇下，"石峰环列如屏，巅有一窍通天"的通天岩，便也拥有一种海纳百川的秉性。于是，通天岩嵯峨的山石、苍翠的林木、灵动的气韵、清凉的福地，自然而然成为人们回归自然、重返宁静、安放灵魂的家园。

西晋"八王之乱"的连年战火，辽、金、元的铁蹄蹂躏，迫使大批北人南逃，跨过黄河、淮河、长江，逆赣江而上，最后客居虔城。一次次客居，居然成了世世代代定居，客人也成为主人，并形成了与当地居民、当地文化完全融合的客家族和客家文化。

佛教文化是南迁文化体系的重要组成部分，宁静灵动的佛教在这里遇到同样宁静、同样灵动的通天岩，立刻结缘。

南迁的北人中不乏王公贵族、文人墨客，但经历过那些灾难的他们，不再张扬，只想潜心向佛，潜心隐居；正是大量中原人士的"隐"，拉开了通天岩石窟艺术的序幕。

千年时光过去，通天岩的丹崖峭壁上，留下了叹为观止的三百五十九尊石龛造像，一百二十八品摩崖题刻。一尊尊石龛造像栩栩如生，一品品摩崖题刻灵逸生动，由此，便也成就了通天岩"江南第一石窟"的美名，并奠定了通天岩宁静灵动的文化底蕴。

这种文化底蕴又吸引着更多的文人雅士来此隐居。他们沿赣江逆流而上，在赣州城弃船登岸，入世前的迷茫，出世后的淡定，为官时的焦灼与疲惫，退隐时的从容与豁达，似乎只有通天岩的山水与他们相融，只有通天岩的风月与他们相通。

通天岩之魅力，原来便在一"隐"字，因"隐"而"引"。

通天岩之山魂，原来便在这"隐"字。

走进客家

1

小时候就知道自己是客家人，却不知道客家与其他族群究竟有什么不同。游历于赣南的山山水水，随处可见客家饭店和客家大院，各种客家风俗也往往成为当地旅游的重要载体，但我仍触摸不到客家人的真正脉络，琢磨不出客家文化的真正内涵。

客家文化的根当在赣南大地的山山水水，客家文化的源当在客家人日常生活中的点点滴滴，寻找开启客家文化之门的密钥成了我每次回赣南老家时无法抵挡的诱惑。

2

参观完赣州五龙客家风情园和赣南客家文化博物馆，我紧赶慢赶，终于在天黑之前来到了城北的龟角尾。章江、贡水于此汇合奔流向北。驻足龟角尾，触摸着那尊屹立于此的"客家先民南迁纪念坛"石碑，极目远眺，依稀间一艘艘逆流而南的惶恐舟楫缓缓跃入眼帘。

西晋末年"八王之乱"，持续二十多年的天灾人祸使本是沃土的中原地区饿殍遍野、民不聊生，许多贵族士人也被迫举家南迁。一路战乱，跌跌撞撞，直到赣江源头才总算找到一块相对平静的落脚之地，宽厚的本地土著居民接纳了这些逃难而来的客人。

盛唐之后，无论是经济还是文化，中原地区都已达到了那个时代的顶峰。历史却总在轮回，"安史之乱"把一切再次推入了谷底。为躲避战乱，数十万北人又是举族背井离乡，渡淮越江，辗转南下，沿着同样的路径来到了赣江源头，并客居于此。

宋朝更乱，举国南迁，定都临安，隆裕太后也曾逃难至赣州城头，成百万的北方汉人涌入了赣南大地，虽自称为客，却已俨然成了这里的主人。

南迁一直持续着，元军南下，清军入关，每次都因北方少数民族的入侵，迫使北方汉人一次又一次整体南迁，南迁……

汉人南迁，为赣南大地带来了先进生产技术，带来了文明，同时也带来了客人与主人之间对土地、对文化认同方面的矛盾，有时甚至演变为大规模的冲突。好在南迁而来的汉人大都厌恶战争且敦厚善良，当地土著居民又本性宽厚，于是融合最终占据了主导地位。融合而不是兼并，客家文化让土著风俗罩上了中原文化的光环，但在骨子里，客家文化的许多内容又融入了浓浓的土著风味。

一千多年的不断南迁，一千多年的持续融合，催生了一种以儒家思想为指导、崇文重教的客家文化。这种文化因融入了当地土著因素，少了些北方汉人的豪迈，变得谦逊；也因为经历过太多的战乱和逃难，渴求安居乐业，磨没了北方少数民族常有的侵略性，变得平和，懂得共赢共生。这种谦逊与平和，成了北来文化与当地文化最好的融合剂。赣南大地百分之九十以上是客家人，虽然已成为这片土地上的主人，却仍谦逊地以客家身份自居，时时刻刻提醒自己谨遵为客之道，感恩之心代代相传，我认为这才是客家文化最灵魂最核心之处。

从这个角度来看，客家其实是一个文化概念，是南迁汉人与当地居民互相融合，两种文化互相包容糅合而成的。

3

知道生我育我之地便是客家起源之处时，孩提的一些生活场景不自觉地从记忆中浮现出来了。

我的家乡横寨旗山，地理位置偏僻，老屋后面是连绵不断的群山。寨坑是深山中另外一个村民小组，与我家相隔约十五里。每到春节，那个神秘的地方会有一支庞大的舞龙队蜿蜒而出，经过各村各寨，经过各家各户，带来笑声，带来吉祥，年年如此，岁岁不变。

有一年春节，父亲答应带我前往寨坑参加敬神活动，那场面着实把我吓了一跳：成千上万的人聚集在一起，老人用彩纸和竹子扎成大神，青壮年举着龙灯护大神巡游，方圆十几里的各村村民担着鞭炮、香烛、猪肉和活鸡等祭品前来拜大神，祈愿来年风调雨顺。直到正月末，村民才会举着龙灯护送"大神"到溪水边焚烧，一年一度的祭祀也暂告一段落。

长大后才知道，舞龙队的意义不仅仅是图个热闹，整个过程其实是客家先人传承下来的一项重大民俗活动：重风水、信巫术的客家先人埋头劳作一年，到岁尾年初要抬起头来与神对对话，要把讨厌的鬼疫狠狠地赶一赶，并称之为"唱船"。

再后来，读了余秋雨的《贵池傩》，才猛然醒悟，"横寨唱船"就是客家人的傩祭仪式。客家傩的宏大、悠久远胜贵池傩，是客家先民以舞龙为形式，以驱鬼逐疫、迎吉纳福为愿望，以纪念屈原为主题的一种古巫文化，是中原文化与南方土著文化融合的产物，是客家文化的重要组成部分。

如今，我重回故乡，再次前往寨坑观看"唱船"。热闹依然如故，只是充满笑容的村民们已不似先前那般肃穆，护送"大神"也略带调侃，并且敢于与神一起分享祭祀用的猪肉和活鸡了，几百张饭桌摆在大街上、草坪中，祭拜之后，男女老少便又一起分享流水宴。

自然认知更加科学的客家后辈们传承这一活动的目的，

已由单纯"祭神"转变成同时"聚人"，将此作为连接常年分散在五湖四海的客家亲人的一条重要纽带。

小时候另一件令我神往的事，是到城里去观看"采茶戏"。听看过戏的大人们说，演戏的姑娘个个长得漂亮，山歌唱得很好听。在我十岁那年，市里为了丰富农村文化生活，组织采茶戏团下乡巡回演出，我也有机会看到仙女般的演员了。本以为平日讲的"土话"，只有县城这一小范围的同乡能听懂。所以，看到从城市来的采茶戏演员在舞台上居然讲着唱着那些"土话"时，颇觉惊讶，也顿感亲切。

参加工作后，有一次去广东梅州差旅，电视屏幕上也传出熟悉的"土话"，那一刻才猛然惊醒，这"土话"就是神州大地上有八千万人在讲的客家方言。有八千万这个庞大群体撑腰，我的底气也就足了，觉得"土话"也不土了。

这次回老家，专程前往五龙客家风情园欣赏了一出"采茶戏"表演，《九龙山采茶》《南山耕田》《打猪草》《补皮鞋》《老少配》《茶童戏主》，这些当年听了让儿时的我脸红心跳的山歌，如今细细品味才发觉，无论文学性、艺术性，还是演唱方式，都堪称一绝，是客家文化的明珠。只是现场观众寥寥无几，年轻一代对采茶戏感兴趣的越来越少。观众少，演员自然也就难以生存，传承甚至出现了断层。欣慰的是，由江西省赣州市南康区文化馆申报的传统技艺类非遗项目"元宵节赣南客家唱船习俗"终于被正式列入第五批国家级非遗代表性项目名录，"赣南采茶戏"也在多年前就被列入国家级非遗项目。

回忆起儿时的点点滴滴，才知道自己从小便被客家文化环境包裹着，生长的地方便是客家文化发源地，小时候唱的山歌，听的采茶戏，耳闻目睹的看风水、算命看相，原来都是开启客家文化的密钥。而自己也在潜移默化中成了一个地地道道客家人。

4

意识到自己的客家身份后，对客家文化的思索和关注，不自觉多起来了。赣闽粤大小城市处处可见的客家博物馆、客家民居、客家文化园，成了我经常光顾的地方。

让我惊讶且自豪的是，在自己的第二故乡上海，居然也有两条以客家人名字命名的马路——子青路和晋元路。上海以人名命名的马路不多，子青路和晋元路想必蕴藏着某种不同寻常的故事。

比不上中山东一路的万国风光，也不曾拥有思南路的浪漫情调，更没有"新天地"的灯红酒绿，子青路和晋元路却定格了两个重大历史事件——"八一三淞沪会战"与"四行仓库抗战"。

"八一三淞沪会战"是中日双方在抗日战争中的第一场大型会战，也是整个抗日战争中进行的规模最大、战斗最惨烈的一场战役。

战役的惊天动地和残酷激烈最后集中到了"姚子青营"。

1937 年 8 月 31 日，姚子青率领全营五百人奉命坚守宝山城，与日军浴血奋战七昼夜，经过激烈的巷战、肉搏战，终因敌众我寡，全营官兵壮烈殉国。消息传出，震惊中外，姚子青和全营官兵"血战宝山、与城偕亡"的壮举更是激起了国人抗日的高潮。香港著名电影导演徐苏灵、蔡楚生根据姚营事迹，拍摄的《孤军喋血》《血溅宝山城》两部电影，在中国内地、港澳及南洋等地极为轰动。

上海淞沪抗战纪念公园内，宝山人民用重达二十吨的天然巨岩立了一座纪念碑，正面镌刻着"姚子青营抗日牺牲处"，紧依其旁的另一块大石上，刻着姚子青营六百壮士喋血宝山的壮烈事迹。

历史不会忘记民族英雄，宝山县曾一度改名为"子青县"，行知中学门前的"宝林支路"也已更名为"子青路"，以纪念客家抗日英雄——广东平远人姚子青。

在姚子青"血战宝山、与城偕亡"的同时，他的老乡，另外一位客家人，也在几乎没有任何天然屏障可以防守的淞沪平原与日寇浴血奋战，并从姚子青手中接过了续写民族精神的战笔。

宝山失守后，闸北地区抵抗日趋艰难。因九国公约的签字会议即将召开，为赢得国际社会的同情与支持，八十八师五二四团奉命留守苏州河北岸。团长谢晋元选择了四行仓库作为抗击日寇的阵地。四行仓库位于苏州河北岸，对面是租界，日军不敢使用重炮，此处决战的国际影响可见一斑。

沿晋元路从北往南而行，走到路尽头，来到苏州河边，便是四行仓库抗战纪念馆。墙上弹孔历历在目，硝烟战火仿佛就在眼前，这是上海滩唯一一处战争遗址类纪念馆。八百壮士与日军激战四昼夜，以弹丸之地抗击穷凶极恶的侵略者，毙伤日军两百余人，极大鼓舞了中国军民士气。战斗至此，胜负已不重要，拼的是中华儿女保家卫国的意志，呈现的是中华民族宁死不屈之气节，可谓是：伍佰健儿齐殉国，中华何止一田横。

抗击日军四昼夜后，撤入租界，却无法回归大部队，整团被软禁，成了"孤军营"。整整四年，政府无能为力，营救不出这数百名为国受难的民族英雄。四年后，日军占领租界，谢晋元被叛徒暗杀，其余沦为日军苦役，大部分客死他乡。呜呼哀哉，弱国无外交！

晋元路，上海再次以一条马路的命名来记住这位客家抗日英雄——广东梅州人谢晋元。

5

了解越深入，越为自己的客家身份而自豪。文天祥为代表的客家人在抗元斗争中的杰出表现，洪秀全领导的以客家人为主导的太平天国运动，客家人对辛亥革命及红军长征做出的卓越贡献，抗日战争中像姚子青谢晋元那样挥洒热血和豪情的客家汉子，凡此等等，千百年来，客家人在民族斗争的风口浪尖上，无不表现出罕有其匹的爱国精神和民族大义，这些都是客家人坚毅、果敢、富于反抗的人文性格与特定历史环境相结合的产物。

终于明白，客家人的独特方言、独特风俗、独特社会心理和族群性格组合而成的客家文化，正是客家与其他民系或族群的显著区别所在。

如果说一千多年前的南迁是被迫逃亡，一千多年后，在赣闽粤交界地创造辉煌、创造历史、创造客家文化的客家先辈们领导辛亥革命，北伐抗日，跨越南洋，耕垦台湾，则完全是一种自主自觉的行为，这种自主和自觉让客家文化站上了一个更加包容、宏伟、有生命力的制高点，也让客家人在世界舞台上有了展现自我的更广阔机会。

住进围屋

　　赣南围屋很多，记载并保存的就有数百座，东生围、关西新围、耀三围，每一座都如雷贯耳，单写任何一座都生怕厚此薄彼。偶然读到刘上洋散文《一座围屋的回响》，我终于作出了选择：关西新围是客家民居建筑中高高屹立的丰碑，是赣南围屋代表之作，理当成为首选之地。

　　位于江西龙南的关西新围与西昌围、田心围、鹏翔围自成群落，作为赣南围屋典型代表，见证着客家文化的延续和变迁，成了客家后辈缅怀那段轰轰烈烈南迁历史的永不磨灭记忆。

　　进入景区，我沿着关西河边来回踱步，又绕到后山徘徊，细细品味着此处的整体恢宏和独特的风水胜境。风水是客家人选择居住地的首要考量，依山傍水则是风水基址的必要条件。有一首客家民谣唱出了个中奥妙：山连着山，那山就是九连山；水连着水，那水就是赣江水，水的源头有一座美丽的村落——客家围。龙形的后山，蜿蜒的关西河，便是护佑着关西围的极佳风水。几百年的历史也证明着这块风水宝地对子孙后代的护佑。

绕行于长达 92 米、宽足 83 米的关西新围，我没有急于进入。我在想，该是一个什么样的家族才能建造出这样一座规模宏大的居室？

听完当地朋友介绍，很是钦佩，主人徐名钧是一位地地道道的客家人，起初不过是一名普普通通的木材商人，只能靠着木材生意的微薄收入养家糊口。有一次，他从家乡龙南护送上等木材前往江南，行至南昌附近，见一小孩落水，于是奋不顾身跳入江中救上了小孩。被救的小孩是时任南昌知府的公子，知府为答谢救命之恩，给他颁发了一道免除关税的手令。从此，徐家生意顺风顺水，后又开药铺、当铺，资产越滚越大，成为一方富豪。客家人骨子里流淌着的"见义勇为"精神，成了徐名钧事业的奠基石。他救人本没有任何目的，但上天给了这种善行至高回报，可谓是"救人就是救己，助人自有人助"。

闯荡天下大半生，积累了巨额财富的徐名钧，本也可陪伴爱妾在江南肆意找个小镇建一豪宅，安享晚年。只是客家人"叶落归根"的家乡情怀，让他最终选择了回归。他有十个儿子和三十多个孙辈，客家人习惯祖祖辈辈以围屋聚族而居，多代同堂。徐名钧的大家族思想让他一直有个心愿，就是让全家所有人生活在一起，并不断繁衍下去。

见过了南京皇城的宏大气势，见过了江南富商庭院的小桥流水，徐名钧下定决心，在家乡关西倾毕生积蓄建造一座属于客家人的"皇宫"，他要让这座"皇宫"代代相传，成为客家人永久的城堡。

他开始构思着，从燕翼围想到了老宅西昌围，从江南小镇想到了苏州园林，从南京贡院想到了东林书院，他要把客家围屋、军事炮楼、书院学堂、江南园林融为一体，在家乡建筑出完全耳目一新的客家民居。

首先要考虑的是安全防卫问题。清代中晚期，尤其是咸丰年间，天下很不太平，战火此起彼伏，因居住环境、生态环境的恶化，客家人被迫移居山区，举族抱团居住。徐名钧设计出来九米高、一米厚的实心墙，围墙上遍布枪眼，四角则各有一座炮楼。这种军事堡垒式的居室，让徐名钧踏实不少，后来发生的事也证实了他的远见：广东的会党首领翟火姑听说徐名钧富甲一方，并新建了一栋大围屋，于是便派副首领罗添亚带领几千兵丁开到关西，将围屋围得水泄不通，然后用炮火轰击。在这危急时刻，围内的男人们通过墙上的枪眼用土枪猛烈射击，通过炮口用火炮猛烈轰击敌人，把敌人打得狼狈而逃。

其次，是要在家族培育和传承书香气息。那个年代，仕途仍是最高贵的职业，商人即使富可敌国，仍低人一等。徐名钧自己读书不多，深受其苦，如今条件好了，一定要让子孙后代光宗耀祖。他的设计中，大书房、梅花书屋占了整栋围屋面积的三分之一。这一设计同样充满远见：道光年间，龙南全县出了五个翰林，其中三个来自关西新围。

一干就是二十七年。二十七年里，徐名钧亲自指挥着每一个工匠，过问着每一处细节，甚至于每一块青砖的打磨，每一根梁柱的雕刻。据史料记载，徐名钧曾为青砖打磨速度解雇过一名工匠。按工艺要求，一名工匠一天最多只能打磨出两块青砖，而这名工匠一天之内打磨了八块青砖，徐名钧不但废弃这些青砖，还将其解雇。这种"精益求精"的精神，此后便一直伴随着关西新围的诞生与成长。二十七年的风风雨雨，坎坎坷坷，终于建成了集住宅、祠堂、城堡、书院于一体的围屋，关西最壮观、最坚固的城堡傲然屹立于青山绿水之间。

可以想象，晚年徐名钧最惬意之事，肯定是陪伴自苏州跟随自己来到这个偏远山沟的张爱妾游走于充满江南风情的小花洲，听着从大书房传来的子孙们朗朗的读书声，绕行于围屋内天街一间间土库房享受着家人的问候声。

一个木材商人，一座里程碑式客家围屋建筑；一个传奇故事，一幅教科书式客家文化缩影。

现在的围屋已慢慢失去了族居和防御的功能，客家人那种大家族意识也逐渐淡化，家庭在向小型化发展。相比于如今只供游人观赏的围屋，我更喜欢充满烟火气、谈笑风生的围屋。自己小时候便是住在那种只有一进一厅的小型围屋，是曾祖父和他兄弟共同建造的。我出生时里面住着二十多口人，大家共一个大门进出，长辈慈祥，妯娌和睦，小孩嬉戏，有乐同享，有难共担，亲情融融。

老一辈客家人的心中，围屋是整个族群的象征，就如马头墙之于安徽，石库门之于上海，胡同之于北京，他们祖祖辈辈乐于被围。新生代客家人心中，当很多客家风俗都已淡化甚至被遗忘，围屋却始终承载着客家民系的兴衰更替史，他们人冲出了围屋，心却仍萦绕在那一座座回字式、田字式、井字式的建筑上空。在我的心中，围屋已不仅仅是一栋栋建筑，更是客家人的精神港湾，是客家文化的永久载体。厚厚的围屋毕竟是时代的产物，如今，它所具有的意义就是留下亘古的怀念于海内外客家人，让寻根人在参观围屋的同时，还能感受到客家文化的温暖。乱世，只能围而居住，抱团求生存；盛世，自然要走出围屋，迈向更广阔的天地，谋求更大的发展。

那天晚上，我梦见自己住进了围屋。两百年间的轰轰烈烈让梦境恍如现实，时而是防御的枪炮声，时而是朗朗的读书声；时而是小桥流水的江南园林，时而是温馨暖人的客家庭院。

红色之都

从上海至鹰潭一直行驶在沪昆高速，到鹰潭再往南开始进入济广高速。山不高，弯不急，道路在回转中不乏一眼望不到尽头的平直。很享受在崇山峻岭、青山绿水和蓝天白云之中驾驰的感觉，在上海的钢筋水泥、车水马龙中体验不到这种新奇和轻松，也完全不同于川藏线上的紧张刺激。

差不多下午四点到达瑞金，离南康仅一百五十公里了。瑞金一直是自己的心灵家园，来看看八十年前的苏维埃红色首都，来感受一下那个年代的革命激情，始终是自己的一个未了心愿。于是毫不犹豫地从高速拐出，直奔红都瑞金。

1

此时虽下午五点，仍烈日当头，舍不得把时间耗在宾馆空调之中，独自驱车来到中央苏维埃纪念园，毗邻的还有中央革命根据地历史博物馆和瑞金革命烈士纪念馆。

博物馆已闭馆，我便沿着左右两侧的台阶拾级而上。台阶中央是一排排巨大字雕，"无私奉献""艰苦朴素"等革命优良传统字幅醒目而震撼。来到山顶，一座用黄铜浇铸的巨型中华苏维埃纪念鼎跃然眼前。顺山而下，围着山腰依次排列着当年各根据地创建历史和主要创建人，这些根据地遍布在华夏神州，犹如星星之火，中间虽屡遭熄灭，但其顽强的生命力终成燎原之势，铸就出了中华人民共和国。

瑞金革命烈士纪念馆与历史博物馆隔条马路相对而立。四次反"围剿"纪念园以及瑞金将军纪念碑环绕着纪念馆。我在每一位将军面前默哀，并默默数着瑞金的开国将军，孙文采、杨力、杨俊生、刘锦平……一共十三个，而且都是少将。我不相信自己的眼睛，又从头数了一遍，从头看了一遍简介，没错，十三个！少将！

瑞金是苏维埃发源地，共和国摇篮，红色首都，全县大部分青壮年都已参军，为什么连一位中将都没有？为什么只有区区十三位少将？是评定不公？是瑞金人有勇无谋？还是其他原因？一连串的问号在脑海中挥之不去。

途中遇见的一位当地人是这样告诉我的：大部分瑞金人都牺牲在新中国成立之前了，长征中编入殿后的红九军团，汀瑞游击队编入新四军遭遇皖南事变，这么大的牺牲，人民军队中的瑞金人坚持到新中国成立后的没几个了。

英勇的瑞金啊，你为苏维埃的建立和成长前赴后继、呕心沥血，三年多的时间里，光是参军的老百姓就有十多万。

苦难的瑞金啊，你为中国革命的胜利付出了太多太多，主力部队长征之后，被国民党反动派屠杀的老百姓就多达十几万。

光荣的瑞金啊，共和国从你这里走出来，这份荣耀又岂是将军的军衔、数量所能衡量？

2

第二天早上六点驱车前往叶坪，参观苏维埃一大会址和红军广场，感受当年瑞金人民的革命豪情和激情。

早晨的叶坪宁静、祥和。我来到那个数十载依然如故的大草坪时，不免心潮澎湃、热血沸腾，刹那间仿佛进入了八十六年前那个开天辟地、改天换地的喜庆会场。

走进会场，四壁黄土，几排板凳，主席台上几张方桌，简陋到不能再简陋。但是唯物质生活的最简最陋，才激励着共产党的领袖们以最大的热忱，最坚韧的毅力，最谦虚的作风，去做最切实际的思考。

这里有小至十五岁的少年红军、大到六十多岁裹着小脚的农村老太太，这里有斗字不识、对"马列主义"毫无概念的赤贫老乡，这里也有全国各地汇聚而来的留洋学者、诗人、哲学家、革命家，他们不论年龄，不论学识，不论贫富，共聚于此，只为一个共同的目标：建立苏维埃共和国。对参加会议的大多数人，甚至于对整个中央苏区的大多数人而言，"苏维埃"仍还很抽象、遥远。尽管分不清"大胡子马克思和小胡子列宁"，幸好分到手的土地是实实在在的，不再被地主老财盘剥欺负是实实在在的，过上了"吃得饱、穿得暖"的日子是实实在在的，这些实实在在便是对苏维埃最好的诠释。

盘腿坐在地上的参会者，怎么也想不到自己参加的竟是一个中华民族近代百年历史上最重要、最光辉的会议之一；那位裹脚老太太，怎么也想不到她成了新中国的缔造者之一；甚至于在主席台上慷慨演讲的毛泽东，恐怕也未想到这次会议竟成了多灾多难的华夏大地上空一声惊雷，惊醒了麻木的中国人，惊醒了受苦受难的中国亿万劳苦大众。

第一次全国苏维埃大会宣告成立中华苏维埃共和国临时中央政府，通过了《宪法大纲》《土地法》《劳动法》等重要决议，瑞金俨然是以一个正式的政府首府出现在了华夏大地之上。

红军广场旁边有两座不太起眼的建筑：公略亭和博生堡。

黄公略，自己还是在电视剧《彭德怀》中才知道革命战争中有此功臣；对于赵博生，此前则一无所知。

黄公略与彭德怀一起领导平江起义，曾任中国工农红军第五军副军长、第三军军长，并参加攻打吉安的战斗，在中央革命根据地三次反"围剿"战役中屡建战功。黄公略牺牲后，毛泽东亲自主持追悼会，并手书挽联评价其一生：

    广州暴动不死，平江暴动不死，如今竟牺牲，堪恨大祸从天降；

革命战争有功，游击战争有功，毕生何奋勇，好教后世继君来。

中央政府和中革军委在黄公略牺牲的地方设立了公略县，此后又在叶坪广场建造了公略亭，亭为三个角，寓意为黄公略是在第三次反"围剿"中牺牲的，并在亭中立了一块三棱锥体的石碑，上刻有黄公略传略。

赵博生，原名赵恩溥，河北省黄骅县人。早年在冯玉祥部及国民革命军第二十六路军任职，后来加入中国共产党并领导指挥了宁都起义，任红五军团参谋长兼十四军军长。

1933 年 1 月，为保障红军主力，赵博生奉命率四个团在长员庙吸引和钳制三倍于己的国民党军。赵博生在距敌军百米远的地方，一边指挥，一边回击敌人，不幸头部中弹，当即倒地，壮烈牺牲，时年三十六岁。

为了纪念赵博生，中华苏维埃共和国中央执委会下令，宁都县改为博生县，并在瑞金叶坪红军广场上建造了博生堡，朱德亲笔题写了"博生堡"三个大字。

我们应该多记两个名字：黄公略和赵博生。

我们应该记住无数在民族革命和民主革命中英勇牺牲，却没有留下纪念碑，甚至连姓名都没有留下的中华儿女。

3

从叶坪出来后，孩子们磨蹭着不愿前往红井，因不了解红井的历史，难免心里犯嘀咕：一口井有啥好看的，再说天气又这么热。

我许诺上车后给大家讲故事，她们这才开始行动。

一上车，女儿催促着："老爸快讲故事。"

"话说八十六年前，毛主席带领部队来瑞金，先是驻扎在叶坪，后因敌机轰炸迁到了沙洲坝，也就是我们今天要去的红井所在地。""沙洲坝村民迷信风水，传言说沙洲坝是旱龙爷的地盘，挖井会得罪旱龙爷，殃及四邻，祸及子孙，都不敢挖，宁可喝脏塘水度日。毛主席了解这一情况后，笑着对大家说：挖井是为了大伙儿有干净的水喝，真要是有旱龙爷来找麻烦，就让他找我毛泽东好了！听到毛主席的话，大伙儿都笑了起来。在毛主席的带动下，村里的群众、红军战士、中央机关的工作人员一起，挖的挖，铲的铲，挑的挑。一个星期左右，一口五六米深的水井终于挖好了。"[1]

孩子们听得津津有味，不知不觉大家已来到景区门口。

进入景区，正面墙壁"关心群众生活，注意工作方法"十二个字非常醒目，我对孩子们说："这十二个字代表了当时毛主席的工作出发点，'一切为了群众，一切依靠群众，从群众中来，到群众中去'的工作方针也是中国共产党始终的群众路线，刚才讲的红井故事便是最好例证。"

女儿似有所悟："所以才有红军与当地百姓的军民鱼水

---

[1]　参见崔国玺：《吃水不忘挖井人：探寻红井背后的故事》，中国军网-解放军报，2022年10月1日。

情吧。"

　　二十世纪三十年代的中国是苦难的中国，军阀混战、天灾人祸、饿殍遍野、民不聊生，而飘荡在中国东南一角——瑞金的绚丽快乐之梦，却使这片狭窄的山川宛若世外桃源。红井景区便是那个世外桃源的缩影，浓密的树荫下和宽阔的水田旁，学校、医院、合作社、俱乐部、政府机关散落其间，清晨和黄昏，这片天地间都会响起红军官兵快乐的歌声，祥和的生活景象恍若眼前。

　　红井在景区深处，在当年毛主席故居门前，走了将近一个小时才到。大家显然有些累了，但一看到红井，精神都为之一振，一路小跑奔过去，我指着水井旁边的石碑说："现在，我接着给你们讲完红井的故事，好不好？"

　　"好。"孩子们异口同声。

　　"红军长征离开瑞金后，国民党反动派很快就占领了瑞金，当他们得知这口井是毛主席亲自挖的时，便用土把井填埋了，老百姓只好又过上挑塘水喝的日子了。但一到夜晚，老百姓就会聚坐到井边，抬头看看天上的北斗星，低头摸摸倒塌的井垣，心里念着红军，念着毛主席，只盼红军能早点回来。就这样，一直等到一九四九年。全国解放后，沙洲坝人民将水井进行了全面整修，同时在井旁立了这块碑。"

　　"吃水不忘挖井人，时刻想念毛主席！"孩子们振臂朗诵。

　　这岂止是一口水井，这分明就是一口博大精深的思想之井；打上来的又岂止是清甜透凉的井水，源源不断冒出的正是一股股毛主席留给我们的思想清泉。

自己多年来苦苦追寻的"初心"原来在此。

4

瑞金曾经是中国共产党领导全国人民进行革命斗争的心脏,是艰苦岁月的代名词。在大多数人的脑海里,瑞金的形象是战争,是大生产,是生死存亡的一种苦挣,但当我见到瑞金时,历史的硝烟已经退去,眼前只有几排静静的民居和民居带给我们的思考。

瑞金,这座精神源泉之城,这座找寻"初心"之城,不仅仅是一座地理意义上的山城,更是一座无比辉煌、取之不尽、用之不竭的思想之城。

宋时赣州

1

赣州古称虔州，自西汉建城，至今已有两千多年，俨然一位饱经沧桑的白发老人；但这位白发老人似乎总能给每一位旅居者无尽的青春活力感。赣南境内十条主要河流上，犹江、章江、梅江、琴江、绵江、湘江、濂江、平江、桃江、贡水皆汇聚于虔州城北之龟角尾，史称"十蛇聚龟"。龟乃神兽，长寿吉祥，在当地人心中，此处是不可多得的风水宝地。

每次回故乡，我都会在赣州城住上一晚，运气好的话，碰上个细雨蒙蒙的早晨，独自在江边漫步，徘徊于古城墙，则更让我流连忘返了。

对，最喜欢的就是章江贡水，还有那依山傍水的千年古城墙。唯有站在古城墙上眺望着奔流北去的章江贡水，才可能读懂这座城市。

因天远地僻，民众未受教化，赣南匪患遍地，史书对此地都以"荒蛮之地"一笔带过。虔州城地处低洼，章江贡水在此汇为赣江，三水合围，自然又是水患不断。章贡二水汇合成赣江，最终流入长江，显然便利舟楫，利于发展经济；城市三面环水，易守难攻，又利于军事防御。有此两大优势，当政者宁可年年防水，也不愿移城别建。

匪患、水患年复一年，虔州城苦苦撑了近千年。直到宋朝，终于迎来它的黄金时代。

宋朝始终是我心中最闪亮之处。看似屈辱，细品，却找不出几个比它更辉煌的朝代，尤其就文化而言，更是空前绝后。那几个皇帝也确实不错，开创了封建社会的民主政治先风，树立了文人理政的成功典范。

这一先风，也为虔州吹来一江春水。宋朝是虔州的幸运之神，庙堂之上任用的几位要员既是文化高官，又是水利专家，范仲淹如此，王安石如此，苏轼也是如此。朝廷精准把脉，深知虔州水患之忧，先后派来了孔宗翰、赵抃和刘彝。

孔、赵、刘都是进士出身，文化修养极高。赣南虽处荒芜之地，却风景秀丽，倘若三人政务之余游历于山山水水，定能有传世名篇留诸后世，但他们却都放弃了自己的文化爱好，全身心投入治理水患之中。"治城先治水"，来到虔州后，这是当时三人不约而同开出的第一剂传世良方。

2

孔宗翰，这位孔子第四十六代传人最先来到了虔州。新官刚上任，老天便给他个下马威，一场洪水淹没半座城，土城墙东崩一块，西塌一方，泥泞之中，百姓几无处藏身。遭遇这种灾难的地方官不下百任，但要么得过且过，要么无能为力，于是，灾难便年复一年地延续了上千年。

眼前的惨状让悲悯的孔宗翰悲痛万分，下定决心要建一座固若金汤的城池，既能防洪又可御敌。决心易下，良策难寻。洪水年年来袭，即便砖砌城墙，也经不住反复冲刷。问遍全城工匠，终于从一位老者口中了解到，可以用铁水浇筑城基。于是下令"伐石为堤，冶铁锢基"，照此烧制砖墙，浇筑铁基。历经数年之功，城墙终于修成。为利于观察水情军情，孔宗翰又在龟角尾城台之上修筑石楼。楼台既成，放眼望去，一派大好河山，令人心旷神怡，文化天性油然而发，一幅壮丽的山水画卷《虔州八境图》跃然纸上。

孔宗翰离任虔州后，调知密州。对虔州一往情深的他，交接之时，别无所求，只恳请已是文坛领袖的苏轼为《虔州八境图》题诗作序，并托人寄回虔州，刻于石碑之上。

苏轼肯定意料不到，他随手题诗作序之地，居然会是自己三十年后遭贬流放所经之处。

1094 年，苏轼被贬惠州。天性旷达的苏轼并没有因贬谪而消沉，他把这视为一次对华夏山河进行文化巡视的天赐良机。由这位当时乃至此后近千年，文化层级和文化格局最高、文化领悟力最强的文化巨匠巡视华夏山河，实乃神州之幸。虔州城因多年前苏轼题诗作序《虔州八境图》结下的缘分，有幸成了苏轼文化巡视的重要站点。

登上楼台，八境图尽收眼底，风光旖旎，妙不可言，犹如人间仙境，苏轼深感原诗"未能道其万一"，遂补作一篇《后序》：

> 南康江水，岁岁坏城，孔君宗翰为守，始作石城，至今赖之。轼为膺西守，孔君实见代，临行出《八境图》求文与诗，以遗南康人，使刻诸石。其后十七年，轼南迁过郡，得遍览所谓八境者，则前诗未能道出其万一也。南康士大夫相与请于轼曰："诗文昔尝刻石，或持以去，今亡矣，愿复书而刻之。"时孔君既没，不忍违其请。绍元年八月十九日眉山苏轼书。

因苏轼的巡视，八境台这个千里赣江上最闪亮的文化坐标从此在中国文化地图永恒定格。

望着城外奔流北去的赣江水，苏轼想起了十年前自己初知徐州时的治水之艰辛，从而更添了对孔宗翰的钦佩之情。遗憾的是，同僚好友孔宗翰已驾鹤仙逝。试想，倘若两人同时登台，加上归隐通天岩的阳孝本的陪伴，那真无法想象会出现何等惊世之作。

人逝楼不空，城墙更是依旧。千年之后，固若金汤的古城墙，军事功能已基本淡化，它承担的防洪功能和文化功能却越来越凸显。每到夏天，城外洪水滔滔，城内居民生活依旧，城区再未因洪水漫过城墙而引发灾害，古城墙成了赣州百姓心中的不倒长城。

如今，古城墙八境台前，镇守全城的便是孔宗翰，"你走这边，他走那边"的指挥声、训诫声，声声悦耳；有他在，江水无论怎么咆哮，最终也只能顺其手指方向飞流而去。

赣南十水龟聚于此，千里赣江由孔宗翰来领航，再合适不过。

3

孔宗翰离任虔州时，随身而带的不仅有名噪一时的《虔州八境图》，更有他对虔州时刻不停歇的眷恋和宣传。因他的宣传，除了苏东坡，虔州还引来了另一位北宋声名赫赫的历史人物——赵抃。

赵抃任御史时，不避权贵，针砭时弊，号称"铁面御史"。这一性格导致他与当朝宰相陈升之不和，被贬下任虔州。

范仲淹"居庙堂之高则忧其民，处江湖之远则忧其君"的精神，早成了赵抃的立身原则，加之好友孔宗翰一直唠叨虔州八景之美，对为官虔州，不但毫无被贬之愁，反倒热情高涨充满期待，"以一琴一鹤自随"，一路南来，逆水而行，诗兴大发。船过万安，再往南走，心情就不那么平静了。惶恐滩前，江中两块巨石时隐时现，其间水道仅容一船通过，令人胆战心惊。

迎接的官员把当地民谣告诉了这位新任知府：惶恐滩，鬼门关，十船过滩九船翻，一船已过吓破胆。

民谣有时是赞美歌颂，有时则是抱怨讽刺。惶恐滩的惊遇，没有把赵抃吓破胆；百姓的抱怨，倒让他顿时找到了为官虔州的首要任务：疏通险滩，使赣江畅通无碍，成为黄金水道。

疏浚赣江十八滩之举，为虔州的经济繁荣奠定了交通基础，也为此后近千年的北人南迁并最终形成客家民系立下了不世之功。如今的万安水电站所在地就是当年的惶恐滩，只是已经看不到原本面貌。随着万安水电站的竣工，赣江河道中的礁石大多已被炸掉或淹没，赣江十八滩也基本消失。

已无法想象当年疏通险滩的艰辛，但赵抃疏险滩的不朽功绩，却被赣州人民永远刻在了四贤坊碑柱之上。

4

土墙改砖墙之后，虔州城再也不忧章江贡水之侵扰，内涝却仍令全城百姓苦不堪言。

虔州有幸。公元1068年，朝堂颁布了一道不算显眼但对虔州影响深远的任命：水利专家、官拜都水臣的刘彝知虔州。

刘彝来此，不是遭贬，也不是过渡。一待就是九年，直到为虔州百姓永息水患。

不愧为水利专家。刘彝带领一批官员根据虔州城"中间高，四周低"的地形特点重新规划了城区街道，依街道布局，分区排水，修建了两个排水干道。为防江水倒灌，又利用水力学原理，在干道出口处建造"水窗"（类似今天的电动水闸门），借水力自动启闭。

小雨小涝，水顺着沟渠缓缓流入章江贡水。一旦遇上特大洪水，城外江面超过排水口高度时，水窗便自动关闭，防止外水倒灌，待洪水退去，水窗又自动开启，蓄积在坑、塘、沟内的水倾泻而出。

不愧为文化高官。两条主干道一似古篆"福"字，一呈古篆"寿"形，艺术之美，尽显水利工程之上。"福寿沟"这一吉祥而又通俗的命名随之沿用千年，"福寿沟"也因之成了赣州城另一个引以为豪的文化坐标。

福寿沟"宽二三尺，深五六尺，砌以砖，覆以石"，加上与其相贯通的坑、塘、江、河，共同构成了城市排水防涝系统。人类调节自然力的智慧，在此得到了淋漓尽致的发挥。刘彝修建福寿沟的成功，与其说是人在治水，倒不如说是人听从了水，顺应了水，理解了水。达到了天人合一，自然能延续千年。

刘彝的"福寿沟"堪比李冰的"都江堰"，也是中华民族可以载入史册的伟大工程。都江堰每天都有咆哮的河水摇旗呐喊，有成千上万的游客瞻仰惊叹，灌溉了足够多的良田，也收获了足够多的赞美。与都江堰的热闹相比，福寿沟似乎很委屈，弯弯曲曲于地下，默默无闻得几乎感觉不到它的存在。然而它却又是整座城市不可或缺的重要血脉，有它在，雨水无论再多，最终也只能俯首帖耳，乖乖流入章江贡水。因"福寿沟"，赣州成了一座"千年不涝"之城。

5

外建"砖石城墙"，内修"福寿排水沟"，两大民心工程，终于使虔州城永息水患。只是赣南自古属荒蛮之地，荒则自然条件恶劣，地理位置偏僻，蛮则民风彪悍，心性未化。水患已息，匪患却难平。宋朝那群好官为虔州城开出的第二剂良方是"治城需治心"。

孔、赵、刘在虔州任职不到二十年，疏堵了虔州此前千年水患，并带来此后千年城泰民安。治水的同时，他们连同周敦颐、苏轼、辛弃疾、文天祥这些文化巨匠，还吹响了赣南大地上"教化民众"的文化号角。

赵抃在虔州任职期间，除了组织民众开凿赣江十八滩之外，一直致力营造一种属民"自耕其田、自得其乐、岁丰无盗、狱冷无冤"的太平世界。因与周敦颐为故交，曾亲自出任濂溪书院主持，宣扬理学，淳厚百姓。

为教化民众，曾任虔州通判、开创理学先河的周敦颐办书院，讲理学；为虔州治水呕心沥血、深受当地百姓拥戴的刘彝颁布《正俗方》以训百姓。

南宋绍兴年间，校书郎董德元干脆奏请朝廷，认为虔字为虎头，匪气太重，应改虔州为赣州，取章贡二水合流之意义，且保留虔字的底部"文"，期望此地百姓少些虎气匪气，多些文气水气。

在这些文化清官的倡导和践行下，赣南桀骜不驯的民风得到了显著改善。自宋朝开始至今一千多年，"蛮夷之地"虔州逐渐演变成"礼仪之邦"赣州，"冥顽不化"中最终孕育出了温恭谦逊的客家文化。我终于明白，赣州城的青春不老活力正是源自宋时。

虔州被治理得如此卓有成效，老百姓自是感恩在心。因金人入侵一路南逃而来的隆裕太后在此找到了歇脚之地，日日登上郁孤台"西北望长安"的辛弃疾那颗破碎的亡国之心在此得到了抚慰，一批批被元人赶来的南宋遗民在此客居安家。更为壮烈的是，哪怕皇帝都已不知道跑到哪去了，"滴水之恩，当以涌泉相报"的赣州人仍在文天祥的带领下抗元复宋；就算亡朝亡国都充满文化气息，直到写下"人生自古谁无死，留取丹心照汗青"的文天祥就义，人们才承认宋朝亡国。

宋朝把虔州经营得如此繁华热闹，今天的老百姓自然不会忘记这座城市的功臣。赵抃、刘彝、周敦颐、文天祥，被列为"赣州四贤"，指引着这座城市前进的方向。"赵抃疏险滩，刘彝福寿惠千古；濂溪创理学，文山丹心照四贤"，四贤坊巨大碑柱上的楹联将他们的功绩永久刻在了赣州人民的内心深处。赵抃、刘彝或许很多人仍觉陌生，但周敦颐的《爱莲说》、文天祥"人生自古谁无死，留取丹心照汗青"的豪言壮语却人人耳熟能详。

史上往来的政客多如过江之鲫，但能被后世纪念的不多。老百姓评判官员的标准很简单，你为他们办几件大好事，他们就视你为青天大老爷；你为他们谋千秋功业，他们就为你立祠塑像，永世祭拜。

6

除了四贤，赣州城还迎来过一位宋时名人。贺兰山上，郁孤台前，威严立着辛弃疾雕像：身着披风，手持宝剑，目光凝重，抬头远望，似欲"了却君王天下事，赢得生前身后名"。

郁孤台遥对赣江水，是文人墨客赏心雅兴之所，李渤、苏东坡、岳飞、文天祥、王阳明、郭沫若等历代名人都在这里留下过诗词，却唯独辛弃疾于此立有雕像，可见他在赣州人民心中的地位。

"明月别枝惊鹊，清风半夜鸣蝉"，"众里寻他千百度，蓦然回首，那人却在，灯火阑珊处"，很多人对于辛弃疾的了解，仅此而已——南宋一位写过几首被收入初中语文课本诗词的文人。更有甚者，因为晚年的他与九位爱妾逍遥于带湖山庄，认为辛弃疾一生风流倜傥，骄奢淫逸。

显然，世人对辛弃疾存有偏见和误解。

出生之日起，国家便处于金人的铁蹄蹂躏之下。不甘屈辱的他拉起了一支数千人的义军，奔突千里，南下归宋，只愿能为朝廷痛杀贼寇收复失地。然而，他并不清楚南宋主子的真正心思，南归之后，他手里立即失去了钢刀利剑，一搁就是二十年。

淳熙二年，辛弃疾赴赣州任江西提点行狱，好不容易等来朝廷任命，却不是让他抗金杀敌，而是剿"茶匪"。这官当得憋屈，当得郁闷。第二年离任时，船泊造口（在今江西万安），四十多年前那屈辱的一幕历历如在眼前：北宋末年，金兵大举南侵，一路追杀，宋高宗的伯母隆裕太后仓皇南逃，逃到造口时弃舟登陆，躲进赣州城。回首往事，又想到眼下国难当头、主和派当政，自己报国无门，俯瞰昼夜奔腾的滔滔江水，词人的思绪也似这江水般波澜起伏，似这青山般绵延不绝，感慨万分：

郁孤台下清江水，中间多少行人泪？西北望长安，可怜无数山。

青山遮不住，毕竟东流去。江晚正愁余，山深闻鹧鸪。

一个"醉里挑灯看剑，梦回吹角连营"的沙场英雄，却生在了重文抑武、苟且偷安的南宋；一个本欲"了却君王天下事，赢得生前身后名"的爱国将军，却遇上了一位得过且过、懦弱无能的皇帝。于是他只能登楼临江，望长安，问青山，热泪横流。在这里，他发出的是一声悲怆的呼喊，一声大气磅礴的呼喊，一声充满民族仇、复国志的呼喊。也正是这一声呼喊，喊出了历经沧桑、魂魄饱满的赣州宋城。

他是屈原、贾谊一类时刻忧心如焚却又郁郁不得志的文臣，著有《美芹十论》《九议》，力书治国方略，条陈战守之策；他是廉颇、岳飞一类满腔爱国热血却又忠而被谤的武将，曾自练精兵，曾拍刀催马于百万军中取叛将首级。

这样一位文臣，屡受金人蹂躏的南宋朝廷却将他赋闲，二十年的时间里，或被闲置，或被频繁调动。他太过较真，太爱提意见，因此，南宋朝廷不太喜欢他。

这样一位武将，却失去了钢刀利剑，只能闲看吴钩，痛拍栏杆，直至"可怜白发生"也未能"沙场秋点兵"，一句"凭谁问，廉颇老矣，尚能饭否"为历史留下一声悲壮的呼喊、遗憾的叹息和无奈的自嘲。

报国无门、壮志难酬，他最后无奈来到赣东北，修了带湖别墅，建了飘泉庄园，于吟诗赋词、风花雪月中咀嚼自己内心的孤寂，闲居耕耘、丰年稻花香里"听取蛙声一片"。

于是笔和墨代替了刀与剑，民族仇、复国志铸入了气吞山河的诗词之中。终于，他被修炼得"酒入豪肠，绣口一吐，便是半个残宋"，婉约堪比柳李，大情大愁中又含有深沉的政治与生活哲理；豪放不输东坡，大江大河之上更添了金戈铁

马、胡尘飞扬。在困境重重中长吁短叹随手书写的一首首亦
文亦武、极悲极壮之词，无意中奠定了他的文学地位，带来
了千古不朽的文学名誉。尽管他在军事、政治上都心意未遂，
不经意之间却建立起一个以他为基石、永恒存在的宋词王朝。
他一心想要拾掇的破碎山河，在他逝世后六十年彻底被翻了
个底朝天，他无心经营的咏怀诗词，即使六百年后仍在无数
文人学子手中发烫发光。

凝神于辛弃疾雕像前，我感慨万千：有了辛弃疾，郁孤
台才有血有肉、名副其实，这里俨然就是那个偏安一隅、屈
辱苟安的南宋缩影；也唯有这郁孤台才装得下辛弃疾的忧郁
与孤寂，唯有这赣江水才容得了他的满腔爱国热血和满眼亡
国热泪。

云山苍苍，江水泱泱，辛公之风，郁孤凛然！

因辛弃疾，郁孤台与八镜台并驾齐驱，成了赣江源头两
个不可或缺的文化坐标。但相对而望的八镜台主人和贵客就
幸运多了，轻松多了。八镜台主人是孔宗翰，贵客乃大文豪
苏东坡。他们都身处北宋太平盛世，没有这么强烈的亡国恨
和复国志，虽然朝廷每年也在向辽、西夏纳贡求和，但与辛
弃疾所经历的金人侵略蹂躏相比，终究还是有天壤之别。于
是孔郡守可以很悠闲地绘制出《虔州八境图》，苏东坡也可
以很欢快地作诗唱和。

可以想象得出，登上八镜台的辛弃疾无心欣赏白鹊楼前
成堆翠绿，也无心沉醉于皂盖楼旁碧溪青嶂，更无暇静坐马

祖岩怅然望丛林，他有一颗对山河破碎的国家放不下的心，于是在固若金汤的城墙之上纵马前行，下得建春门，飞驰掠过由一百多艘小船并排连成的浮桥，北向长安而去……

7

如今，标榜"宋城"的城市不少，但宋时气息最浓厚的非赣州莫属。只有赣州城能把宋时城墙留于章江贡水，宋时贤达立于大街小巷，宋时千秋功业记于百姓心中；而南宋都城的临安和北宋都城开封，两宋气象多已尘封史书。

对赣州的痴迷，始于宋城。漫步"仿宋街"，两侧的茶楼酒肆摩肩接踵，金银彩帛应接不暇，无一不使你恍如置身繁华喧闹的宋都京城。

每次来到赣州，最大的享受便是去走走尚存的古城墙，去抚摸城墙上那些历朝历代的砖石铭文，去贴一贴城墙上那些历经千年沧桑的垛墙警铺，去听一听城墙外奔流北去的滔滔江水声。

在历经沧桑的古城墙上极目远眺，城外一江清流，远处山间田舍云烟缥缈，近处街坊楼宇鳞次栉比，十足的宋代气息，分明就是一幅现实版的《清明上河图》。繁华的街市里，熙熙攘攘的现代都市人慢慢移动着，走向张择端，走向汴京，走向大宋……

人世间最美好的风景

今天，2023 年 10 月 3 日，在毕业三十周年之际，我们欢聚母校，握手寒暄，把酒言欢。

三十年前的莘莘学子，如今奔赴五湖四海，在祖国的各行各业肩负着各自的使命，承担着各自的责任。三十年来，我们经历了很多很多，有付出有收获。荣耀之下道不尽的艰辛，光环之中说不完的无奈；很多时候，我们都不得不把自己包裹起来，艰辛面前强充微笑，无奈之下故作洒脱。可是，无论何时何地，只要与高中同学在一起，总能在回忆中找回自我，在吹捧中袒露窘迫。因此，每到一个城市，最渴望的就是找个高中同学一起坐坐，或清茶或烈酒，或娓娓而谈，或引吭高歌。而当有高中同学来到自己所在的城市时，再忙也尽量挤出时间，哪怕只是见个面，握个手，道一声安康送一声祝福。

三十年的人生经历，我懂得，人世间最美好的风景就是那道能让人回归本真的亮光。

三十年前的我们，为高考努力拼搏，秉烛夜读，现在回首，那时教室里的朵朵烛光，是一道美丽的风景。

三十年后的我们，从五湖四海汇聚母校，几句寒暄，一声问候，听听老师的教诲，看看熟悉的面孔，是一道美丽的风景。

三十年前的我们，手捧录取通知书，相互庆贺，拜谢恩师，喜极而泣，笑中有泪；三十年后的我们，揭幕"985"校训碑林，缅怀母校首任校长，再拜恩师，泪中是笑。这风景好美。

三十年前的少男少女，与异性讲句话都脸红心跳，如今见了面，终于可以自如地谈笑风生；三十年前的姑娘小伙，今天再聚首，谈着谈着，又见青涩，重现害羞。这风景好美。

今天，我们被这人世间最美好的风景包围着，被我们高中三年寒窗苦读期间自然形成的、此后三十年都坚不可摧牢不可破的高中友谊照耀着，回归本真，还原一个最真实的自我。

三年的青春奋斗，换来了三十年的美好回忆；三十年来，心底总有道最美风景若隐若现：高中友谊，我的永恒之恋！

第三辑

闲居上海

上海的山，大气谦和。

上海的水，海纳百川。

云间九峰本就敦厚朴实，理当为站在时代巅峰的上海文化注入一股磅礴之气，吹来一阵谦和之风。上海的文化大印由云间九峰扛起，便少了些浮躁和俗气，多了份宁静与超脱。

如果说云间九峰是上海的文化大印，黄浦江当之无愧便成了这枚大印的印泥，海纳百川的印泥必然刻出大气谦和的图案。

面朝太平洋、背靠长江的上海，吞吐万汇，气势不凡；唯因气势不凡，更需山一般的沉淀。上海文化不仅有魔都风范，更兼山一般的大气谦和，水一般的悠远绵长。于是我走出钢筋水泥，行走在云间九峰，穿梭于浩浩浦江。

上海的山

1

外地游客来上海很少去看山，那不是这座国际大都市魔力之所在，他们宝贵的时间都留给了东方明珠、浦江两岸或南京路步行街；久居上海的人很少去豫园、徐家汇或外滩，他们只想让疲惫的身心逃离喧闹嘈杂的繁华，返身进入宁静而安详的大自然。

能使人返璞归真的大自然莫过于山。

六千平方公里的上海，高楼林立，河湖纵横，唯独少山；只在西南角松江区零星散落着几座面积不过几平方公里的小丘。七千万年前，这里曾岩浆奔涌，又经数百万年的风化侵蚀，逐步形成若干座山，这些山呈西南—东北走向，依次为小昆山、横（云）山、机山、天马山、辰山、佘山、薛山、厍公山、凤凰山，古时称为"云间九峰"。

云间九峰是一个整体，却又都保持着个体的独立。大多名川大山，峰与峰之间都是肩并手牵，山挨着山，峰挤着峰，颇让人觉得喧嚣烦闷压抑。申城的山极简极纯，哪怕只有区区数米，也绝不肯攀附，你是你我是我，绝不肌肤相亲，然而又依稀连着，绵延不绝，亲而不腻。就算是状若孪生的东西佘山，踮着脚收着腹，拼命也要挤出一条楚河汉界，像极了崇尚个性的申城人。任何一峰看似无足轻重，但要铺陈出一幅完整的上海山川自然和历史文化画卷，却缺一不可。这也正是上海人行为方式的真实写照：以自由为基础的宽容共生，相互依存但绝不彼此干扰。

上海的山平淡率直，披林履石，偶尔三两尖塔照壁，几处勾栏飞檐点缀其中，与周遭的鳞鳞高楼和霭霭碧水呼应着，颇具神韵。它们面朝大海静卧于一望无际的长江中下游平原之中，碧珠落玉盘，错落有致。仿似茵茵草丛中的一抹艳红，犹如旷旷空谷的阵阵幽兰，又如幽幽夏夜的一声蛙鸣，给平坦得稍显枯燥的大地，增添一分灵动，几许生趣。

上海的山通通灵灵，深晓魔都人繁华忙乱背后的疲惫，竭力营造一种与日常场景迥异的氛围，沿途几无诸如钢筋水泥，诸如富丽堂皇等现代日常；抬头满眼是望不到边的田园，就连油菜花也宁可零星绽放着，忧心看厌了密集人流的游客不喜。

九峰之地乃上海起源，自然风光、人文基因、历史渊源皆非同一般，于是我多次寻访。

2

闲暇时常去佘山，闻一闻山间的竹笋兰香，数一数天文台的点点繁星，听一听陈继儒（号眉公）的《小窗幽记》。

佘山地方不大，距离不远，景点不繁。不像游玩名川大山，需早早打算，费时耗力。佘山就像在门前屋后村头巷尾，无需任何准备，拖鞋赤足也可登。

山间树极简，往往是物以类聚，一品一林，要么是一色的樟树，呼朋唤友勾肩搭背，要么是婷婷竹林，玉腿林立兰香四溢。

游览路线更简，此进彼出，一条道到底，几无曲折蜿蜒，偶有旁支亭舍，也抬眼可见，绝无迷路兜转之惑。从东面进入正门，拜别徐霞客，拾级而上，右转斜上眉公钓鱼矶，经眉公亭到白石亭，复归主路。登顶后，从西侧下山转至西佘山，迎接游客的首先是秀道者塔，右拐可至天文台和圣母教堂。从天文台出来后，经过一条九拐十八弯的之字路下山，沿途是耶稣临终及受难安葬大事图记。

因极简，游极易。因极易，游极闲。因极闲，简而不陋，故游极乐。

在佘山，最让我心恋的是眉公与徐霞客忘年之交的相识相知佳话。

陈继儒年少时立志承继儒学儒术，但终因屡次科举不第，在 29 岁那年，焚儒衣冠，归隐结庐东佘山，闭门读书。陈继儒所处的嘉靖、隆庆、万历年代，官僚集团之间斗争最为尖锐和复杂，隐居让他躲开了这种斗争，终老佘山。绝科举，拒仕进，但仍立志继儒，《小窗幽记》成了世人修身处世的母本式教材。

徐霞客一生来过佘山五次，皆为拜访长自己三十岁的眉公。一位是山中大儒，一位是峰间侠客，初次相识，两人便一见如故，相知恨晚。侠客仰慕大儒的闲云野鹤，大儒叩敬侠客的奇游险历。徐霞客本名弘祖，第一次相见，眉公便赠送"霞客"一名，以称赞其"志在烟霞"。徐母逝世之后，徐霞客二上佘山，请眉公为双亲合传，《豫庵徐公配王孺人传》如今仍陈列于徐霞客故居。遇见眉公之前，徐霞客已游遍太湖周围的山山水水，但均游而未文。在眉公的启励下，徐霞客萌生了游遍神州山川的雄心壮志，并开始记录自己的旅行经历，伟人巨作由此发端。

感于眉公的知遇之恩，徐霞客最后一次远行时特意改道佘山。时年眉公岁近八十，两人挽手入竹林，畅谈至深夜，恨日夜太短，惜知音难留。得知徐霞客往去云南鸡足山，眉公还特意捎信当地友人，嘱其照顾，令徐霞客十分感动，在游记中屡次提及："眉公用情真挚，非世谊所及矣。"徐霞客西南之行归来，眉公已去世，这对忘年之交的故事就此画上句号，但两人之间的友情，与佘山的种种缘分，却历久弥香。

年轻的徐霞客能在佘山得遇眉公这样的良师益友，何其幸哉，完全可以说，眉公是《徐霞客游记》的启蒙老师。

"驴友鼻祖"徐霞客能与"儒学宗师"眉公相遇佘山，何其幸哉，完全可以说，霞客万里行始于佘山。

眉公归隐却不闲居的儒家新风范，徐霞客于行走中著书立说的儒风旅行，正合我意，佘山成了我常来之地。

山下动辄上亿元的别墅掩映，儿童最爱的欢乐谷沸腾，远处依稀的高楼林立，川流不息的浦江上百舸争流，地铁公路的行色匆匆，凡此种种，于徐徐清风中，娓娓而来，但这一切非我所恋。登山的我，只幻想着，自己身寄山林，仰望碧空云卷，俯视绿地花艳，听风吟，闻竹香，化作骑鹤仙人，于山巅极目，于水边垂钓。

3

与天马山结缘的文人骚客很多，却都行踪匆匆，唯独杨维桢、钱惟善、陆居仁，最终与天马山同享永恒。三人历史地位并不高，钱、陆二人甚至生卒年月不详，但为何天马山独尊杨维桢、钱惟善、陆居仁三高士，这种疑惑驱使着我一次又一次前往天马山。

三高士中杨维桢著作最多，成就最大，于是我从了解杨维桢开始，着手了解天马山。杨维桢出生于元朝，一个少数民族统治的朝代。那时，江南南宋遗民的儒者如谢访、郑思肖、王应麟、胡三省、邓牧、马端临等人，隐遁乡里，发誓终生不仕元，以著述书籍为毕生追求，将儒者思想融入笔墨简刻。杨维桢幼时就是处于这样一种环境之中，接受着儒家教育，但由于元初废除科举，"学而优则仕"却成梦幻。

幸运的是，在他18岁那年，提倡汉化的元仁宗恢复科举取士，史称"延祐复科"。英宗继承了其父仁宗以儒治国的政策，加强中央集权和官僚体制，颁布元帝国正式法典——《大元通制》。元文宗更是大兴文治，这给一直坚持儒学修炼的杨维桢带来了曙光。自幼聪慧，加上父亲杨宏的亲自培养，复科后的第九年，杨维桢便高中进士，并加入了元朝汉化的洪流之中。

因元朝统治者认可汉文化，皈依汉文化，很多有识之士也终于认可元朝，并以他们所学辅佐这个在历史上不怎么被认可的朝代。

中华文化的主脉是儒学，这一脉络在汉、唐、宋、明、清异常清晰，但在元代，虽然其间也有几个皇帝欲尊儒崇汉，因未入主流，脉络气息终显微弱。依附于主脉的几个民间文化分支，倒是光芒四射，比如以《窦娥冤》为代表的元戏曲和黄公望的《富春山居图》。于是，说起元代的文化名人，后人只知关汉卿、黄公望、赵孟頫。殊不知，在那个特殊的少数民族统治的朝代，还有一大批坚守着中华文化主脉的儒学之士。因他们的坚守，儒家文化得以延续；因他们的坚守，元朝的汉化进程虽艰难曲折，却不至断裂。

这些坚守者中，杨维桢是最典型的代表，他所著《三史正统辨》，文采斐然，论证清晰，洋洋洒洒两千六百余言，力挺大宋王朝为正，一洗天下纷纭之论，深受修史总纂官欧阳玄的赞赏，断言"百年后，公论定于此矣"。

只是元朝末年太乱，皇室兄弟相残，民间烽烟四起，匡扶儒学，已是有心无力。杨维桢离开官场后，遨游山水，最终隐居终老松江。生于会稽的杨维桢在天马山停留仅短短数年，却选择此处为自己的墓地，想来是缘于山中那塔吧。

塔是护珠塔。始建于宋元丰二年的护珠塔为砖木结构，七层八角，石栏以围。塔极质朴，青砖拌灰泥。护珠塔耸立于天马山巅，孤独地傲视这近万平方公里的一马平川。想来，无数个日夜里，杨维桢曾千百次登上塔楼，于山巅塔尖极目远眺，望着临安，望着故人，望着周敦颐、张载、朱熹那一个个儒学巨人。一样的无言，一样的寂寞，那一刻，塔和着人，人懂了塔。人也因此喜欢这山了。

近千年的孑立，日晒雨淋，风吹雷击，披霜履雪，今天的护珠塔已颇为老旧，斑驳剥落随处可见。许是边陲游子的牵挂和思念，塔身面朝西北，仰头以望，固执千年的仰望使得身躯后倾，不再挺拔。这一仰，仰成了斜塔，仰成了绝唱。护珠塔倾斜度超过了著名的意大利比萨斜塔，成为一大奇观。更为神奇的是，北面中下部的塔身，凭空伸出几株数米长的新枝，趁着春色恣意抽芽。我想，那一定是北雁南飞时衔回的思念种子，百年生根百年发芽，再历经数百年成长，时至今日随枝条顽强绽放。

塔东面十余米处有一古银杏。相传南宋银甲将军周文达因功受赏二宝，一为银色盔甲，一为五色舍利子。将军将舍利子藏在塔顶，塔名由此而来。想来应该是离去前惜此塔伶仃，遂于旁手植此木相陪。古树树皮脱落殆尽，主干已经枯死，于旁边新生几个旁支，古树重获新生。身躯满是洞口裂纹，一如王朝被灭时银甲将军千疮百孔的心。百年古树，默默守护着那个文化群星璀璨、文学佳作频出的宋朝。

一塔一木，正遂晚年杨维桢心愿。于是，这里成了当时文人吟咏唱和，诗赋相乐的聚集之地，一时天下学士慕名前来赴会者，不可胜计。身为当时的文坛领袖，他周围聚集了顾德辉、濮允中、倪云林、宋仲温、柯九思、张雨等一大批名儒，犹如山之宗岱，河之入海。

塔木中间，有一口古井，洞口不过盈尺，不知深浅。遥想当年，泉水正清，一众高人隐士，在此汲水煮茶，洗笔泼墨，何等逍遥。如今徘徊于古井，井口好似仍回荡着琅琅书声与轻吟浅唱，回荡着醒时的高谈阔论与酒后的壮志未酬，回荡着初逢的欢声笑语与离别的不舍叹吟。

至此，我已释然。少年时期，明知科举无门，仍坚守儒学；中进士后，又以儒学推动着元朝的汉化进程；元朝末年，隐居天马山，著述讲学，在此继续坚守着心中的儒学圣地；我想，这才是杨维桢被松江人尊称为高士的根本原因吧。

钱、陆二人与杨维桢志同道合，去世后又与杨维桢同葬天马山，于是三高士墓也就成了天马山山魂之所在。每次经过，我都无比感怀三高士，感怀他们在那个几乎让儒家文化断裂的朝代对儒家文化的不懈坚守，对中华文化主脉的持续传承。

4

佘山和天马山很热闹，但最喜欢去的，还是相对静谧的小昆山。

小昆山虽小，却不简单，藏着两个大文学家，西晋陆机、陆云兄弟俩，这使小昆山弥漫着浓厚的文化气息。

对于二陆，以前并不了解。晋代谈得最多的，还是东晋陶渊明、谢安、王羲之这些归隐田园的诗人和书法大家。西晋有些乱，乱得不讲礼仪，乱得王公贵族之间不断兄弟父子相残，后人目光不太愿意过多落在这个礼崩乐坏的乱世。但二陆例外。

陆机少年时便已显奇才，文章盖世，倾心儒家学术，二十岁作《文赋》，并因此名声大振。弟弟陆云也是六岁即能作文，性格清正，虽文学成就不如哥哥，但对时局判断和时事评论却远超其上。可惜兄弟俩生不逢时，祖辈守护的吴国江山在这一年被晋灭国了。尽管新朝反复邀请，二陆拒不出山，隐退家乡苦读十年，如今小昆山园仍有二陆读书台，以纪念他们的忠孝气节。

或许是祖上遗传的血脉流淌着太多建功立业的基因，或许是祖父陆逊和父亲陆抗的功业过于显赫，平静了十年的二陆，终究还是再次走入滚滚乱世，北上洛阳，力图在新朝重振家声。

悲乎哀哉！小人当道的乱世，君子要么隐居苟活，要么便只能舍生取义。二陆是君子，西晋当政者有无数小人，这群小人侍奉着一帮兄弟相残的暴君。如此政治氛围，二陆命运可想而知。陷害陆机的小人是宦官孟玖。成都王司马颖很倚重这位江南士子，拜陆机为都督，但这遭到了北方士族的嫉妒和怨恨。孟玖的弟弟孟超，曾狂妄地率兵冲进陆机军营，抢夺触犯军纪的手下兵士，并口出狂言："貉奴能作都督吗？"后来孟超又违反军令，擅自率兵轻入敌营，遭遇埋伏，全军覆没。孟玖猜疑是陆机害死了自己的弟弟，便在成都王面前屡进谗言，并拉拢一干大将集体诬陷陆机，导致成都王冤杀陆机。二陆出山十年，历经坎坷，饱受嘲讽，功业未遂壮志未酬，却被夷三族，满门抄斩。

惜乎哀哉！二陆尽可以终老华亭，在声声鹤鸣中得道升仙，奈何却"京路多风尘，素衣化为淄"！人世间还有什么功业抵得过那《文赋》，胜得过那"平复帖"？让二陆成为永恒的，不是将军官衔，而是《文赋》和"平复帖"。

二陆的悲剧把当时及此后的华亭读书人吓得不轻，也让他们对世道人生悟得更深更透。元末明初满腹经纶的"天马三高士"之一杨维桢，受朱元璋再三邀请，虽无奈赴京，却以一首《老客妇谣》道明不复出仕，或许正是为二陆凄楚教训所警醒吧。千年之后的陈继儒，干脆焚儒衣冠，终生仆居佘山做个山中宰相，不愿意踏入乱世半步。

华亭人重情义，为纪念冤死的二陆，将小昆山旁边两座山易名为机山、横云山。小昆山高不足六十米，在登山者眼里不屑称之为山。因二陆的隐居，却使这座山的文化海拔直插云霄，成了上海的文化高地。

近代以来，因采石需要，机、横二山被削去大半。今天的上海人重新认识到了文化对一个城市的重要性，于是二山又被保护起来。山可削，文化却不可移，创造文化的文人更不可忘。

5

云间九峰迎来送往，连南接北，俯瞰着四五千年前菘泽、广富林地区艰难生存的上海先民，见证过前来打猎、休憩于华亭的吴王豪华队伍，接纳过陆机、陆云、陈继儒一众文化大儒，也目睹了黄浦江畔列强肆虐、丧权辱国的十里洋场；如今，那些或悲壮，或威武，或屈辱的一切都已随长江东流，烟消云散，唯独云间九峰耸立依旧。

云间九峰海拔均不足百米，最高峰天马山九十八米，厍公山最低，仅十余米；而今，环球金融中心、金茂大厦诸多高楼又欲与其试比高，对此，云间九峰只是微微一笑，它知道什么是永恒。

有二陆苦读小昆山，有"三高士"隐居天马山，有眉公卜居佘山，跨越千年的文化长廊便扎扎实实铺展在这云峰之中。山，因此灵动厚重。浸润于此，"大气谦和"之风自然如影随形。

云间九峰本就敦厚朴实，为站在时代巅峰的上海文化注入了一股磅礴之气，吹来了一阵谦和之风。上海的文化大印由云间九峰扛起，便少了些浮躁和俗气，多了份宁静与超脱。

当然，最神往的是，陪着徐霞客上佘山，登辰山，然后站在天马山之巅，目送着这位大旅行家远足华夏山水、笔墨神州河川：

盖前犹东迁之道，而至是为西行之始也。三里过仁山。又西北三里，过天马山。又西三里，过横山。又西二里，过小昆山，又西三里，入泖湖。绝流而西，掠泖寺而过……

上海园林

说起园林，人们想到的首先是苏州，拙政园、狮子林、沧浪亭集山水之至精，汇天地之至灵，聚人间之至情，叶圣陶甚至称苏州园林为中国园林的标本；有此，则天下园林都黯然失色，悄然退缩。

我也以为如此。年轻时便按捺不住仰慕之情，拿出不多的积蓄前往一睹这些园林风采；上世纪末，一张门票八十元，是很奢侈的享受。

或许是太年轻浮躁，每次从园林出来，那些假山假水、门槛石雕、奇花异竹，并未给自己留下特别深的印象，倒是门票会令人心疼好几天。

一晃二十年过去了，这期间对园林再也未曾特别关注，或过而不入，或入而不恋，至于从上海专程去苏州赏园林的那种激情，早已荡然无存。

2

今年因为疫情，把"徐霞客们"困在家里了；我也被"闲居"上海，于是开始静心打量平日不太关注的身边景点。

听妻说，豫园有个古典园林值得一看。印象中的豫园是个大集市，还真不知道那里有古典园林，难免心痒，加之在家闲得无聊，于是前往。

绕过九曲桥便是入口，不显眼，也不算气派。进入园林则完全是另一个世界，曲径通幽，翠荫蔽日，山石错落，亭阁、游廊、古树、池溪相得益彰，游走其中，颇有"大隐隐于市"之感。

大凡这类园林，主人要么富甲一方，要么主政当地。起初或仅为居家而建，若有痴迷园林者，随后便易走火入魔，常常不惜耗尽毕生积蓄，甚至因此招来横祸。但因其中传承着一种文明，一种很多文人墨客孜孜追求的园林文明，于是一切磨难也就值了。

豫园的传承不能忘记主人潘允端。

历史记住潘允端，不是因为他中了进士或官至四川布政使，而是他建了豫园，并且把戏曲文化注入其中。

潘允端擅诗文、精园艺、爱戏曲，主人的文化修养决定了豫园不会仅仅是一座单纯的山水园林。他常在此大宴宾客，包括董其昌、顾斗英、莫是龙在内的许多人，都曾频繁出入豫园，留下了许多诗句，实在是"谈笑有鸿儒，往来无白丁"。

潘允端对戏曲尤其是昆曲的痴迷，让整个豫园的每一座山石，每一处池沼无不散发出戏曲的气息，他甚至不怕背上"玩世不恭"的骂名，为戏曲倾家荡产也在所不惜。浓郁的桂花香里，悠扬的笛声在亭台楼阁间回旋，绮丽婉转的唱腔、华美雅致的妆容使人乐而忘返。潘允端逝世不到十年，千古绝唱《牡丹亭》便横空出世，为中华戏曲文化奏响了一道最强音符。时至今日，豫园最气派的建筑仍是"古戏台"；谈到豫园，人们首先想到的仍是婉约细腻、载歌载舞的昆曲。

豫园的神韵和灵气在戏曲，戏曲是豫园永恒的生命力，上海戏曲文化的发展离不开豫园，两者之间的纽带便是潘允端。

站在空荡荡的"豫园古戏台"，仿佛看见潘允端、汤显祖、王实甫在此一一登场……

当潘家无力撑起这座"秀甲东南"的园林时，又有一些当地富商绅士筹款购下豫园，增山筑石，更添江南风韵。

尽管如此，豫园在鸦片战争之后仍几乎被毁，成了兵营，成了起义指挥所，成了商业公所，假山倾塌，池水干涸，树木枯萎。

幸运的是，豫园足够经典，新中国成立后进行了大量修缮，于是有了今天闹市之中不可多得的"江南园林"。

豫园之游，使我对园林的兴趣较之二十年前有过之而无不及。那时是虚荣心驱使，如今则由衷前往。

3

如果说豫园让我重温了二十年前对古典园林的旧梦，松江醉白池则让我毫无抵抗地陷入了园林之爱。

走进醉白池，苍天古木、嶙峋怪石、亭阁楼台如影随形，每处景致无不带来古朴优雅，却又个性鲜明的视觉冲击。

本就浪漫幽静，又恰逢细雨蒙蒙的夏日，一切就更怡人了。醉白池以绰约的风姿、优美的风韵，亭亭玉立于云间仙境，恍如魔都仙女。

醉白池非常幸运，曾迎来三位主人，宋代进士朱之纯、明代礼部尚书董其昌、清代大画家顾大申，为其注入文化生命。

世人未必熟悉朱之纯和顾大申，对董其昌则一定如雷贯耳，醉白池外园便有"董其昌书画艺术博物馆"。这座饱含生命力和建筑艺术魅力的明式四面厅连同门前那棵三百多年的古樟树，一直静静守望着主人董其昌。

董其昌，号思白，顾大申将"谷阳园"改为醉白池，取意"使思白陶醉之山水"，或许也是为了追思董其昌吧。

说来也挺有意思，董其昌对书画的着魔居然源于一次小小的挫折。十七岁那年，董其昌参加松江府会考，当时他写了一篇很得意的八股文，以为准可夺魁，谁知发榜时竟屈居堂侄董原正之下，原因是知府大人嫌试卷上的字写得差，文章虽好，只能屈居第二。此事使董其昌深受刺激，从此发奋学习书法，并终成大家。

董其昌能书善画、精诗通文，后人却常常对"民抄董宦"的故事兴趣远高于那些珍藏在大英博物馆的董其昌书画。

董其昌一生官宦生涯也并不顺利，从初入仕途到告老还乡，为官十八年，归隐却足足二十七年。

为官时兢兢业业，克勤克俭，高风亮节，终因不愿同流合污而难有建树。

归隐时研习经史，探究书画，与同僚诸友纵论古今，切磋笔墨，闲隐之间终成"华亭画派"开山鼻祖。明代书画绕不开董其昌，中国书画绕不开董其昌，自明以后，松江历代文人更是绕不开董其昌。

当他历经宦海风浪终于归隐之后，是否也产生过疑惑：做官和书画到底哪一个更重要？

站在三百多年后，远远看去，已毫无疑惑：对董其昌来说，书画才是他的生平主业，做官则是业余。

或者可以说，历史要当时的中国出现一个杰出的书画家，于是把董其昌放在一个亦官亦隐的位置上来成全他。

4

趁着游醉白池的热情，我绕道来到了嘉定古漪园。古漪园园名取自《诗经》"绿竹猗猗"一句，为明万历年间河南通判闵士籍所建，内筑亭、台、楼、阁，立柱、椽子、长廊都刻有千姿百态的竹景图案。

　　想当然地以为，游过醉白池，其他园林充其量不过是陪衬，心绪便有些懒散。想象着仿古人，戴冠巾，着缁衣，执轻扇，于满眼芳绿之中，慢步轻摇。在九曲桥上羡鱼，于不系舟内听涛。或凭栏，或倚窗，好一幅悠闲的田园模样。终于，"逸野堂"前一棵老槐树引我久久驻足。这棵高出我半米不到、见证了古漪园五百年岁月沧桑的古盘槐，是园主和大自然留下的瑰宝，具有极其重要的科学、生态和文化价值。拾阶跨入堂内，一抬头，"华岩墨海"，四个凝重雄壮、气势宏伟的楷书大字跃入眼帘。原来，古盘槐只是领路人，召唤我的仍然是董其昌。

　　董其昌为古漪园楠木厅题写了"华岩墨海"匾，后因历史变迁，又屡经战火破坏，该匾在民国时期散失。为重现董其昌书法墨宝神采，园林管理者遍寻国内制匾名家，终于在无锡找到了年逾七旬的倪若虎老先生，通过精心雕刻，再用夏布、猪血、瓦灰等传统材料，仿制出了如今的"华岩墨海"匾，弥补了古漪园的历史缺憾，也为这座江南名园增添了一道厚重的文化色彩。

　　旁边一位精神抖擞的老太太笑眯眯看着我。她知道，能对这四个字说出一二的游客寥寥无几。

　　"'华岩墨海'为何意？"我问老人。

　　"美丽的岩石，海一般辽阔的书画。"老人指点着。

　　"'华岩'会不会是意指'华亭之岩石'？毕竟董其昌乃

华亭人。"自己天生喜欢质疑。

"如何知道这是董其昌笔墨?"老人眼睛一亮。

"中国书画绕不开董其昌,何况在离华亭仅十里之遥的嘉定。"我正好用上前段时间在醉白池看到的一句经典之评。

"好眼力,可知董其昌为何人?"老人继续考着我。

"前有张择端、米芾、黄公望,后无来者。"担心自己黔驴技穷,回答完便匆匆离开。

"妙哉!"身后老人赞许之音为今天的古漪园之游助兴不少。

一问一答,虽不着边际,天马行空,倒也在绿竹猗猗的古漪园回荡出一道厚重的文化余音。

上海园林在董其昌的笔下成了华岩墨海,董其昌的书画在上海众多园林中化成了淙淙流水,猗猗翠竹。

5

豫园、醉白池、古漪园都曾因战乱毁了又建,建了又毁,毁了再建,但依然充满浓浓的古典韵味,游历其间,仍觉穿越到了明清年代;或许是因为园林主人文化精魂未散吧。

一座园林能否传承千年取决于很多偶然因素,但有几点不可缺少,园林本身足够独特,足够经典;园林入住过有足够影响力,特别是有文化穿透力的主人;当地要有足够厚重的文化气息,足够持久的文化传承力。

苏州园林如此,北京园林如此,上海园林也是如此。

考古上海

"元末明初，倭寇侵袭江南沿海，上海县遭骚扰，民众生命和财产损失严重。1533年，上海官民合作，筑成城墙。上海城呈圆形，城墙长9里，外设壕沟，高约8米，初开城门六座。1912年，沪军都督陈其美下令填壕拆城，筑成中华路和民国路（今人民路）。"

在女儿的课本《上海乡土历史》中偶然看到这样一段话，短短百字，读了又读，反复考量，仍不甘心，又驱车前往人民路徒步绕行，询了好几位年过花甲的"上海爷叔"，都不知道此处曾筑城墙，更不用说城墙具体位置。

四百多年前的防倭古城墙和护城河，被陈其美打着"建设新上海"的大旗毁了，只留下位于大境路上那段不足五十米的古城墙遗迹。

南京、西安、北京，不缺古城墙，这些城市仍将古城墙视为至宝，上海仅有的一小段古城墙，却无情被毁，如同草芥。

罗马、耶路撒冷，宁可放弃现代文明也要保护古城，他们所能接受的底线是古城与现代都市共存；显然，这种共存让现代化都市更添了历史底蕴、文化魅力和文化自信。

奢望浙江湖州的陈其美来保护上海的古城墙太难了。陈其美，一个浙江湖州的军阀，对上海当然不可能有太深的感情，他只想利用此地作为发迹的跳板，在幕僚撺掇之下，无知蛮横地拆了这段明古城墙。他毁的不是城墙，是上海滩难得仅有的大体量历史文化古迹。

倘若古城墙有幸保留，走在城墙上，环顾四周鳞次栉比的高楼大厦，隔河眺望外滩万国建筑，定有一种"君临天下，万国来朝"的傲然气势。在上海老城厢，能与外滩那些欧式建筑一较高低，敢于从文化上藐视它们的，也只有明代古城墙了，无论是体量，历史，还是艺术审美。

遗憾的是，城墙难觅，洋房依旧。

陈其美毁了一段历史，历史自然不愿多谈他，知道陈其美的人真的不多。

罢了，罢了，兵荒马乱、民不聊生的年代也怪不得谁，性命尚且难保，更何况脆弱的文化？文化自信本就来自国家强大和社会稳定。

没有了明古城墙，青龙塔太孤单，朱家角古镇太年轻，它们都撑不起现代文明如此之高的魔都上海，于是福泉山文化遗址、崧泽文化纪念馆、广富林文化遗址公园、马桥文化纪念馆，不约而同逐个显现：

2014 年，崧泽文化纪念馆落成；

2018 年，广富林文化遗址公园开放；

2019 年，马桥文化纪念馆面世；

…………

还不算晚，奔波忙碌的上海人终于也有了几处能念古遥思的静心之地。

面对遗址废墟，尤其是五六千年前的古文化遗址，需要有一种敬畏大自然的定力，一种超越时空隧道的穿透力，一种人神共舞的感慨力，才可能进入那个原始世界。

崧泽古文化继承于马家浜文化，后又跨过钱塘江演变成良渚文化。良渚文化和遥远北方的龙山文化在广富林碰撞了，或者说，长江文明和黄河文明在广富林碰撞了，这种碰撞，既有玉碎，也有因融合而闪耀的火花。这火花点燃出了耀眼的广富林古文化。

最终，这些古文化汇聚在了青浦福泉山。福泉山文化遗址不是一种独立的古文化，齐集了崧泽文化、广富林文化、马桥文化，叠压了春秋战国、秦汉唐宋，横跨两千多年的文化积淀，堪称"古上海的历史年表""中国的土金字塔"。

一排排干栏式建筑，一个个简单实用的陶缸陶杯，一件件古朴却饱含智慧的石耕农具，让我肃然起敬；石耕水种，男耘女摘，恍如世外桃源。但我知道，怡然自乐的背后常伴随着恐惧与无奈，处于新石器时代后期的人类，在大自然面前仍束手无策，只能听天由命。

虽然不完全明白那些石器、玉器、刀耕火种、象形文字，却能从那些简单的农耕工具和简陋的干栏草屋中感受到一种智慧，一种勤劳，一种平和。生活原本很简单，不需要太多高楼大厦，不需要太多纸醉金迷，一瓢饭，一箪粥，足矣；我们今天追求的一切已过于奢繁，过于复杂。

魔都着迷于时尚，魔都人痴心于潮流；灯红酒绿，眼花缭乱，自是无暇顾及那与时代发展扯不上任何关系的古文化。

不必非得把现代上海人与几千年前生活在这一带的古人类强扯在一起，也不必非得承认几千年前居住在广富林的古人类就是现代上海人的遥远祖先。上海，本来就是移民城市，近代而言，也多是福建、广东、宁波人迁徙汇聚于此；几千年的沧海桑田，这块土地不知经历了多少形形色色的大灾难，这块土地的主人也不知经历了多少的世代更替。但我仍希望被物质文明包围的城市主人能偶尔抽空来这些古文化遗址略作停歇，不为祭祖，只为欲望心灵能稍稍回归内心原始，回归天地本初。

作为一个年轻的移民城市，如果仅靠一根经济纽带联系在一起，一旦面临巨大灾难，便很容易作鸟兽散，分崩离析成一堆散沙；申城需要寻找一条能让来自五湖四海的人心连心的新纽带。

现代上海人忙忙碌碌，对古文化兴趣不大，但我认为，上海人恰恰是需要一两个这样久远的古文化据点，停下匆匆脚步，暂时放弃优越生活，面对古文化稍作停歇，去探索生命根源，寻找文化初旨，洗去浮躁，洗去琐碎，洗去俗气，找回迷失的自我。

你来或不来，古文化遗址都如一位长者在那里等你，等你回归，回归初心，回归本真，回归自然。

浦江之梦

1

年初因疫情不能离开上海，我开始骑车沿黄浦江两岸来回穿梭：红白相间的夹竹桃在对我微笑，灿烂似火的大红樱花在向我点头，还有那一片片绿油油的芦苇叶也在不断朝我问候。

在上海打拼了二十多年，直到今天，我才真正静下来，把它好好打量，慢慢品味。可能是因为零距离的接触，不知不觉有了一种亲近感，感觉自己已融入黄浦江；融入黄浦江，才算融入了上海。

只要有机会，便会去寻找黄浦江之奥秘、神韵和历史，我成了个彻彻底底的浦江寻梦人。

寻梦是无序的，想到哪走到哪，走完一站必然引诱着自己前往下一站。每一个驿站，每一条栈道，每一片芦苇丛，都会让我久久驻足，无限遐思。

2

一个炎热的下午，带着一份美好纯净的心情，我来到了浦江之首。从江浙蜿蜒而来的斜塘江和圆泄泾在此汇入黄浦江，形成一块三角洲形状的宝地。三江汇源之处，江水烟波浩渺，江中帆舸争流，江滩芦苇摇曳，江岸柳绿桃红，孕育着道不尽的江南水乡风光。黄浦江汇集了天目山之灵动与淀山湖之秀气。

来到此处，便不只是寻找黄浦江地理意义上的源头，一座"春申堂"把黄浦江与春秋时期楚国春申君黄歇紧紧连接在一起，黄浦江历史源头和文化源头赫然再现。

传说很久以前，上海是一片荒凉的沼泽地，沼泽地中央流淌着一条河，每当下雨，河水就泛滥成灾，不下雨的时候，河水又容易枯竭。当地的居民深受其害，咒其为"断头河"。楚国令尹黄歇来了之后，带领百姓修筑堤坝，疏浚了这条"断头河"。从此，两岸的居民安居乐业，不再担心旱涝的侵扰。

春申君黄歇是我再熟悉不过的历史人物。能被司马迁列为战国四公子之一，辅佐两代楚王开疆拓土，能以一纸《上秦昭王书》退十万秦兵，这样的风云人物历史上屈指可数。春申君疏通黄浦江，我虽是初闻，却也不足为奇。大爱大德的春申君主动让出富饶的淮北封地，请封于东海之滨偏远的江东吴地，面对让老百姓深受其害的"断头河"，他不可能无动于衷、置之不理。可以想象，敢于率领百万大军进攻秦国的领袖人物，主导疏通河道，该会是一种何等恢宏的气势。

更为幸运的是，他主导疏通的黄浦江，绵延流淌了两千多年，春申君也因此在这两千多年的历史中，时时刻刻被后人所纪念。如今的上海，别称"申城"，还有如影随形的春申江、春申塘、春申路、春申村、春申祠……就连上海申博成功的庆祝晚会上，开场节目也是《告慰春君》。

如果要寻找一位上海的原始祖先，我毫不犹豫投票给春申君黄歇。

3

我又来到了吴泾寺嘴角。黄浦江在此来了个漂亮的大转折，由东西流向直接变成南北流向。明永乐年间实施"江浦合流"治水工程之后，工程北端形成了陆家嘴，后发展为外滩，而南端的黄浦江东流北折处形成 L 形大湾角，被后人称为寺嘴角，又称"浦江第一湾"。寺嘴角不仅是黄浦江拐点，也是上海经济版图的拐点。

从寺嘴角往北延伸，逐渐喧闹，逐渐繁华，直到另一个拐点——陆家嘴和外滩，于是一切都到了极致。在此，光荣与耻辱对峙过，文明与野蛮对峙过，西方与东方对峙过。在此，汇集了上海大多数永不拓宽的马路，汇集了中国最多的欧式建筑，汇集了全世界最多的金融中心和摩天大楼。在此，有写不完的历史人物，有讲不完的历史故事，有道不尽的历史耻荣。

这里，是灯红酒绿的十里洋场，也是百年屈辱的旧时见证。这里，是改革开放的前沿阵地，是大国崛起的象征。一切都在这里汇合、撞击。这里也是我来往次数最多的地方，看一看魔都印象、听一听海派声音。认真说起来，"海派文化"的开创者其实也是春申君，当年他不仅疏通了黄浦江，还带来了中原文化、楚文化与吴越文化的大交融。近代上海兴起的海派文化的典型特征就是，兼容并蓄、多元互补、不拘一格、灵活创新，融多元文化于一体，在包容一切中创造一切。

积百年动荡的熔炼终于铸就而成如今的陆家嘴。每次走在外滩，看到那么多国人于此仰望着赞叹着对面的东方明珠、上海中心，内心便充满激荡。以超越来洗刷曾经的屈辱，我认为，这正是上海人文精神最好的诠释。

过了北外滩，与苏州河汇合后，黄浦江开始收敛一下，缓缓流向长江，奔向大海。

4

终于来到了吴淞湿地公园，黄浦江与长江在此交汇，吴淞炮台在此守卫着上海的东大门。

吴淞炮台，俗称老炮台、西炮台。清道光二十年，陈化成任江南水师提督，守卫吴淞，将防线筑成半圆形，至鸦片战争前夕，共设置大炮一百七十五门，炮台前沿长江浅水处打下一排排木桩，以防英军突袭登陆。

徜徉于吴淞炮台遗址广场，望着江面上船来船往，一百八十年前的战火仿佛就在眼前燃烧：

1840 年，英军进犯广东福建沿海，陈化成督水师抵御，屡挫敌舰于海上；

1841 年，英军破定海，三总兵阵亡；

1842 年，英舰陈兵吴淞口外，陈化成率军英勇奋战，击沉击伤英舰八艘，最后孤军奋战，身被重创，喷血而亡。

第一次鸦片战争期间，泱泱中华对英国侵略者可圈可点的抵抗屈指可数，民间自发的"三元里抗英"战斗光辉居然胜过了所有的官方抵抗；可钦可敬的民族英雄也为数不多，陈化成之前只有关天培、葛云飞（定海三总兵）等寥寥数人。国力衰弱，国人颓废，昭示着国运多舛。

我无比心酸。身为江南提督的陈化成，最后却只能率领数十亲兵坚守孤立无援的炮台阵地，抵抗着英国侵略者的坚船利炮。年近七十的耄耋老人，亲点火药，亲临战场，身中七处枪伤，英勇牺牲在自己的岗位上。

我无比心怒。同为守将的总兵王志元、参将崔吉瑞却弃阵地而走，两江总督牛鉴也闻风丧胆，在民族危难时刻置国家安危于不顾。

我无比心痛。吴淞炮台失守之后，英军沿长江长驱直入，挥师西进，短短数日便占领了镇江，迫使清政府签下了中国近代史第一个丧权辱国的条约——《南京条约》，中国从此陷入了半殖民地半封建的双重灾难与压迫之中，不平等条约接踵而至。

但是，英雄的鲜血不会白流。

吴淞口微弱而悲壮的炮声终于唤醒了昏睡中的中华民族，陈化成愤怒而滚烫的热血终于沸腾了冰冷麻木的炎黄子孙。

自陈化成在吴淞口点燃抵抗侵略者的第一炮至中华人民共和国成立，一百年间，中华民族经历了重重屈辱，无数志士仁人发起了英勇抗争并献出了宝贵生命。在一批批中华儿女前赴后继的斗争中，辛亥革命推翻了腐败无能的封建清王朝，中国共产党找到了一条民族复兴的光明大道，中华民族扬眉吐气地收回了《南京条约》割让的香港。

站在吴淞口，隔岸似乎隐隐可见江南造船厂驶出的航空母舰，民族复兴正以雷霆万钧之势不可阻挡地划破长空。中华民族再也不会让一位耄耋老人去抵抗野蛮的侵略者，再也不需要用大刀长矛去面对侵略者的坚船利炮。一百多年前被强盗列寇打开的大门，如今正以一种前所未有的信心主动开放，海纳百川，吞吐万邦。

我为此欢呼。驻足吴淞炮台广场，眺望着两江交汇处，终于可以扬眉吐气，点上几发礼炮，告慰在此与英国入侵者激战至死的陈化成将军。

长江一路上汇聚了无数江河湖泊，在这里终于画了一个小小的句点。这个句点由黄浦江画出，画得那么精致，画得那么传神。汇聚了充满中华梦想的黄浦江，长江终于可以心满意足地奔向大海。

5

浦江之美，固然离不开那一座座腾空飞架的桥梁，离不开那一条条宽敞明亮的越江隧道，也离不开江岸两侧充满异域风情的万国建筑群；浦江之美，固然在高楼林立的陆家嘴，在车水马龙的外滩，在浪漫闲适的徐汇滨江。但我却更欣赏浦江两岸的田园风光，更迷恋江面上自由飞翔的一群群海鸥，更敬慕守卫在吴淞江口的那群炮台以及炮台下蕴藏的英勇与悲壮。

面对奔流东去的黄浦江水，我又有了新的梦想，搭一便船或者租一游艇，携三五好友，从淀山湖出发，经拦路港顺黄浦江而下，直到吴淞江口，一览黄浦全貌，如此方能解心中徘徊数年的浦江之梦。

衣被天下

小时候从课本上看到过黄道婆的名字，以为是一仙姑道尼，仔细阅读才知道是古代一位有名的女纺织家。只是纳闷，惜墨如金的中学历史教材为何能为一位黎族女性如此浓墨重彩？

请原谅那时的幼稚，一直粗心地以为黄道婆出生于海南。直到家住华泾，才弄清楚黄道婆居然是土生土长的上海人。平日开车出行，竖立在龙吴路旁边的"黄道婆墓"旅游标牌总会不期跃入眼帘，对黄道婆的深入了解正是始于此。

黄道婆，松江府乌泥泾人（今上海徐汇区华泾镇东湾村），宋末元初杰出的纺织家、技术革新家。黄道婆墓始建于元代，年长日久，荒冢累累，难以辨认，后经江苏省上海县人民委员会整修，镌石立碑，并列为国家文物保护单位，如今已被扩充为一个纺织文化纪念馆，一座一正两厢的庙宇式建筑，古色古香的元明风格，绿树环绕，清幽静谧。

　　来到墓园，有黄道婆全身雕像，通体泥灰、质朴自然、左梭右纱的道婆面带微笑，玉颈微扬，目光遥望。善良而慈祥的黄婆婆不知不觉之间会把你带入那个兵荒马乱的岁月，同时也让你感受着那个年代江南老百姓的安居乐业。

　　南宋末年，一个非常琐碎的历史细节想必不会引起任何人注意：在海南岛南端的崖州，停泊的船上走下来一名来自江苏松江乌泥泾的青年女子。她是逃婚而来，人生地不熟，四顾茫然。还好，善良的黎族居民接纳了她，并教她纺织技术。

　　此后的华夏神州，无论战乱连连还是歌舞升平，一个同样琐碎的历史细节注定不会让任何人忽略：黄道婆从海南归乡后，在家乡推广先进的植棉、纺纱、织布技术，并改革纺织工具。以前轧棉去籽的方法只能靠人工手剥，又笨又慢，黄道婆便设计出了木制摇轧棉车，使去籽率大为提高，同时又将弹棉花的小弓改成大弹弓，并将当时淞江一带使用的旧式单锭手摇纺车改为三锭脚踏纺纱车。飞速转动的纺织机神奇地将一团团棉花变成了缕缕棉纱、卷卷布帛。

　　黄道婆的功绩大过天，历史对她的记载却不足千字。十五六岁时，敢于挣脱童养媳的牢笼，孤身流浪海南岛，足见其刚毅顽强；来到海南岛，能与当地黎族姑娘融成一片，互相切磋纺织技艺，足见其敦敏勤勉；晚年不顾路途遥远，舟船劳顿，千里迢迢回到故乡传播技术，足见其乡情殷殷。

　　历史的笔墨何其吝啬，何其残忍，只留下了枯枯的几段主骨，对那些丰满的血肉和细腻的皮肤，对那汪含情的秋水和那张喜悲交变的脸庞，统统视而不见。

翻看整部宋元名人传记，哪怕是作为一个配角，也绝对找不到黄道婆的身影，她普通得几乎被遗忘。然而，当成吉思汗的马蹄声已渐渐消失在历史的尘埃中时，黄道婆的纺车却仍在叽叽作响；当黄公望的《富春山居图》已烧成两截，关汉卿的《窦娥冤》还未被传唱时，黄道婆织成的棉布却已衣被天下。

谁能想到，几台织具、数缕棉纱的威力居然远胜千军万马？黄道婆改良棉纺织技术后，松江府以及整个长三角地区一跃而成为中国著名的棉花种植基地和棉布纺织中心、贸易中心，这些中心共同构成了长三角城镇群的初步轮廓。

谁能想到，当初本为逃婚的黄毛丫头却创造了中华文明史上最伟大的科学奇迹？道婆在棉纺工具——擀、弹、纺、织——革新方面的成就远超常人所想，可俯仰天下，跨越千年。"擀"用的手摇脚踏式轧棉籽机，比美国纬同尼发明的轧棉机早五百年；道婆改良的大"弹"花弓，远传日本，号唐弓；发明的脚踏式三锭木工"纺"车，又称黄道婆车，比欧美早四五百年；黄道婆改革的"织"布机和"错纱、配色、综线、絜花"织造工艺结合，可产生各种美丽鲜艳如画的花纹图案，制造出精美的具有江南特色的"乌泥泾被"。1980年发行的《中国古代科学家》邮票（第三组）共纪念了四位中国古代科学家，分别是战国水利家李冰、东魏农学家贾思勰、明代科学家徐光启、宋末元初著名棉纺织家黄道婆。黄道婆是唯一入选的女科学家。

在我看来，"黄道婆墓"不仅是一块旅游标牌，更是华泾镇乃至整个上海不可多得的一块文化标牌。

黄道婆墓在华泾镇东湾村，再往北三公里有座黄道婆祠，每次去植物园我必定前往瞻仰。

据历代《上海县志》载，黄道婆祠也称黄母祠或先棉祠，俗称黄婆庙，原址在华泾镇南郊村。黄母祠曾八建八毁，为纪念上海建县七百周年，在上海植物园内再次动工重建。

祠堂静静坐落在植物园东北角，内有纺织历史馆和纺织机具馆，展览着那时的棉布纺织流程及纺织设备，一部活生生的纺织历史如在眼前，感觉仿佛进入了七百年前的江南纺织中心。

流程很简洁，织具更简单。

眼前的织具，以今人的目光，毫无高上之感，反有简陋粗糙之嫌。然而，正是这一架架简陋粗糙的织具，却极大丰富了当时的生存资源，在物资奇缺的宋元年代，让多少穿不暖的人有了御寒之衣，生命不再寒冷，也为灰暗的数百年历史平添了几分浓墨重彩。众多织机纺物静躺，经年累月，苍白不言，却以冷峻高傲的姿态，倔强地诉说着曾经的辉煌。顺着飞梭扬起的纱线，穿越七百多年的历史尘烟，回到那元初的松江府，映入眼帘的是纺车轻摇、笑容自豪的黄道婆，光鲜亮丽的布匹锦衣和满载衣被的似水马龙。

伫立黄道婆祠，让人难免疑惑：几缕棉纱、几根木条搭起的普通纺车怎么就成了元、明、清最伟大的科学技术，甚至撑起了元代一百多年的科技大厦，撑起了自元至明清七百年的商业文明？

反复瞻仰黄道婆祠后才明白，一个人对社会贡献的大小，不在于其有多么轰轰烈烈，而是取决于其造福人类的广度与深度。

黄道婆开创的棉纺技术不仅改善了乌泥泾和邻近地区人民的生活，而且对明清两代江南农村和城镇的经济繁荣产生了深远影响，从造福人类的角度而言，丝毫不亚于19世纪瓦特改良的蒸汽机。

更难能可贵的是，黄道婆没有把经过革新的技术据为己有，没有把它视作发财致富的工具，而是毫无保留地传授给当地百姓，"上海农村家家机杼，享其利达六百余年"。

当初黄道婆在海上的漂泊，不经意间却建立起了一个棉纱王国，家乡乌泥泾从此名扬天下，江南因此稳坐中华民族商业帝国头把交椅。不断转动的纺车织出的根根棉纱，架起了一座连接海南岛与中原大陆的友谊之桥。

纺织文化归根到底侧重女性文化，柔美而绵长，黄道婆无意中成了中华纺织文化的终极代表，这种偶然来源于黄道婆的善良和执着。

翻看整个元代历史，居然找不到哪一样发明的贡献能超过那架简单的纺车，绵绵细纱犹如涓涓流水，柔柔绢帛汇成历史长河。凭双手织造出了一个棉纱王国，用双腿踏出了一个衣被天下，黄道婆的善良能干护佑着一方百姓。

在繁华喧闹的魔都，能让上海人为其立祠的不多，整个徐汇区也就两位：黄道婆与徐光启。

时至今日，我们每个人穿的棉衣棉裤，盖的棉被棉毯，仍能感受到七百年前黄道婆带来的热量和温暖。饮水思源，我们不能不对这位平凡而伟大的劳动工匠永怀无限敬仰。

大将军邹容

搬来华泾居住，不知不觉已整整八年。华泾镇地处徐汇与闵行交界处，在徐汇人眼里，这是乡下；在闵行人眼里，这里还不如更乡下的他们。没有徐家汇的繁华热闹，也没有陆家嘴的灯火斑斓，不如虹桥的四海通衢，更不似崇明岛的吞吐江河，我却渐渐喜欢上了华泾。八年时间，客人变成了主人，华泾成了我的第二故乡。

在这里，我遇见了黄道婆，等来了宁国禅寺，守护着邹容墓。参观完黄道婆纪念馆，我写了《衣被天下》。对于邹容，因其英年早逝，一直不忍落笔，但其精神长存，我又不能不落笔。

邹容的《革命军》和陈天华的《猛回头》，同时出现在中学历史课本中，同时进入自己幼稚浅薄的知识库，当历史课程随着高考结束而尘封时，《革命军》也一同被自己尘封了。参观完邹容纪念馆，祭拜过邹容墓之后，我迫不及待地再次捧起《革命军》。

1

纪念馆内，邹容与孟德斯鸠、康有为同列。一个民族，当它处于危急存亡之秋时，能天降一两个力挽狂澜的英雄，何其幸哉！

出生在一个商业资本家家庭的邹容，四川巴县人，原名桂文，又名威丹、蔚丹、绍陶，留学日本时改名邹容。大致梳理了一下邹容生平，很简单，也很震撼：

12岁应巴县童子试，因愤于考题生僻而罢考，从此厌恶科举八股；

13岁在重庆经学书院"非尧舜，薄周孔，攻击程朱学术"，被书院开除；

14岁得知谭嗣同等六君子变法遇难，悲愤不已，作诗明志；

16岁赴成都投考留日官费生，因思想倾向维新，临行时被取消资格，遂自费赴日留学；

18岁完成《革命军》，文章秉笔直书，激情洋溢，好读易懂，一时洛阳纸贵；

20岁那年，与恩师章太炎共赴难，因肺炎死于狱中，"风雨巴山遗恨远，至今人念大将军"。

短短的人生历程，却在神州上空划下了长长的印痕，英年早逝却轰轰烈烈。邹容写《革命军》时不到二十岁，但此书却在中华民族历史上第一次系统地提出了一个民主革命的简单纲领，是第一部系统宣传革命、主张建立民主共和国的著作，为两千多年的封建专制制度敲响了丧钟，为资产阶级民主革命吹响了号角，成为一篇名副其实的反帝反封建战斗檄文。

天生大才，却又天妒英才。得要有多深的恨和痛，才能逼得一个年仅18岁的少年写成如此惊世杰作？这得有多深的情和义，才能让一个年仅20岁的青年如此大义凛然？

一个有才有义的中华男儿偏生逢多灾多难的乱世之秋。中日甲午战争以中国战败签订《马关条约》告终；戊戌变法失败，六君子被杀，光绪皇帝被软禁，中华民族陷入了更深的黑暗之中；八国联军入侵，清政府被迫签订《辛丑条约》，中国沦为半殖民地半封建社会……

西方列强瓜分中国的狂潮席卷着神州大地，华夏儿女束手无策。列强无耻，朝廷无能，民众无助，中华民族濒临灭亡。情怀与灾难强烈冲击着，才华与危机反复较量着。在日本留学短短一年不到的时间，邹容接触到了更多西方资产阶级革命思想，与孟德斯鸠和卢梭不断碰撞出火花。目睹了维新失败的邹容，敏锐地捕捉到了中华民族的希望之光，天纵大才的邹容奋笔疾书，用笔和墨代替枪与炮，为多灾多难的祖国找到了通往光明的大道。

《革命军》石破天惊般问世，催促着已觉醒的革命者奋进，唤醒着正沉睡的无数中华男儿，终于：

孙中山联合兴中会、华兴会、光复会在日本东京成立了中国同盟会，并将革命组织定名为"中华革命军"，邹容所提倡的"民族、民权、民生"成了孙中山领导资产阶级革命的指导思想；

辛亥革命胜利，《革命军》中的"共和国"建立，邹容被孙中山封为"大将军"，一位从未指挥过一兵一卒，却唤醒了并激励着百万雄师的大将军；

中华人民共和国成立，邹容所倡导的"自由、平等"和"生命、权利、幸福"终于在神州大地生根发芽。

今天，邹容等一代代志士仁人所苦苦追求的中华民族复兴已势不可当、如日中天。

2

邹容的生命是那么短暂，但他的生命光芒却又那么耀眼。光芒不仅来自《革命军》，还来自邹容对舍生取义的践行。

《革命军》一出，《苏报》便倾力宣传，章太炎为之作序，将该书誉为"今日国民教育之第一教科书"，称《革命军》为"义师先声"。

《革命军》影响极大，清政府大为恐慌，下令抓人并查封《苏报》。当警察拿着名单来抓人时，章太炎挺身而出，说："别人都不在，要抓章太炎，我就是。"邹容本未被抓，但知道章太炎被捕后，毅然自行投案，不幸病死狱中，年仅二十岁。

这便是当时上海滩曾轰动一时的"苏报风云案"。

身负民族大义的邹容身兼民间侠义。两千多年前的大思想家孟子就已发出了振聋发聩的呐喊："生，亦我所欲也；义，亦我所欲也。二者不可得兼，舍生而取义者也。"这种来自儒家文化的民间侠义，影响着一代又一代的中华儿女，邹容便是深受影响并身体力行之。

邹容是朝廷要犯，为其收尸要冒极大风险，但华泾义士刘三为其肝胆侠义所钦服，不畏株连，将邹容遗骸从四川会馆移葬华泾黄叶楼旁。十九年后，章太炎为其重修墓地，勒石立碑。如今的邹容墓已扩建为邹容公园，位于华泾路上位育中学旁边，墓台坐北朝南，四周松柏常青，碑石方正敦实，棱角分明，恰如烈士刚烈不阿、爱憎分明的个性。

刘三即刘季平。章太炎在《邹容墓志铭》中称刘季平"上海义士刘三，收十其骨，葬之华泾"，并有"刘三今义士，愧杀读书人"之句赞赏。刘三的侠义之举，鼓舞了时人，也成就了自己。从此，刘三便与邹容紧密相连，刘三也成了"侠义"的化身。

刘三播撒的"侠义"种子，如今已生根发芽，成长壮大，这种民间侠义与邹容的民族大义一起，成了华泾镇不可多得的文化瑰宝。

我曾多次前往瞻仰邹容墓，每次总能遇见一位年近六十的老人，清扫着周围的落叶。开始并未留意，以为是公园清洁工，直到有一次和她聊天，才知晓居然是刘三的外孙女，接替母亲在此守墓扫墓。这令我肃然起敬，惊讶赞叹于从邹容起始的民间侠义能传承至今。

邹容不忍老师单独承担责任，毅然主动投案，最终舍生取义；刘三不畏株连，凛然将邹容遗体收敛安葬，义薄云天；两代人不忘家嘱，坦然为邹容守墓扫墓近百年，不图名，不求利，义行绵延如江河。

邹容墓真乃"天下第一义墓"。

课植园*

课植园犹如深藏小巷中的美酒，游朱家角非去课植园不可。课植园正门临西井亭港而立，门面很小，掩映于河中穿行不辍的摇橹小舟、沿街旺铺琳琅满目的商品和拥挤的人群中，若非有意，课植园很容易被忽略。

入园方知袖里自有乾坤，门后别有洞天。

整个林园分为厅堂区、假山区和园林区。越过精雕细砌、雍容华贵的厅堂区，来到阴阳廊。阴阳廊，又称重廊、复廊，朝阳为阳廊，背阴为阴廊，女子走阴廊，男子走阳廊。阴阳廊将待客起居的厅堂区与娱乐休闲的假山区巧妙且不着痕迹地分隔开来。厅堂区的礼肃规整、大气隆俨，与假山区的精巧清幽、雅致灵动，相映成趣。

阴阳廊后是望月楼。望月楼四方五层，四面开窗，楼顶

* 《课植园》为作者与廖永建合篇之作。

又建有小小四角亭"望月亭"。望月楼外形略有大雁塔的韵味，高高鹤立水乡，俯视着周遭村庄河流。登楼而立，远眺可饱览淀山湖、大淀湖、漕港河三水胜景，俯首近观，课植园全景尽收眼底。

课植园集诸多江南园林之精华，明、清与民国三朝之风格并存，加之中西合璧，亭台楼榭、假山流水、碑廊桥阁、古树绿竹、书画石刻，无一不有，无一不精，不愧为清末民初江南最大的庄园式私家花园，不愧为近代江南古典园林中的典型代表。

能建造这样一座园林，想来主人一定是文学造诣深厚、个人修养高雅，或者出生官宦世家。然而，令人惊讶的是，园主马文卿不过是区区一商人，史料中关于他的记载很少，只知他祖籍江西，世袭盐商，后迁昆山做生意，兼营铜锡，业务做到了海外，是当时朱家角镇最富有的望族，发迹后捐官授四品道台虚衔，自己未必能吟成一首诗，未必能绘就一幅画。我未免疑惑了，是什么驱使着马文卿成此惊世之作？

作为商人，他非常成功；作为商人，他同样世俗，捐官道台，求个平安，也图个虚名。虽然清末民初商人地位有所上升，但商人的地位极其不稳定，富可敌国沈万三、红顶商人胡雪岩的教训，深深刺激着马文卿，心里倍感惶恐。在那个半封建半殖民地的屈辱年代，巨量的银票、虚高的官爵，并不能抚慰他那颗不安的心。马文卿觉得生命若有所缺，似有所憾。财富终究会如昙花一现，随风而去。他迷茫过，他害怕过，他在寻找着金钱与地位之外的一种东西，他想让自己的生命能留下点不同于其他商人的东西，他想留下些什么证明这世间他曾来过。

他梦想过，若是有来世，自己也能从小就进入私塾，有机会浸润于儒家世界，定也要如文徵明、唐寅那般，留下几本世人手捧的文集，留下几幅世人争挂的字画。他梦想过，若是生命重来，自己也能真正进入仕途，定也要如豫园的潘允端那般，在退闲之时建园林搭戏台，传承心爱的昆曲。他被这些梦想诱惑着，折磨着。常年走南闯北，没有淹没年轻时的梦想，多年的积累和阅历，反而更增了那种若隐若现的梦想，而且越来越清晰。经历了商海沉浮，他终于认识到人生心灵的归属在文化。可惜作为商人，他秃笔不锋，文艺传世太难，无力以诗文来圆自己的文化之梦，无能以书画来实现自己的文化之梦。恰好喜欢园林，恰好园林可以言志载德又高雅实用，恰好有建筑园林的高额财富，就建造一可流芳百世的私家园林吧。对园林的偏爱和了解，让他决定将自己的文化梦寄托于园林山水，年过半百、与银子打了大半生交道、饱经沧桑的马文卿，终于下定决心，与其幻想来世，不如今生便以自己所能实现梦想，他要倾毕生积蓄建一独特园林，传耕读祖训。

再轰轰烈烈的人生也得找一归宿，以商起家的马文卿最终归宿于园林文化。于是一场占地百亩耗时十五载费银三十余万的浩大工程开始了。

文化的吸引力不仅对饱读诗书的文人强烈，对那些功成名就的商人更是不可抗拒。但马文卿不是附庸风雅，他如同着魔。平生本就热爱园林，为建此园，马文卿更是耗尽心血，四处参观拜访，苏州的狮子林、城隍庙的豫园，甚至洛阳的白园，成了他梦中的常客。每到一处园林，必仔细观摩，每见一处胜景，必命人着意仿建，如上海豫园的荷花池、九曲桥；苏州狮子林中的倒挂狮子弯；甚至洛阳的白园；马公留过洋，又借鉴了西方的建筑风格，洋为中用中西合璧。凡此种种，终成今日之课植园。

课植寓"课读之余，不忘耕植"之意，应和着园名，园内既建书城也辟稻香村。课植园，通俗讲就是读书与种田的地方，类似江南众多望族的家训"耕读传家"。万般皆下品唯有读书高，读书可以参加科考，学而优则仕。农植则是提醒众人不忘根本，牢记农作，尤其是乱世之中，是温饱生存之首要。

凭着园林名字，马文卿已成我心中的风雅之士。

有感于此，我陡然增加了对园主的钦佩之意，整整思绪，理理衣冠，继续游览。

一路逶迤，来到园林区。园林区内植各种果树，古树参天，郁郁葱葱，绿树成荫。区内有稻田一块，菜园数片，农耕用具一应俱全。大多高高在上的高官富贵之家是不屑于农事的，而位列士农工商最末等、富而不贵的商人马文卿，却在诗书传家立业的同时，不忘农耕为本。因四季农作不同昭示的四季分明和春种秋收带来的踏实感，深深抚慰着马文卿那份隐藏内心深处的不安与惶恐。

望月楼，稻香村，一高一低，高冲天际，低就泥尘。这样的鲜明对映，这样的一种绝无仅有的江南园林风貌，与马文卿高高在上的财富地位和忝居士农工商末位的阶层地位之对应何其类似，想来这种建园方式也是马文卿心中的潜意识反应吧。

由稻香村东向而行，越过假山之上、百蝠倒挂其中寓意百福百顺的百蝠亭，来到了荷花池上的水晶宫观鱼台。

台下池水青黛，锦鲤自由翔于水间，人来不惊，偶见黝黑大鱼，可见水有多深。池中水上荷莲初绽，映照池边的翠竹猗猗。台上四顾，这边丛林参天，那侧稻花飘香，对面百蝠献瑞，脚下群鱼撒欢。

继续前行，越过五老图，来到了书城。书城别具特色，有仿城墙、城垛，上书"月洞门"三字，进洞门，内筑有一拱形岸桥，桥扶手栏杆饰以翠绿琉璃瓦筒，显得古色古香，踏步上桥，可进入藏书楼，楼有两层，飞檐翘角，此即为当时所谓"课读"之地。书城前有双帛亭，藏书楼与双井之间有一条长20多米的碑廊。马文卿不惜重金收集了明代四大才子唐、祝、文、周的真迹，文徵明的"游西山寺"十二首、祝枝山的"梅花诗"、唐寅的手札及周天球诗等，都请当年著名金石专家，依照真迹雕凿于碑廊之上。碑廊雕凿的不仅仅是诗词，更是马文卿的文化梦想。清幽古雅、别具一格的书城内，仿佛依旧回荡着阵阵书香与马家儿郎的琅琅读书声。

要离园了，颇是欣慰，在那个兵荒马乱的年代马文卿梦想成真了。他以商人的身份做成了大多文人梦寐以求的事，他用商人的思维与一众文人进行了一次最成功的合作。课植园让自觉卑微的他成了富有远见的商人，也让忐忑不安的他终究成了此地主人，异乡成了故乡。他为中华民族留下了一笔宝贵的精神财富，为江南园林留下了集大成的独特一笔，为朱家角古镇留下了最点睛之笔，也为自己找寻到永恒的归宿。

离园后再回首，甚是感慨：十五年太漫长，园将成未成之际，马公身消，未能看到课植园最后的模样。但我想，那个牵挂的灵魂，一直不曾离开，时常化作一缕清风，掠过望月亭，掠过曲水，掠过幽径，也掠过络绎不绝频频点头的游人……

闲居话"闲"

1

那晚与马、何二位同学聚餐，商谈投资的事。两人都是忙里偷闲，马总次日一早要前往宁波参加行业会议，何总则临时被约去北京会见腾讯财务。

餐席间向马、何两位老兄请教如何应对自己因越来越强烈的人生虚无感而逐渐淡化的斗志。马兄认为，人生最高境界是归佛，归宗教；何兄认为他奋斗的动力源自内心的自觉，只有不为外物所干扰，才能永远奋斗下去。这样的回答显然无法让我从困惑之中摆脱出来。

第二天上午，与妻去接女儿，顺便在嘉定环城河闲逛了一圈。环城河生态很好，绿树成荫，紫藤遮日，悠闲清静，令人心旷神怡。

我与妻调侃："人生是应如马兄那样，奔驰在往宁波的高速公路上，还是应如何兄那般，飞翔在前往北京的蓝天白云之上，也或如我俩，悠闲漫步于绿树成荫的河畔？"

妻当然奉承我："人生就应如你老吴那般悠闲自在，无案牍之劳形，无丝竹之乱耳。"

明知是奉承，却正合我意。但想到马、何两人，我又有些忐忑不安。他们都算成功人士，即使不再工作，每天吃喝玩乐、游山玩水，经济也无忧，却仍然在拼搏和奋斗；而且我相信，他们此时此刻的拼搏和奋斗充满快乐。那么，问题就在悠闲自得、无所事事的我身上了？

然而，与妻绕行于清澈见底的环城河畔，想着一会儿可以接女儿回家，内心也是快乐无比。我未免又茫然了。

2

回到家里，闲着无事，找出最喜爱的两篇古典散文——苏东坡的《超然台记》和欧阳修的《醉翁亭记》，再读之，隐约觉得，一千年前古人所写文章居然应了今日心境。"探寻人生快乐和生命意义"是个周而复始的命题，永远没有标准答案，但二文所述，却大致概括出了高贵之生命所应拥有的高尚之快乐。

《超然台记》，文过三分之二提及超然台，然虽未见超然台，却已字字显超然之乐，处处见超然之情。无所往而不乐，乃因已达"游于物外"之豁达，已达"不以物喜，不以己悲"之超然。超然之乐，有豁达之心尚且不够，还需有因地制宜、就地取材之实干。正因有豁达之心和着眼现实之能，苏东坡方能遭贬惠州而酿出一手好酒，再贬儋州又植出一方丰田，以致让政治对手对其快乐似神仙的贬黜生活恨得咬牙切齿，让无数同样遭贬官员佩服得五体投地，愧疚得无地自容。在苏东坡身上，"安往而不乐"，不只是文人聊以自慰的一句空话，而是真正成了人生的指导思想。

欧阳修遭贬滁州写出《醉翁亭记》，虽酒中作乐，苦中作乐，却醉而忘贬，乐而忘苦，并总结出"乐之精妙，乃独乐乐不若众乐"。与民同乐，则百忧俱散；与民同享山水之乐，方能至极乐。

苏东坡之乐，乃豁达超然之乐；欧阳修之乐，乃逍遥山水之乐。苏东坡之乐，欧阳修之乐，有一共同之处，即民乐乃乐。苏东坡筑超然台，不是为一己之私；欧阳修出游醉翁亭，不是为寻一己之乐。他们没有因"人生无常，修短随化"，便陷入"及时行乐，玩物丧志"的肤浅人生，而是从山水之中感悟到了一种能让生命更加灿烂的高尚乐趣。他们在借山水寻找更高层次的生命价值。

表面看来，他们是纵情山水，实则在求索生命真谛。

千百年来，古之圣贤无不深陷探索生命真谛的泥沼之中。

东晋时期的王羲之在《兰亭集序》中就提出了千古难破之命题：既然"修短随化，终期于尽"，又达不到"一死生，齐彭殇"的境界，那么生命该如何度过？既然"向之所欣，俯仰之间，已为陈迹"，那么奋斗是否还有意义？文章虽对生命普遍现象进行了总结归纳，但终究只是文人的兴怀感叹，至于是让短暂的生命及时行乐，还是应即使暂如流星也要划出一道亮光，则并未给出结论。

"不求富贵，不期帝乡"的陶渊明在《归去来辞》中试图对此给出答案：随心而去，随心而留，想耕耘时耕耘，想郊游时郊游，想呐喊时便呐喊，忘怀得失，乐夫天命。

陶渊明归园田居，王羲之裸卧东床，既是看破，也是无奈，既是归隐，也是逃避，既是解脱，也是潜伏等待。当无奈与逃避之时，留下的《归去来辞》《兰亭序》，却无意间让他们精神生命永生，如长江般永流，似明月般普照。

"生命价值何在，奋斗的意义何在"这一亘古难题，王羲之破解不了，陶渊明可敬可羡却不可学。答案还得问苏东坡和欧阳修。

大才大能、大彻大悟的苏东坡，也深知生命渺小如天地蜉蝣，如沧海一粟，他也常常临江哀叹，羡慕山间明月，江上清风。苏东坡在《前赤壁赋》中，借客之言，怀古叹今，诗尚在，战场尚在，写诗的人和战场主角却已无可寻觅，"万里长城今犹在，不见当年秦始皇"。倘若不能从这种虚无感觉中走出，便会怀疑奋斗的意义，甚至陷入只顾行乐的悲剧人生。苏东坡的应对之法是"安往而不乐"，解脱的法宝是暂时"寄情山水，忘怀得失"。

达到了"不以物喜，不以己悲"的人生境界，才可能做到"安往而不乐"，才可能"醉能同其乐，醒能述以文"；能做到"安往而不乐"，才能到达"一死生，齐彭殇"的超然。

对欧阳修、苏东坡而言，怀才不遇时，寄情山水可以让自己不过度悲伤于逆境，于逆境中疗伤，潜伏静养。但一旦朝廷召唤，又立刻能从山水之间走出，转身去建功立业。

3

合上书卷，想想正在奋斗中的马、何两位老兄，想想虽不时"寄情山水"却仍"不忘功业"的欧阳修、苏东坡两位古人，我认定：对于每个人来说，奋斗应该是主旋律，虽然在人生某一阶段可以停下脚步休整；对社会来说，奋斗更是主旋律，人类就是在奋斗过程中螺旋式前进。一个人不可能因为生命终将走向死亡，而怀疑奋斗的意义，生命的价值恰好在于奋斗的过程，哪怕世界末日来临，也得把今天该做的事做好。朝闻道，夕死可矣。奋斗就是在良知之下，在世俗良序范围内，全力以赴追自己的梦。追梦的人生有起伏有穷达，穷伏之时，独善其身，藏锋养锐。起达之日，锋芒毕露，兼济天下。

依我看，人生的快乐便在这奋斗之中；与天斗、与地斗、与己斗，其乐无穷。

依我看，人生的快乐也在这山水之中；与其临江哀叹，不如放下心来享受山间明月，江上清风。

借用胡适先生的三段话与同样陷于困惑又想冲出困惑的迷茫之人共勉：

　　有人对你说，人生如梦。就算是一场梦吧，可是你只有这一个做梦的机会，岂可不振作一番，做一个痛痛快快轰轰烈烈的梦？

　　有人对你说，人生如戏。就算是做戏吧，可是吴稚晖先生说得好，"这唱的是义务戏，自己要好看才唱的；随便无端的自己扮做跑龙套，辛苦的出台，止算做没有呢？"

　　其实人生不是梦，也不是戏，是一件最严重的事实啊！你种谷子，便有人充饥；你种树，便有人砍柴，便有人乘凉；你拆烂污，便有人遭瘟；你放野火，便有人烧死。你种瓜得瓜，种豆便得豆，种荆棘便得荆棘。

第四辑

呼唤和平

在马六甲海峡，我想到的是和平使者郑和。

在柏林，残败的威廉皇帝纪念大教堂、森严的犹太人博物馆让我看到了正视耻辱、珍惜和平的德国。

在日本，在越南，在美国，我责问着他们对战争的遗忘。

在尼泊尔，我羡慕他们的知足常乐。

在新西兰，我留恋他们的田园生活。

在澳大利亚，我懂得了人与自然的和谐。

敬畏大自然的人类，才能真正拥有永久的和平。

马六甲海峡

1

吉隆坡的通关还算便捷，加之深夜到达，人流很少，入关也顺利。在吉隆坡只待一天，所以我力主放弃双子塔，放弃国家皇宫，放弃黑风洞，直奔马六甲海峡。朋友们都理解我的迫切心情，一早直奔马六甲，前往参观那条世界上最繁忙、战略位置最重要的海峡。

南洋胜状，在马六一峡。衔两岛，吞二洋，浩浩荡荡，横无际涯，朝晖夕阴，气象万千，北达马来，南通苏门，西接印度洋，东连中国海，堪称南亚咽喉。

走近它时，却有些无所适从。没有惊涛骇浪，没有穿梭不息的来往船只，看不出它的繁忙，也看不到它的战略意义。

或许是因太名闻天下，所以不需要任何的文字介绍；或许是因太傲视群雄，所以根本不屑作过多渲染，懂它的人自然会在此流连忘返，触景生情；至于芸芸众生，走马观花，匆匆一瞥，它是不在乎的；也或许这就是马来人的一贯风格，越是重要的，越是不作铺垫，越是伟大的，越是以平凡的方式呈现在世人眼前。

把这种疑惑告诉同伴，他似乎也有同感，但继而又若有所思地说："马六甲海峡扼守着印度洋和太平洋之间的通道，战略位置无可替代，也许只有在地图上，把它缩小，把自己放大，才能更好领略它的重要性！"

好一句"把马六甲缩小，把自己放大"，这是对自然、地理、历史与人文的融会贯通，是一种吞吐山河的大气魄。

是啊，这条印度洋与太平洋的海上生命线，本来就只呈现给懂它的人；它的雄伟，它的价值，只能用心来领会。

我懂它吗？

矗立在一望无际的海峡岸边，恍惚间，一支支船队缓缓跃入眼帘。

首先看到的，是一支由近百艘千吨巨轮组成的船队，甲板上飘扬着"大明"旗帜，船头站立着正用望远镜遥望远方的中华官员。这是马六甲海峡曾经迎接过的最壮观船队，凭这阵势，凭这实力，一统马六甲海峡当是轻而易举。然而，郑和下西洋是来交朋友，是来传播和平，除了帮当地土著铲除几股臭名昭著的海盗恶势力以外，再无他念。因此，成了当地土著敬仰的船队。

突然，几艘百吨帆船横冲直撞闯入了马六甲海峡，船上是一群高鼻子、蓝眼睛、黄头发、叽里呱啦的让土著人根本不知所云的西洋人。善良的土著人把他们当宾客款待，岂知换来的却是数百年的被统治，被凌辱，被压榨，被剥削。这些西洋人之间又相互争权夺利，乃至发动战争，让土著人民不聊生，苦不堪言。他们是葡萄牙人、荷兰人、英国人。

接着，一群现代化军舰让马六甲海峡大开眼界，这些耀武扬威的舰队插满了日本太阳旗，驻扎此地的英国舰队不堪一击。以为盼来了救星，却不料是一群更加惨无人性、横行霸道的恶魔；好在恶魔很快被全世界正义力量铲除消灭，三年人间地狱般生活才告终结。

日本人被赶走后，曾经落荒而逃的英国船队又大摇大摆地游弋在马六甲海峡，妄图以昔日"主人"的身份长驻于此。

然而，已经觉醒的当地土著人、漂居于此的越来越多的华人和印度人，再也不愿被英军所殖民，于是奋起反抗，往日雄霸全球的大不列颠帝国灰溜溜离开了。而今巡航在海峡的是印尼、马来西亚、新加坡三国共管的军舰，马六甲终于回到了主人的怀抱。

六百年沧桑，六百年风云，不变的马六甲演绎着不断变化的历史，无论是对侵略的仇恨还是对和平的感激，似乎都已消失在茫茫海峡。

此刻站在这海岸之滨，最大的愿望便是能登上舰艇，从曾母暗沙出发，西出南中国海，穿越马六甲海峡，直抵印度洋，向世界大声宣告我们的和平宣言！

2

郑和庙建在马六甲海峡旁边，当年郑和到访马六甲的驻军之地。两三万人的船队，规模和气势让即使再强大的海盗也闻风丧胆。据历史记载，军队剿灭了足有几千人马的大海盗陈祖义，为当地老百姓铲除祸害，还南海一方平安。宽厚的马六甲人民不愿忘却和平使者带来的福音，于是马六甲便有了供人常年祭拜的郑和庙。

郑和原名马和，出生于云南一个穆斯林家庭，从小接受了良好的教育。他的父亲曾经远渡重洋到伊斯兰教圣地麦加朝觐，拥有"哈只"的称号，被尊称为马哈只。然而造化弄人。洪武十三年，明将傅友德、蓝玉奉命进攻云南的元军，战乱中，少年马和成为俘虏，被带回南京，受了宫刑，成为内监。

不幸中的万幸，马和被派在燕王府当差，因为聪明伶俐且有学养，得到了朱棣的认可。朱棣为他提供了继续学习的机会，马和也十分用功，很快在燕王府中崭露头角。

"靖难之役"期间，马和跟随朱棣左右征战，在郑村坝之战中献出妙计，使得战局逆转，立下功勋。朱棣登基后，马和被任命为四品内官监太监，史称三宝太监，又赐其姓"郑"，马和自此更名"郑和"。

提到太监，人们往往与阴险狡诈、阴阳怪气、乖戾变态联系在一起，会想到赵高、魏忠贤、李莲英；殊不知，太监中也有世人敬仰的大英雄。

比如造纸术发明者蔡伦，直到今天，我们还在使用这位两千年前的太监发明制造出来的纸张。就对人类文化传播和世界文明进步作出的贡献而言，蔡伦绝不亚于两千年中任何一位英明的皇帝或杰出的贤臣。

郑和是另一位能与蔡伦齐名的太监。

六百多年前，郑和率领巨大的船队开启了一场规模浩大的海上之旅。二十八年间，他先后七次下西洋，跨越半个地球，最远曾到达东非，上演了一段轰轰烈烈的海上传奇。

在明成祖那个人才济济的大朝廷中，立此不世奇功的为何会是太监郑和？这固然与郑和日夜伴随朱棣有关，但更重要的还是郑和个人学识、胆识起了关键作用。下西洋的人，代表着新帝和明廷的颜面，必须拿得出手，形象、智慧、能力、忠诚缺一不可。

史料中这样描述郑和：身长九尺，腰大十围，眉目分明，齿如编贝，行如虎步，声音洪亮。

从形象看，郑和完全可以担当门面；过往的实战也证明了他的军事能力经得住考验；再者，朱棣看着他长大，对他的忠诚也非常放心。因此，自朱棣决定派人下西洋开始，郑和成了不二人选。

据史书记载，郑和第一次远航人员近三万人，分乘两百多艘船，大型宝船载重量可达七千吨。此后差不多又过了一百年，哥伦布才率领八十八名船员首航美洲，达·伽马才凭着四艘三桅帆船开辟东方新航路，麦哲伦才驾驶最大载重量仅一百二十吨的破船跌跌撞撞到达菲律宾。

郑和出发前，朱棣曾下诏："不可欺寡，不可凌弱。庶几共享太平之福。"

有实力但绝不称霸，能占领却仍以朋友相称。郑和六百年前在马六甲海峡留下的友好大国形象，为我们今天重建"海上丝绸之路"奠定了扎实的民心基础，让沿线国家都愿意相信我们"共建、共享、共赢"的诚意。

古代史上，郑和之后，再没有一个人能撑起这样一场声势浩大的航行。在他曾经航行过的轨迹上，还流传着他的传说事迹，还有像三宝寺、三宝井、三宝山这样的遗址。他的影响也延续至今：郑和下西洋的起航日被定为"中国航海日"，以此纪念他为中国航海史作出的伟大贡献。

梁启超曾经这样盛赞航海家郑和："全世界历史上所号称航海伟人，能与并肩者，何其寡也。"

郑和是航海家，是将军，是外交家，是和平使者。

郑和之后，再无郑和。

追问柏林

在我的认知中，德意志民族一直是个矛盾结合体，豪放豁达却又按部就班略显严谨，高贵优雅却不时表露出残暴野蛮的一面，傲气但也谦卑。

在我的认知中，德国一直是个谜。国土面积不算很大，人口也不是特别多，却是欧盟第一大经济体，甚至在全球的经济地位也举足轻重；不能算是时代的先驱、科技的导师，却有着奔驰、宝马这样一百多年屹立于全球企业之林的品牌；虽是一战二战的罪魁祸首，罪行罄竹难书，如今却成为欧洲的领导者之一，并能被全世界所谅解和认同。

带着这些心底之谜，带着这些不解的矛盾，我走进了柏林。到达任何一个地方，都喜欢沿着城市母亲河漫步。在柏林，我也是从施普雷河出发的。顺着河岸一直走，经过国会大厦，来到勃朗登堡门，穿越柏林墙、菩提树下、波茨坦广场，我的脚步都未作停留，只与它们匆匆擦肩。我不想去了

解希特勒如何通过国会纵火案来夺取政权，也无暇回忆有多
少历史伟人从勃朗登堡门凯旋，更没心情领略波茨坦广场的
繁华和喧闹；倒是柏林墙，让我的内心略微触动，一个如此
优秀高傲的民族竟然会犯下如此弥天大错和惊天大罪，以致
国家在长达半个世纪被一分为二。真正牵引我一直前行的，
是位处市中心第五大道、卧立在美国大使馆对面的柏林犹太
人博物馆。昨晚我一直在揣摩，到底是什么巨大力量，驱使
着这个城市的人为他们曾经想灭绝的犹太人在如此繁华的地
段建一个如此醒目的纪念馆？

现在，我终于站在它的面前。

一座座水泥浇铸的长方体，多达两千七百多块，似坟墓，
似挣扎的生命，似倾诉申冤的灵魂。游走其间，仿佛能看到
当年德国纳粹对成千上万犹太人的残忍迫害，仿佛能听见当
年那些被蹂躏被屠杀的犹太人的哀嚎哭诉。

柏林犹太人博物馆是欧洲最大的犹太人历史博物馆，记
录着犹太人在德国前后共约两千年的历史。展品以历史文物
和生活记录为主，多达三千九百件。多边而曲折的锯齿造型
是建筑形式的匕首，为人们打开了时光隧道，再现了犹太人
对德国艺术、政治、科学和商业作出的卓越贡献，以及在二
十世纪经历的那段悲惨历史。

馆内二十四小时循环播放着受害犹太人名单，整个展馆
以犹太人遭迫害的历史为主，不歪曲，不隐瞒。

在柏林犹太人博物馆，带领人们进入那段历史的是建筑

匕首，肃穆而尖锐，让人震惊，发人深思。去年，我参观过位于耶路撒冷赫哲山的犹太人大屠杀纪念馆，在那里，带领人们进入那段历史的是一群天真烂漫的小孩。他们微笑着出现在你面前，或撒娇，或调皮，或模仿着成年人的笑，然后一转角，一行夺目文字跃入眼帘：纪念一百五十万被屠杀的犹太儿童。微笑与死亡，小孩与军人，强烈的震撼和对比，让你根本无法抑制不断涌出的泪水；再铁石心肠的汉子，在此都无法不泪流满面。

在博物馆内，我了解到这里不是在刺刀逼迫和大炮威胁下建立起来的，而是在德国实现统一后顺应民意、由民众捐资筹建的。按德国人自己的说法，这是正视历史，记住历史，让耻辱永远铭刻在大地之上，让战争的警钟随时提醒和平的珍贵。德国对历史的态度，使德国人、法国人甚至整个欧洲的人民都感到轻松和安全。

这让我想起了德国总理勃朗特在华沙犹太人起义纪念碑前那历史一跪，那世纪一跪。正是那忏悔的一跪，让"二战"时犯下了滔天罪行的德国逐步获得了周边国家的谅解，逐渐被全世界所接纳；正是那让世人敬佩的一跪，深深烙在了每一个德国人心中，让他们更加珍爱和平，正视历史。

这让我想起了前两天瞻仰的威廉皇帝纪念大教堂，一座十九世纪末欧洲最有名的大教堂，一座在"二战"中被炮弹削掉了尖顶的残败大教堂。也是民意，否决了一次又一次对大教堂的修复，大家宁愿让它就那么残败不堪地留在那里。

每一个德国人心中都清楚地知道，这不是单纯意义上的教堂，这是历史，是耻辱，是因纳粹思想而发动给人类带来灾难和痛苦的战争耻辱。这是警钟，是反思，时刻提醒着世人战争的残酷。这是一种象征，是"多行不义必自毙"的象征。

凡是有损于民族形象的任何事与物，容易本能地被遮蔽隐藏起来。可谁能想象，六十年过去了，被毁的教堂依然静静地矗立在柏林市中心，新建的犹太人博物馆也毫不掩饰当年的罪行，两者已成为德国人心目中的耻辱纪念碑。它们时刻在警示着德国乃至全世界的人们永远都不要忘记那段历史。

一个极其注重尊严的民族在经历了战争失败后，却并不准备洗刷掉这个耻辱，这又该是什么精神呢？

我终于明白，这样一个敢于正视历史、敢于把耻辱公开展现的民族，任谁也无法阻挡它的发展和强大。

歌德曾经说过，就个体而言，德意志人十分理智，而整体却经常迷失。这已经被历史反复证明，两次世界大战的发动和战后的种种忏悔行为便是很好的例证。我在心里默默祈祷：理智的德意志人，你们可千万不能再整体迷失！

每次都这样，在一个历史名城，我无心欣赏它的繁荣喧闹、灯红酒绿，却会不自觉地被一座座历史建筑牵引着，穿越时空隧道，心灵在其中不断被震撼，被冲击。

今天在柏林，又是如此。

不能忘却的历史

1

因为那段无法忘却的历史，因为岛内少数人不肯承认甚至歪曲美化那段历史，也可能是因为个人的偏激，自己一直不愿踏上这片土地。

飞机从上海浦东机场飞往静冈，在即将着落（估计离地面不到两百米）时又急速拉起，再次直冲云霄。无法判断，也无从选择，只能默默祈祷。几分钟后，机长播报：因静冈机场横风过大，飞机无法着落，改降名古屋，等天气好转，再飞回静冈。

这算是给我一个下马威吗？

2

在东京，明治神宫犹如北京的故宫，是历史博物馆，是游客的必访之地。日本历史上，明治皇帝被视为近代日本崛起的民族英雄，在其缔造的帝都东京，建一座纪念神宫自然顺应民意。

明治维新之前，日本不为人熟知，是边缘国家。明治维新的成功，使日本开始进入资本主义高速发展期，经济、军事、教育都跻身亚洲前列。明治天皇亲自参与和指挥的中日甲午战争、日俄战争取得胜利后，更是巩固了其领导地位，日本人的信心和野心也开始野蛮生长。能带领一个国家从动乱走向稳定，从弱小走向强大，按理，这样的民族英雄应超越国界而被尊敬，但把侵略别国作为维新的动力和目标，无疑会被钉上历史的耻辱柱。

站在神宫广场，作为中国人，内心五味杂陈。一百多年前亚洲的两个近邻皇室，一个励精图治，一个夜郎自大：

当明治天皇从皇室经费中每年拿出三十万两白银，皇后把私人首饰典当成军费用于购置战舰时，慈禧太后正在为庆祝她的六十大寿而大兴土木，挪用原本用于定制德国铁甲舰艇的军费大修颐和园。

当明治天皇亲临战舰坐镇指挥甲午战争时，老佛爷正躺在太师椅上吞云吐雾，甚至对丧权辱国的《马关条约》麻木不仁，无知地认为赔款、割地于大清帝国不过九牛一毛。

当明治天皇用《马关条约》的赔款武装起一支更强大的海上舰队时，已深感覆国危机的光绪皇帝所支持的戊戌变法，不到百日便被老佛爷掐死在襁褓之中。

站在神宫广场，扼腕叹息丁汝昌、邓世昌等一批批民族英雄壮烈殉国的同时，却也不得不进行深刻反思：假如慈禧太后不挪用海军军费去修建颐和园，或许就没有丁汝昌、邓世昌的悲壮吧；没有当初的屈辱，或许也就没有今天的明治，没有现在的明治神宫了吧。

只是，历史没有假如。最终，洋务运动建立的强大北洋水师覆灭了，源起于清王朝内部、以图自强的戊戌变法也夭折了；而日本单一的吉野铁甲战舰却变成成群的铁甲战舰，明治维新迸发出更加强劲的动力，让日本成为二十世纪初亚洲最大的暴发户。

这动力也同样影响着神州大地。甲午战败后，中华民族很多志士仁人把满腔愤怒发泄至腐朽无能的清政府，并东渡日本，考察学习这个曾经一直视华夏神州为老师的岛国。邹容在此写就《革命军》，孙中山在此成立同盟会，鲁迅在此学医并最终弃医从文。

邹容、孙中山、鲁迅都准确号脉到中华民族的病因所在，并为之苦苦寻求根治良药，但他们也没看清自己曾经求学过、居住过的太平洋岛国的狼子野心。

明治天皇让日本在短时间内走向辉煌，同期滋长的军国主义思想却也埋下了疯狂与灭亡的种子。

一切的成功来得太快、太轻松。于是，一个典型暴发户的命运便不可避免地在日本演绎着，从欣喜若狂到丧心病狂再到自掘坟墓，可谓是"上帝欲让其灭亡，必先让其疯狂"。

明治神宫承载着日本的辉煌，同时也承载着日本的耻辱。

走出明治神宫，穿行于熙熙攘攘的游客与日本居民间，望着从服装、肤色、长相上根本无法区分国籍的人流，我心茫然。

作为战争的发动方，日本及日本人民是否认识到了他们犯下的历史错误？显然，一次次背道而行的"首相参拜靖国神社"，既让世界忧心忡忡，也使日本一次次成为千夫所指的对象。

我该忘却那段历史吗？即使内心可以原谅，但历史终究不能忘却。正如习近平总书记指出，我们为南京大屠杀死难者举行公祭仪式，是要唤起每一个善良的人们对和平的向往和坚守，而不是要延续仇恨。

3

来到京都，更是加剧了内心的茫然。如果从飞机上直接空投到这样一座城市，还以为是穿越到了一千多年前的大唐，置身在东都洛阳。那些建筑，风格、布局甚至连名字都和唐朝时的洛阳一模一样，诸如"洛阳工业高校""洛阳幼儿园"等随处可见，刻在木板或石碑上的"洛阳"二字也比比皆是。

经导游介绍，才知京都就是仿唐代洛阳而建。当时的日本太崇拜中国，便把洛阳从中国"偷"走，京都城建的设计完全成了另一个唐代洛阳，连选址都是依据中国的风水术，所以京都在日本也被称为"洛阳"，城内大致可分为洛北、洛南、洛中、洛西和洛东等几个区域，前往京都也常说成"上京"或"上洛"。

遗憾的是，华夏大地上的大唐洛阳已不复往日风采，唐时的宫阙楼阁早已无影无踪，千年前的唐都，已只存于书本中荧屏上。

梦中的大唐居然在这个让我耿耿于怀几十年的太平洋岛屿碰上。古色古香的建筑和街道，放眼望去，风景如诗如画，恍惚间似乎跨越了千年。

如此熟悉的建筑，如此亲切的氛围，怎么也无法将其与两国间的战争联系起来。对于曾这样相互崇拜、相互学习过的国家，为何仍会爆发二十世纪那场惨绝人寰的战争？战争的诱因到底在哪里？我千百次沉思，不得其解。

心中的交趾

初中学习《滕王阁序》时，对唐代诗人王勃的才华羡慕至极，却又对其青年早逝扼腕叹息——公元六百七十六年，王勃探望在交趾任县令的父亲，回程途中，渡海溺水，惊悸而死。

交趾便是如今的越南河内。

秦始皇统一六国之后，派大军越过岭南，征服百越诸部族，越南北部成了秦朝象郡的一部分。

此后，汉武帝灭南越，并在越南北部和中部设立交趾、九真、日南三郡。

公元 621 年，唐朝将交州的治所迁往宋平县（今河内），修筑城池，后来成为总管一方的安南都护府。

明永乐五年，朱棣颁布《平安南诏》，宣布改安南为交趾，遗憾的是，明成祖死后数年，明宣宗居然放弃了对交趾的统治。

曾经的交趾，一直在梦中牵引着我，一场千年交缠的历史长剧在我脑海中不断演绎着。

那里是否仍徘徊着秦皇汉武、唐宗宋祖的道道身影，是否仍回荡着秦川老兵、大漠骑士的声声马蹄？

那条狭长的海岸线，如今还留下多少中华文明痕迹？还留下多深的儒家影响？还留下多浓的血肉渊源？

今天我来了，带着汉唐的嘱托，带着大明的遗憾，带着清朝的屈辱，带着曾经一脉相承的中华文化。

在飞机上，我一直想象着，河内会不会是另一个京都？去年在京都，我仿佛穿越到了大唐洛阳，那里的建筑，风格、布局甚至连名字都和唐朝东都一模一样，诸如"洛阳工业高校""洛阳幼儿园"等随处可见。河内或许能圆我心中的一个梦，那里应该也有令人亲切的汉字、汉人、汉文化。

随着旅行团队，我漫不经心走过还剑湖，参观巴亭广场，拜过独柱寺，最后来到了胡志明故居。

故居位于巴亭广场旁的主席府内，主体建筑是一栋由德国人建造的法式豪华别墅。但生活俭朴的胡志明其实一直住在别墅旁的电工宿舍，称为"54号平房"。

胡志明是中国人民的老朋友，也是一位汉学专家，为中越友谊作出过不可磨灭的贡献。但此时此刻，不得不暂时收起瞻仰之心，我要好好问问这位老朋友。

整个河内，唯一能看到汉字的，只有越南文庙保存的八十二块进士碑。汉元素被抹得如此干净彻底，以致根本看不出千年前这里曾是中华的一部分。

更令我不解的是，胡志明逝世后，中越之间关系逐渐疏远冷淡，直至陷入令人遗憾的战争状态。

这些遗憾和疑问伴随着此后几天的越南之行。美奈半岛的红沙丘、白沙丘和仙女溪，匆匆走过，唤不起我的激情；芽庄的海洋水族馆、珍珠岛、占婆塔，略略看过，触不动我的诗意。直到进入胡志明市，一种强烈的对比和反差，让我终于若即若离触碰到答案的边缘。

西贡，一个曾被法国统治很多年的南方城市，为纪念越南社会主义共和国开国元勋胡志明而改名为胡志明市。城市随处可见法式风格的建筑，抹不去的殖民痕迹如影随形：充满浓浓法式风情的中央邮局，因使用红砖建造而被称为红教堂的西贡圣母大教堂，还有矗立在教堂前方花园广场上、重达四吨的圣母玛利亚雕像……

法国对越南的影响始于十九世纪初。那时，原阮氏家族的后代阮福映在法国支持下灭西山朝，建立阮朝。

请再次留意，即使从 1850 年算起，法国对越南的统治不过百年，而越南历代王朝与中国封建王朝保持过近千年的宗藩关系，但是，法国气息在胡志明市至今随时随处可闻可见，而中国痕迹在越南中部，甚至北部，却已难觅踪影。

这种对比，强烈刺激着我，纠缠着我，困惑着我。

造成如此反差的，可能是因为法国人采取了更加强硬的统治措施，也可能是幅员辽阔的中国对此地不以为意，但查阅历史资料后，我不得不承认，最根本的原因还是文化影响。

　　没有文化认同的军事占领，终究会昙花一现。军事与教化合一思想，东汉时期没有人领悟到，在明初仍是没有人领悟到。日南郡（今越南广治省东河市）倒是出现过一位懂得文化同化重要性的清官——虞国。虞国年少时很孝顺，任职日南太守期间，治理以德化见著。当时，常有两只大雁栖居在虞国的厅堂上，虞国每次因公出行，双雁便起飞追逐虞国的配车。虞国因操劳过度逝世在任上，遗体被送往家乡安葬，两只大雁竟一直追逐着送葬的队伍，栖息在虞国的墓上，不肯离去，著名的典故"双雁送归"即由此而来。可惜，这种有远见的官员太少。此后两千多年，虽然当地百姓也使用中国历法，科举考试也在此进行着，但汉文化很难如百越之地那样，生根发芽，深入人心。

　　十九世纪，法国人的入侵很快打破原来的平衡。法国人先是联合当地土著，推翻汉人的管辖，然后对越南进行殖民统治。让汉文化措手不及的是，殖民者强迫越南创建、使用拉丁字母文字，同时禁止汉语的使用。新兴的文字带来新兴的文化，新兴的文化成了压在濒死骆驼身上的最后一根稻草。

　　越南独立以后，当时的政府禁用汉字。汉字的废除，导致中华文化在越南逐渐消失，中国痕迹在越南最终荡然无存。

　　并不是说，曾经是中国领土一部分的越南非得要留在中华民族大家庭。至少，倘若作为邻国，越南如果能一直使用汉字，将汉文化作为主流文化，那必将有利于睦邻友好，有利于亚洲人民的团结，有利于"一带一路"更好普及。

罢了，罢了，那些恩恩怨怨，已成为过去，我们不再评论；中越世代友好，应是两国人民共同的愿望。

我们有共同的肤色长相、共同的意识形态，我们过着共同的农历新年。于情于理，彼此都应和睦相处，世代友好。

漫步曼哈顿

1

差不多下午四点抵达纽约，换乘了两次地铁，来到时代广场（Time Square）时已灯火通明，眼花缭乱的广告牌铺天盖地。

安排好住宿，迫不及待地跟随川流不息的人群涌入时代广场。对于已习惯上海生活的我而言，除了身边的人换成蓝眼睛、黄头发以外，其他并无两样，魔都的现代气息和国际化程度丝毫不亚于纽约。坐在时代广场看台上，在喧闹中静静地发呆。这时的我，已离开祖国十多天，对孤独深感恐惧。

我想到了行走。一个人行走，可以随心所欲毫无目的，可以天马行空无拘无束，或急行或呆坐，一边欣赏美景领略异国风情，一边体验孤独感悟人生。

离时代广场不远处正好是中央公园和第五大道。

中央公园坐落于曼哈顿中心，占地五千多亩，周围被林立的摩天大厦包围，巨大的绿色空间像沙漠里的一片绿洲横卧在曼哈顿。城市管理者舍得在寸土寸金的纽约大都市拿出这么大一块"金地"，用来营造"城市氧吧"，让人由衷敬佩。

从公园出来，迎头便是繁华喧闹的第五大道。大道两旁绿树成荫，一栋栋没有名号，甚至看不见门牌的建筑透露出阵阵森严，仔细一打听，都是大使馆、领事馆之类，叫人望而却步。大都会博物馆、教堂、州立图书馆、洛克菲勒中心，没有一栋建筑雷同，没有一栋建筑不令人震撼。在很多人笔下，这里等同于名利场。各种奢侈品大牌云集，各路富豪名流云集。相对各奢侈品店里的有价物品，名利场上的人山人海才是第五大道的主角。慕名而来的游客，和一众耳熟能详的名流如此不违和地搭配在一起，你方唱罢我登场，好不热闹。

由于行走，我不再孤独寂寞。在一个陌生城市独自徒步，竟然如此别有风味，或许这将成为自己今后的一种重要旅行模式。

明天，我将继续行走。

2

哈得孙河是纽约的母亲河。河岸绿荫葱葱，步行道与自行车道并排，对面是新泽西州；原来，昨天下飞机后是从纽瓦克机场通过哈得孙河底的林肯隧道，到达时代广场。

一路走，一路看，一路思索，一路赞美，不知不觉来到了哈得孙河入海口。好一个天然良港，三百年前，荷兰人和英国人选择此处作为定居点，眼光独到，高瞻远瞩。优越的地理位置，独特的自然风光，加上自由开放的人文气息，使得其成为世界第一大城市势不可挡、势所必然。

即使没有自由女神像，入海口的风景也无限迷人，大西洋的海风由此徐徐吹入，纽约城在此张开怀抱，迎接着五洲四海的寻梦者。然而，哈得孙河入海口最令人神往的，仍莫过于自由女神像。当历经数月疲惫而枯燥航行的海轮驶入纽约湾内，船上旅客尚不能望见纽约市内高楼大厦时，由于海面的曲度，这座巨大的雕像已抢先映入眼帘。前段时间回看了一部电影——《海上钢琴师》，屏幕上便多次出现晨雾中的"自由女神像"，并欣喜若狂地高喊"It's America"。

今天，有幸吹吹哈得孙河入海口的自由之风，近距离感受女神雕像的自由气息，我觉得自己成了真正的自由人。

"生命诚可贵，爱情价更高。若为自由故，两者皆可抛。"一百多年前，匈牙利诗人裴多菲已为自由作出了最震撼人心的诠释。为了自由，可以牺牲生命，可以抛弃爱情，自由该是怎样地令人神往。

不同国度、不同文化的人们共同向往的自由女神到底是一种怎样的精神象征呢？我且登岛找寻答案。

　　坐落于自由岛的自由女神像，高四十六米，一身古希腊风格的服装，头冠七道光芒代表世界七大洲，右手高举象征自由的火炬，左手捧着一本封面刻有"1776年7月4日"字样的《美国独立宣言》，脚下是打碎的手铐、脚镣和锁链。

　　铜像是法国赠送给美国纪念其独立一百周年的礼物，由法国著名雕塑家巴托尔迪创作完成。巴托尔迪的创作灵感来源于一个年轻的法国姑娘。

　　由于拿破仑三世发动政变推翻法兰西第二共和国，建立起法兰西第二帝国，并且登基称帝，再次在法国建立起帝王专制统治，作为资产阶级革命最彻底的法国大革命的来源地，巴黎人民对于拿破仑三世的行为极为愤怒。一日夜晚，暮色苍茫之际，一个年轻的姑娘手持着熊熊燃烧的火炬，奋力越过障碍物，口中高呼前进的口号向前冲去，却不幸被敌人击中，鲜血染红了这位勇敢的姑娘。

　　巴托尔迪听闻此事，心情激荡，这位高擎火炬的勇敢姑娘扎根在他的心中，成了他心中自由的象征，并激发他历时十年完成了这座惊世之作。

　　由此可见，自由女神是反抗封建专制的自由，是废除奴隶制、争取人权的自由，也是反对战争、争取和平的自由。

　　女神铜像内部有块铭牌，上面刻着俄国犹太移民女诗人埃玛·拉扎勒斯写的《新巨人》十四行诗，最后几行尤其使人心动：

都给了我吧，

疲倦的人，

穷苦的人，

渴望自由呼吸的芸芸众生，

喧闹海边的可怜虫，

都送到这里来，

无家可归、风吹雨打的人们。

在金门之旁，我高举明灯！

　　自由女神创作源泉和镌刻于铜像内部的诗歌，无疑向世人展示了其最初的精神象征：自由与包容。

　　若果真能如此，无论富贵贫贱，无论肤色语言，都能为自由女神身后的广阔大地所容纳，那这气度自是可与天公试比高。

　　因向往自由的各色移民，在纽约各个角落里比比皆是，他们能否得到自由女神的庇护？他们或他们的下一代能否享受到与英语系移民相同的待遇？他们是否也有权利到自由女神雕像下大声呐喊"给我自由"？

　　写下这段话后，碰巧看到《华盛顿邮报》一则报道，塔利班重新统治阿富汗六个月后，曾担任财政部部长的哈立德·佩恩达，被发现在美国华盛顿特区驾驶网约车糊口。这个四十岁的中年人曾监管过美国所资助的六十亿美元预算，而如今的他说："在过去的六个小时开车赚了一百五十多美元，平平常常的一晚。"

佩恩达坦言，直到自己开车驶过华盛顿街头后，才意识到美国所谓"为民主和自由而战"的说法不过是一个借口，他认为"也许他们最开始有过好的初心，但美国并没有真正考虑过这些"。

如佩恩达那样的政界精英，尚且难以融入美国的"自由和民主"，那些怀着自由梦想的偷渡者处境可想而知。

这也让我想起 2001 年 9 月 11 日，当第一艘自由女神像渡轮准备出发的时候，世贸中心遭到袭击，渡船被迫返航，没有游客到达自由岛。人们精心准备的、首艘前往自由岛的轮渡因一次恐怖袭击上不了岛，这是巧合，还是女神的某种警示？

女神微笑着把我送出了自由岛。

我乘船继续前往艾丽莎岛。不忍多看，一部悲壮的美国移民史，太多因向往自由而不顾一切前来的人梦断在与自由女神一箭之遥的艾丽莎岛，太多渴望美国式自由的人在自由女神和平宽容的目光中无可奈何地被拒于门外。

种族歧视、贫富差距等问题，始终困扰着美国社会。对于富人，美国或许是自由的天堂；对于普通人，人权与自由仍是遥不可及的美国梦。

3

从炮台公园步行至华尔街行程差不多一小时，对行走成瘾的我，这已不算什么。

华尔街并不长，但短短一千米的街道却聚集了全美至少一半的银行总部。金融巨鳄以此为起点，不时掀起阵阵惊涛骇浪，全球经济学家也无时无刻不紧盯着这里的一举一动，企图嗅出未来经济走向的蛛丝马迹。这里成就和淹没了一批批金融界、经济界精英，无数人满怀雄心壮志期望在此一展宏图最终却只能带着失落和痛苦悄无声息地离开。

穿过华尔街，走不多远来到了"911纪念碑"——为纪念2001年9月11日恐怖袭击中的遇难者而建。

两个巨大的方形水池建在当年双子塔倒塌后形成的深坑之中，水池四周是永不停息的瀑布墙，墙体外面镂空刻着灾难中死难者的名字。大理石上密密麻麻的名字是那么细小，或许只有他们的亲人偶尔来此寻找。借助双子塔被毁后留下的两个缺口，设计水池中间建成了一个既能表现无数生命逝去，又能表达出重生之意的纪念馆。流水声是死难者的呜咽，仰望天空的巨大深坑是死难者的无言控诉。

又是黑色大理石，又是天崩地裂，又是无数死难者的名字，风格如同越战纪念碑，林璎风格再次显现。

纪念碑留给世人怎样的沉思：是以暴制暴，打着自由旗帜充当"世界警察"才能带来世界和平？还是应和谐相处，相逢一笑泯恩仇？

4

离开纽约之前，我特意到曼哈顿中国城，美国东部最大的唐人街，吃一顿中餐。进入唐人街，有些失望，宁静与喧闹，整洁与脏乱，文明与陋习，一街之隔，却天壤之别。但仍颇感亲切，因为同样还能感觉到家乡与异乡之别，亲人与外人之别，更何况可以品尝到做梦都想着的炒米粉、小炒牛肉、剁椒鱼头；当连续数天没吃上一顿可口饭菜时，物质欲望将远超精神需求。

　　看得出，很多居住在唐人街的同胞生活不是特别如意，还需为生计而疲于奔波，加之华人在美国的地位并不比黑人强，我猜想，若不是出于无奈，他们宁可回到祖国。

走在芝加哥

1

从机场到达宾馆门口，便看见一大群手上举有"On Strike"木牌的黑人和亚裔（也有少数白人），他们一边敲着锅碗瓢盆和大锣鼓，一边用喇叭高喊着各种口号。本以为是极个别现象，没想到竟然在其他几家酒店也多次遇到，原来是芝加哥宾馆服务行业在温和罢工。

如此迎客之道，让我对这座城市充满了好奇。

芝加哥属伊利诺伊州，是仅次于纽约和洛杉矶的美国第三大都会区，是一个将绮丽的各色建筑、原始的自然美景和饱满的艺术氛围完美结合的非常有个性的年轻城市。美国建国五十多年后，芝加哥才正式设市，当时人口仅四千多人，但它又是世界上人口增长最快的城市之一。20世纪初，总人口便超过了一百万，其间还经历了造成巨大损失的、美国历史上著名的芝加哥大火。如今约有两百八十万常住市民。

1886 年 5 月 1 日，几十万工人为八小时工作制举行的罢工和示威游行，争来了五一劳动节，芝加哥因此而获"劳动之城"称号，成为"国际劳动节"发源地。如此说来，迎接我们这些异乡之客的是一群罢工队伍也就不足为奇。

对一个陌生城市进行深入了解的最好方式莫过于按图索骥，一边迷路，一边纠正，一边前行。城市的文化、艺术、建筑也只有在这种苦行僧式的行走中才能稍微领略到些许。跟着旅行团随波逐流、走马观花，一天下来，看似到达很多景区，实则难有所获。

于是准备用双脚去丈量芝加哥。

2

预订的宾馆在芝加哥河畔，距密歇根湖仅一站之遥，是芝加哥城市中心的中心。从酒店出来，先到密歇根湖畔，湖的大小超出想象，或许称之为海更合适。这里也的确具备很多海湾特征，沙滩、帆船、游艇、远处拱起的海平线等等，还有停着战舰的海军码头（Navy pier）。曾被两次世界大战所征用的码头，已变成纯粹的商业广场和休闲胜地，分布着众多露天酒吧和咖啡厅。银幕上高大英俊、幽默风流的海军大兵在此难觅踪影，只有广场上矗立的大铁锚和那艘静静停泊在港内的仿古海盗船，能勾起稍许的回忆。

不知不觉来到了像一颗巨大豆子般坐落在千禧公园的云

门（The Cloud Door）。云门，似水银般的无缝不锈钢集合体，以天空为背景，上面能看到漂浮的云和摩天大楼的倒影。绕着它走一圈，每个角度都透射出不同的景色，尤其是站在中心抬头仰望时，头顶仿佛一个巨大黑洞，无穷无尽，似乎要吸收周围的一切。

类似云门这样高科技含量、高艺术感染力的景点在芝加哥市内还有很多。比如云门旁边的巨幅显示屏，本以为屏上图像固定不变，一刹那却由美女变成老人；原来是西班牙艺术家设计的笑脸墙，两个巨大的水幕显示屏相对而立，屏幕上更替着数百位芝加哥市民生动的面部表情，嘴部有一个特别设计的喷嘴，营造出从嘴中吐水的幻象。

格兰特公园的白金汉宫喷泉更是蔚为壮观，这座世界上第一大灯光喷泉水池直径八十五米，四周几百道水花射向中央，喷高达四五十米。

沿着密歇根大道一直往北，走过"华丽一英里大街"，便到了芝加哥水塔。水塔高四十七米，由建筑师威廉设计，曾是整个城市供水系统的心脏。1871 年，那场起于帕里克和卡洛琳的谷仓大火烧毁了芝加哥整个商业区，但芝加哥水塔有幸成了大火里留存下来的为数不多的遗迹之一。

穿行于比肩接踵的一栋栋建筑，却丝毫不觉拥挤无序，每一栋高楼各得其所，和谐地融入城市整体。一百多年前那场芝加哥大火，虽然当年让整个城市处于火海之中，然而正是那次灾难后的重建，才吸引世界各地艺术家和建筑家蜂拥而至，设计和建造出如今美轮美奂的芝加哥。

3

拜访大学校园是我不可或缺的一项活动，尤其是当城市具有世界一流大学时。芝加哥大学在全美综合排名第四，迄今为止，有九十多位教授获得过诺贝尔奖，足以傲视全球，更何况其中还包括杨振宁、李政道、崔琦几位美籍华裔物理学家。这一切强烈吸引着我。

我曾在斯坦福大学附庸风雅，独坐校园喝两杯咖啡，吃一顿午餐；我也曾在墨尔本大学走马观花，匆匆忙忙拍了几张照片。今天，我要全身心投入芝加哥大学。

进入校园，恍若置身中世纪，满眼是古色古香的哥特式建筑和城堡式教学楼；最负盛名的是那座由六个小四合院组成的大四合院。

这座四合院曾走出一位又一位重量级历史人物：

物理学家费米（原子弹之父）组建的费米实验室，成功建成了世界上第一座可控核反应堆——"芝加哥一号堆"。这一里程碑式的成就，为两年后原子弹的诞生奠定了基础，芝加哥大学也因此被称为"原子弹诞生地"。

天文学家埃德温·哈勃在此提出现代宇宙理论，提供了宇宙膨胀的实例证据，为人类探索浩渺的宇宙奠定了基础。

生物学家乔治·比德尔在此确定了酶的结构，并发现基因对遗传的影响规律。

医学教授，肝移植之父斯塔兹在此完成世界上第一例肝脏移植手术。

现代经济学开山鼻祖，米尔顿·弗里德博士，因坚持经济自由主义而被誉为芝加哥学派，至今对世界经济学产生着深远影响。

…………

面对这些科学巨人，羡慕和敬佩油然而生。羡慕如此充满创新合力的学术氛围，敬佩如此充满创新精神的科学巨匠。可以说，美国的强大一半应归功于诸如芝加哥大学这样一类具有深厚、持续创新能力的高等学府，正是这些高等学府播撒的创新种子，在美国各个角落生根发芽，进而茁壮成长，最后开花结果。

在四合院广场，正巧碰上某教授在演讲，草坪前坐满了静静听讲的学生和老师，我也有幸当了回旁听生。

4

十月的芝加哥微风习习、凉意丝丝。鳞次栉比的高楼建筑、密歇根湖的游轮帆船、白云朵朵的湛蓝天空，组合成一幅色彩亮丽、气势恢宏的壮阔城市画卷，令人流连忘返。

走在芝加哥，不像那些千年古城，角角落落要么是金戈铁马，要么叫人沉默哀叹。这里没有神秘的历史，没有厚重的文化，不会给人暮气沉沉的感觉，一切都充满朝气，充满阳光，充满现代艺术。

的确，芝加哥是一个让人惊喜的城市。

悉尼港

终于踏上神奇而美丽的澳洲，经过十一个小时的长途飞行，我们先来到了澳大利亚第一大城市悉尼。

站在悉尼歌剧院广场，没有惊叹于举世闻名、匠心独具的悉尼港大桥，也没有惊叹于宏伟壮观、扬帆欲航的歌剧院，更无暇去领略高耸入云、结构独特的悉尼塔，毕竟自己去过太多次杭州湾跨海大桥、上海东方明珠塔、北京鸟巢和水立方。那些地方，已经耗尽了我的惊叹与赞美。

此时此地，遥望着深不见首尾的悉尼湾，我的思绪被拉回到了二百多年前。那个满脸络腮胡子、身强体壮、衣衫褴褛的库克船长正带领一群疲惫却兴奋的船员，由此开始，向文明社会揭开了南太平洋上这块神奇土地的第一层面纱。有了开发同样神奇的美洲的经验借鉴，具有强烈探险精神和开拓意识的库克船长敏锐地意识到，这将又是一次不亚于当年哥伦布发现美洲大陆的大事件，将又是一次延伸大英帝国文化的天赐良机。只是此时，库克已不再像哥伦布那般迷茫、无所适从，他信心百倍、胸有成竹，目标非常明确：这块土地上没有文明，甚至没有真正意义上的国家，因此，不像那些终将回归当地民族的其他殖民地（诸如印度、菲律宾），这里也许将永远属于英联邦。

与1492年美洲殖民地的建立一样，先是一批批罪犯来到这块与人类文明隔绝的大陆，残忍驱逐甚至毁灭着当地的土著居民。然后，一批批有着强烈探险精神的冒险家蜂拥而来，于是有了悉尼、墨尔本、布里斯班、堪培拉这一个个年轻却让人向往的美丽城邦。同样如三百多年前的美洲大陆，分布在澳洲的六个殖民地发展到一定程度后，那些民族精英毅然决然要求走向统一，于是便有了澳大利亚联邦。联邦政府虽然成立了，但由于其长期是英国的殖民地，依然受制于英国，直至英国议会通过《威斯敏斯特法案》，才获得内政外交自主权，澳大利亚真正成为一个独立的国家。

短短一个半世纪的地理大发现，怎样高估也不过分的深远意义再一次得到了验证，人类永不满足的探索精神也再一次获得了巨大回馈。如果撇开侵略与占领的政治讨论，我对那些探索者报以钦佩和赞叹。

钦佩赞叹之余，也颇感遗憾。库克船长历尽艰险抵达澳洲之时，泱泱中华恰逢康乾盛世，炎黄子孙仍骄傲地以"世界中心"自居，怡然沉醉于温柔富贵乡。以此再追溯到三百年前，在哥伦布发现美洲大陆并掀起了美洲开发热潮之先，中华民族已经由郑和代表天子七下西洋，普施恩泽，降福南洋。多么希望中华文化能成为延伸到美洲大陆、澳洲大陆的主流文化，然而，事实却让我沮丧与迷惑。是因为儒家中庸之道、"礼仪之邦"的谦逊？是因为自高自大的闭关自守？还是因为骨子里缺少的冒险、探索精神？我无从得知，却又似乎隐有所知。

一声长长的汽笛鸣响把我惊回现实，不再夜郎自大，不再因东方明珠、鸟巢、东海大桥而吝啬自己对悉尼塔、歌剧院、悉尼港大桥的赞美和惊叹。我怀着一颗敬畏之心沿着歌剧院广场拾级而上。

修建在景色迷人、宽阔得能够容纳航空母舰通行的悉尼湾的歌剧院，与同样举世闻名的悉尼港大桥一水相隔，一白一黑，精巧与壮美，对比强烈，并与湛蓝的海水相互映衬，令人震撼。歌剧院不仅是悉尼艺术文化的殿堂，更是悉尼的灵魂。清晨、黄昏或夜晚，不论徒步缓行或出海遨游，歌剧院随时为你展现不同的迷人风采。歌剧院所在的便利朗角（Bennelong point），几千年来一直是盖迪该尔（Gadigol）土著人的聚会场所。让我惊讶的是，虽然在英国移民刚来到这片土地之初，盖迪该尔人曾遭到屠杀和残害，但今天他们和解了，并在这座由英国人建造的世界最大规模的歌剧院，以古老的节目延续着便利郎角的文化传统，细述着那些快被遗忘的故事。

漫步于广场旁边的皇家植物园，看着三三两两或跑步，或快走，或躺在草坪休闲的当地居民，那份淡泊，那份休闲，那分无所谓，让我无论如何也无法与他们探索、开拓、冒险的祖先相互关联起来。但或许这正是欧洲人在地理大发现后，能成为在地球上两大洲建立强大国家的性格因素所在吧：为了极度的安逸，愿意付出极度的探索开拓。

行走在花园般的城市中，忘记了时间的流逝，不知不觉转入了皮特街（Pitt Street）。随处可见的维多利亚拱廊，充满着浪漫情调，各大商场之间彼此都有通道相连，即使在雨天，也能从容逛完整条街。装扮奢侈华丽的街铺，设计精美独特的橱窗展柜，应接不暇的世界顶尖名牌，无不体现出对人的尊重。干净得一尘不染的街道，更是向世人展示着城市管理者的细心和自信。

自己低头查询地图想要找到回宾馆的路线时，不待询问，路过的市民一次又一次主动指路，这种热情、亲切，让我不再需要去寻求海德公园人与鸽子和谐共存的原因了。

至此，我已释然：或许这么一片神奇而美丽的大陆就应当由这么一群具有开拓精神且无限尊重人性、尊重大自然的人来主宰吧。在这里，享受着平日梦寐以求却不可得的人与人之间的和谐，人与自然之间的和谐，人们还有什么理由去质疑延伸到这片土地的英语文化？

黄金的魔力

"我淘到金子啦，大家快来看呀！"

同伴近乎狂喜的惊呼声把大伙的注意力一下吸引过去了。果然，她手中的淘金斗里有两片半个指甲大小的薄金片，在太阳的照耀下金光闪闪。

这立刻在我们当中掀起了一股淘金热，老人、小孩都捋起袖子，拿起铲子到河里挖出满铲的沙粒，汗流浃背蹲在河边用淘金斗在水中摇晃着。

明知是景区管理人员为了逗游客开心而故意放在河里的金子颗粒，却仍然情不自禁地惊讶、激动，忘记疲劳、时间，直至要离开还恋恋不舍，沉浸在自己真要成为大富翁的梦幻之中。

难道这就是黄金的魔力？

今天，大家来到了位于墨尔本以西约一百二十公里的疏芬山小镇（sovereign hill）。1851 年，新南威尔士省发现黄金的消息吸引着附近各省居民大批迁入。为阻止人口流失，维多利亚省不得不以高额悬赏鼓励在本省探矿。重赏之下必有勇夫，结果不但很快发现了金矿，而且蕴藏量还超过了新南威尔士省。巴拉瑞特市的疏芬山便是当年典型的一个金矿。

　　来到这里，时光倒流，一切又仿佛回到了那个充满喧嚣和欲望的年代。"澳大利亚河床上布满了闪闪发光的金子，就像雪地上的麦粒一样"，"有人一斧头就砍出了价值四千镑的黄金"，这些传闻像闪电一样，传遍全球，挑起了人们发财的欲望。疏芬山金矿的发现再次从欧洲、美洲、亚洲吸引了大批淘金寻宝者，墨尔本港口外等候靠岸的船只桅杆林立，应接不暇。

　　密集的人流和房屋、高耸的井架、隆隆的机声，使人难以想象这小小的山沟山湾怎么能承受如此重负？疏芬山及其周围的矿井，当年就是这样一片喧腾不安、充满无限活力的土地。它的街道、房屋、树木、河流，甚至一株小草，都无不打上黄金的印记，就连那些小鸟似乎也被无处不在的黄金染成了金黄色。

　　二十世纪初，疏芬山的黄金已基本淘尽，金矿主关闭了大小矿山，长达五十年的淘金浪潮就此成为历史。如今，修复后的疏芬山淘金古城生动再现了淘金热时期的小镇风貌，作为观光景点吸引着大量游客。游客可以乘坐四轮大马车在具有古典韵味的街道上游览，可以抡起保龄球感受当年矿工们仅有的一点娱乐活动，还可以亲自拿起铁锹在红山溪旁淘金。孩子们淘到金子的那种欣喜若狂，使我毫不怀疑一百多年前这里的人山人海和车水马龙。

这仅仅是那小小世界的一半，它的另一半在大地的几百米深处。矿井内用华语播放的多媒体电影，把我们带入了那个充满艰辛和挑战的年代。

在澳洲的这场淘金热中，大约有五万多名华人漂洋过海来到采金区，他们大多不是永久居民，单身而来，与人无争。由于华工勤奋心细，即使在白人开采过的废矿和尾矿中，也往往运气不错，常有收获，这使白人感到嫉妒。特别是华工依靠自己的智慧和勤劳发现了整条整条的大金脉后，更是酿成了几次臭名昭著的反华排华事件，使得华工的黄金梦大多变成血染史书的黄金泪。在这里，除了要面对矿井中随时面临的塌方危险，还要面临即使发现了黄金也可能会被洋人土著掠走的危险。很多华人都是一腔热血，满怀希望地来到这块土地上，但等待他们的往往不是传说中的黄金遍地，取而代之的却是险象环生。近五万华人最后能满载黄金全身而退的又有几个呢？

那个年代，没有强大的祖国作为后盾，即使受了天大的冤屈，也只能默默承受。可是，他们在淘金过程中传播的中华文化，展现的勤劳善良，却已被永久记载在疏芬山黄金博物馆。这样的贡献，又岂是几块金砖所能代替的？中华文化不正是因有这样一批批开拓进取、吃苦耐劳的华夏子孙，才艰难而深深扎根于南太平洋吗？

来到疏芬山黄金博物馆，十九世纪中期的澳洲淘金热潮再次浮现在眼前，我时而热血沸腾，时而唉声叹气，时而又义愤填膺。无疑，这一时期的淘金热潮，对于澳洲社会的发展产生了深远影响，在无数采金工人的血泪中，澳洲迎来了繁荣与文明。

英国著名作家狄更斯曾预言：黄金的发现将结束澳大利亚丛林中的野蛮状态，停止流放囚犯，结束那种迫使牧羊人与澳大利亚土著一起生活在荒野上的落后状态。实际上，淘金热的意义已远远超出了狄更斯的预言。

纵观历史长河，又岂止仅仅澳大利亚因金矿的发现而实现了经济的腾飞甚至于国家的建立？十六世纪中期，伊比利亚人的地理大发现能得以维持和延伸，直至建立第一个真正意义上的欧洲海外殖民地，不也是有赖于墨西哥和秘鲁金银矿的强大财力与动力支持吗？美国的西部又何尝不是在加利福尼亚发现了轰动世界的金矿后，才开始逐步繁荣起来？还有新西兰的皇后镇、奥塔戈……

人类的发展、社会的进步，或许正是在一次次重大发现和巨大利益诱惑下逐步推进的吧。物质利益虽庸俗，然而却又是驱使人类不断前进的原动力之一。

昨天，我们还在为来疏芬山金矿还是在墨尔本逛市区而争论，现在却庆幸选择了前者。两个小时的车程换来这样一份全新体验和感悟，那可是用黄金也买不来的。

南太平洋上的情人

1

结束了澳大利亚之旅，今天从墨尔本国际机场前往新西兰皇后镇。飞机经过三个多小时航行，横跨塔斯曼海，穿越米尔福德峡湾和福克斯冰川，徐徐降落在新西兰皇后镇（Queenstown）机场。

皇后镇的历史与黄金密不可分。1862年，两个剪羊毛的人在沙特欧瓦河（Shotover River）掘到金子暴富，继之而起的淘金热蓬勃兴起。短短一年时间，此地摇身一变，成为街道纵横、建筑林立、人口上千的淘金小镇。金矿资源逐渐告罄后，小镇人口锐减至不足两百人，直到20世纪50年代，才又成为颇受欢迎的度假胜地。

新西兰政府称这里是"为皇后量身定做"的地方，并因此而得名。这座常住人口不足两万、青山如黛、湖水似玉的小镇，如今已成为有专用机场、令人神往的旅游圣境。

坐在旅行车里，自己还未从刚跨出机舱门那一刻的梦幻中走出，仍然沉浸在天空长蓝的美景中。汽车从机场出来不到两分钟就拐过一个弯，瓦卡蒂普湖（Wakatipu lake）如仙女下凡似的扑面而来，只因没防备美女出现得这么突然、这么迅速，整个人被硬生生地从梦境中拉出。我往后一靠，着实吃了一惊：那片山峰和湖水，在明净的蓝天下，神秘地出现在眼前，看见湖面的一刹那，灵魂似乎冲了出去，飞过湖面，飞过树梢，绕着那清澈透明、婀娜多姿的湖水怎么也回不来。

明净如洗的蓝天，苍苍茫茫的大山，眼前的景色该是梦中来过千百次了，竟有回归感觉，乡愁般的心境啊，怎么竟是这儿！

对皇后镇，我无法抗拒地一见钟情、一见倾心。众里寻她千百度，蓦然回首，却在"湖光山色处"。梦中情人，今天算是被找到了。在踏上这块土地的那一瞬间，自己便被迷住了，如初恋情侣般朦胧而羞涩，神秘而激动，我知道自己是无可救药地爱上她了。

我爱她的美丽高雅。坐落在瓦卡蒂普湖畔的小镇，给人第一感觉便是优雅宁静，高贵如皇后。南阿尔卑斯山为她守卫，瓦卡蒂普湖给她梳洗。壮丽的山脉上，几座覆盖着白雪的绿棕色山峰点缀其中，松林、湖水、大山、深蓝的天空，让她拥有了人间最美丽、最高雅的皇后所原本具有的一切。

我爱她的浪漫撩情。清晨，我踩着湖畔的鹅卵石来相会，逗着湖中的黑天鹅，心随碧蓝的湖水而矜持摇荡。湖水松松地舒展着，像少女拖着的裙摆；湖面轻轻地荡漾着，像跳动的初恋少女的心；滑滑的，又像初生婴儿那样柔软，那样娇嫩。我忍不住双手捧了一汪湖水入口，又情不自禁地踏入湖中，这便算是扑入她的怀抱了。

我爱她的狂野奔放。在这里，可以去高山蹦极、高空跳伞，这一切让我血脉偾张、极度刺激。在这里，可以乘坐极速缆车登上山顶，远眺南阿尔卑斯山雪景与瓦卡蒂普湖面，因她的美丽而让我忘记了恐惧，让我在尖叫中得到放松。在这里，我可以绕湖骑行，尽情展现青春和活力。

我爱她的风情万种，爱她的善解人意，爱她的和谐自然。在这里，她能让每个人都找到属于自己的天地，有的打高尔夫球，有的带着老人小孩参观农场。徒步于此，累了时，会恰当地出现几个秋千；孤独时，迎面就过来几个嘻嘻哈哈、骑自行车的年轻姑娘和小伙子；哪怕独自走在茂盛的森林中，也没有丝毫的不安和忐忑。

2

离开皇后镇，汽车沿着瓦卡劳河（Wakaran River）行进，穿行在南阿尔卑斯山脉之中，沿路不时有牧场、农庄、果园及成群的牛羊跃入眼帘。连绵不断的牧场在清新的空气里迎着朝阳苏醒，三五成群的牛羊悠闲自乐，享受着属于它们的广阔草原，壮观神奇的灌溉设备守护着这片片草原和座座牧场。正如导游所说，新西兰的每一道风景都是大景，壮阔无比，非常适合于油画创作。

大家坐在车上昏昏欲睡，我却舍不得闭上哪怕一秒钟眼睛，生怕漏掉哪一瞬间哪一道山川、草原或者河流。我的眼睛，恨不得将那一幕幕美景生吞活剥。

那么明净的草原，似乎洗净了人世间的悲欢离合。如果说大地的风景能感化一个人的心灵，那么今天我是被感化了的一个。

对我而言，能否去游览基督城城市风光已不重要，单是这一路的风景，便是一次灵魂的洗涤。如果能长存于这片干净雄伟的蓝天之下，该是多大的幸福。

汽车绕着公路在崇山峻岭中爬行，瓦卡劳河清澈见底的河水与我们赛跑，欢快地奔腾着。一路欣赏，一路遐想，沿途还不时有水珠洒在车窗上。

猛然间，车子从一座峡谷中穿过，我一声惊呼，把全车昏睡的人都惊醒了：大自然怎么能如此偏心，这片片草原，一条条河流，已让人情愿与其永生相伴，突然又冒出更加撩人心魄的雪山和湖泊。导游告诉大家，这里是位于库克雪山脚下的梯卡坡湖。

在梯卡坡湖作短暂停留后，汽车又开了差不多一个小时，到达了费尔莉（Fairlie）小镇。

3

晚上住在小镇一家农场，女主人热情能干，带我们参观农场的绵羊和鸡群，男主人还为大家表演剪羊毛。女主人显然接待过不少来自世界各地的游客，很有经验，与英语水平蹩脚的我们也能开开心心地进行交流。不到半小时，本有些忐忑不安、拘束紧张的我们便感到宾至如归。

如果不是为了社交礼貌，大家或许整个晚上都会向主人追问农场经营的事。他们称自己的农场是小农场，我听听那面积，大约自己走完那片地就要精疲力竭。

自己在农村长大，从小与庄稼和鸡鸭牛羊打交道，因此对土地总是有一种特别情怀。对人生的追求在经历了沧桑，渡过了迷茫之后，难免就想回归——回归到梦中的相思农田，回归到幼时熟悉的庄稼地。守着属于自己的田地，伴着在晴空下和微风里缓缓生长的庄稼，看着牛羊鸡鸭在草地上追逐嬉闹，算计着一年的收获，那份踏实的心情，不正是近年来一直孜孜以求的吗？

这种田园生活，多么平和安静、淡泊悠闲、与世无争。此时此刻的我，发自内心想卸下重负，就像这家农场主人一样，过着日出而作、日落而息的农耕生活。

农场的夜晚出奇安静。

第二天离开费尔莉小镇时，我们与女主人亲密合影留念。坐在缓缓离去的旅行车上，看着晴空如洗的蓝天和绿色的草原，一路想着农场的事——我会为着另一个理由再回来这儿吗？

百花盛开的国度

"加德满都城内，到处都可以望到雪山。我一走下飞机，就惊异于此地山岭之多，抬眼向四周一看，几乎都是高高低低起伏如波涛的山峦。在碧绿的群山背后，有几处雪峰，高悬天际，初看宛如片片白云。白雪皑皑的峰巅，夕阳照上去，闪出耀眼的银光。"季羡林在《望雪山》中对尼泊尔首都加德满都如是描述。

余秋雨对世界古文明进行历时三个月艰苦考察后，在尼泊尔博卡拉鱼尾小屋发出千年一叹，将文明与自然进行了哲学剖析，进而提出中华文明今后发展的最佳方式，然后才战兢兢却又雄赳赳地跨进以世界屋脊作门槛、以千年冰雪作门楣的喜马拉雅山国门。

这雪山，这鱼尾小屋，还有喜马拉雅山脉般敦厚淳朴的尼泊尔民情风俗，便一直在诱惑着自己。

1

加德满都国际机场不大，初看有些简陋。便捷快速的通关，当地导游送上的一束鲜花，尼泊尔司机道了一声"你好"并主动和我们合影，这一切却超越了任何现代化的宏伟建筑，机场的简陋也因此而显得简朴实用、自然亲切。

从机场出来后，一切却有些无所适从。偌大个都市，几乎没有红绿灯，没有垃圾箱，马路凹凸不平、尘土飞扬。姑且收起对尼泊尔的赞美，先走走它的大街小巷、山川河流，再作评论。

尼泊尔是一个众神云集的国度，数不清的神祇，隐没在城市和乡村。走在加都街头，一抬头一转角就是一个香火旺盛的庙宇，曼纳提婆寺、仰罗喔哩伽寺、阎摩寺、四眼天神庙，自然地坐落在城市各个角落，仿佛是昆湿奴或者湿婆在注视着芸芸众生。

行程第一站是"博达哈大佛塔"（Boudhananth），白色穹顶矗立着一座方形塔，四面绘有洞察世俗的佛眼，是世界上最大的佛塔之一。虽然供奉着释迦牟尼，却有很多藏民在此转经祈祷。

大佛塔出来后，我们前往尼泊尔最负盛名的，被联合国教科文组织认定为"联合国人类文化遗产"的，有"猴庙"美誉的藏传佛教寺斯瓦扬布那（Swayambhunath）。这里的猴子很多，从山脚下沿着石梯拾级而上，总能看见三五成群的猴子或觅食，或争斗，有时还跳跃到佛像头顶。相传文殊菩萨在此剃去三千烦恼丝，头发变树，虱子化猴，因此这里的猴子被视为"圣猴"，受到寺庙僧人和居民的尊敬与保护。

在猴庙，藏传佛教的佛龛、印度教的神像，共同供奉于寺院，各自的教众和睦共处，两大宗教在这里完美融合。世界宗教派别纷争不断的当今，猴庙宗教融合的氛围，人与动物的和谐相处，教众的安顺包容，算是尼泊尔一大独特的人文奇观。

尼泊尔是一个古老的王国，加德满都是个历史悠久的都城。巴德岗的杜巴广场，被各式各样的古老庙宇和老房子包围着，是加德满都古老历史的见证者。广场内一堵墙壁上挂有萨阿王朝历代国王画像，叙述着王朝的兴衰更替；"十世而斩""王宫血变"，听来不寒而栗，是儿子杀老子，弟弟杀哥哥？还是外人谋杀王室？一切已无从知晓，只能留待历史学家去考证。在我看来，这已是很温和的朝代更换，虽血淋淋却并未引起大规模战争冲突，于百姓而言是万幸。萨阿王朝之前的几次改朝换代也同样温和，面对南面汹涌而来的印度统治者及此后的英国列强，安居乐业、温顺和平的尼泊尔人未作过多反抗便逆来顺受，这使古城能得以完整保存。

2015 年大地震之后，广场建筑仍在修复，其中的九层神塔由中国援建，目前仍处于施工状态。心疼那些震毁的建筑，更心疼那些在地震中受到伤害的人们。不过，对于乐观虔诚的人来说，再大的困难都能解决，幸福感已经深入了他们的骨髓，一切都会好的。

尼泊尔还是雪山之国，很多人来此就是为了欣赏雪山风采。四月的加德满都，却难见雪山真容，腾起的浓雾把眼前的一切都转变成了淡淡的影子。

为了一睹连绵不绝的雪山群，我们来到了纳加阔特山顶。此地踞群峰之巅，前面横亘一个大山谷，烟树迷离，阡陌交错。山谷对面，一片云雾上面就是连绵百里的奇峰峻岭。从这里看雪山，视野开阔，清晰异常。可惜天公不作美，早晨依旧浓雾蔽天，直至晌午，还没有消退的迹象，我们只能带着遗憾下山。

离开加德满都那天早晨，正好下起了大雨，但仍挡不住想进一步了解这座城市的欲望，于是撑起雨伞穿行在大街小巷。雨中的山城显得格外干净，漫天的灰尘也终于偃旗息鼓。不多的摩天大楼建在古式欧风的市中心，新旧交杂的建筑并没有破坏整个城市的风格，只会使人怡然。虽说整体上有些杂乱无序，可是大部分建筑细看之下仍是美丽的，窄窄的石砌老街、漆成红黄蓝绿犹如儿童图画的房子，仍有它无法用语言描绘的艺术美感。

梦中向往的雪山仍完全被浓雾遮蔽着，但是，我的心却飞到了这些雪峰的顶上，任意驰骋，连象征中尼友好的世界第一高峰——珠穆朗玛峰，我似乎都看到了。

2

不曾想到，让我对道路坑洼、灰尘漫天的尼泊尔来了个一百八十度大转弯、进而流连忘返的，并不是那众神众王众雪山，而是尼泊尔普普通通的芸芸众生。

才过了两天，异国他乡的感觉便荡然无存，刚到加德满都的不适都被尼泊尔人的善良友好弥补了，一切的所谓不文明、不现代，在尼泊尔人无边无际的佛心照耀下也变得光芒万丈了。

比如导游介绍卢比兑换时说的话便让我倍感亲切："中国的人民币、新台币、港币在尼泊尔都可以自由兑换成卢比，也可以直接使用，你们中国这三种货币我们都喜欢。"

比如参观杜巴广场时，大家凭中国护照就可以享受国民待遇，同样的门票，其他国家的游客要二百五十卢比，中国游客只需要一百五十卢比。

再比如有一次，我正聚精会神拍照，一位尼泊尔人来到我旁边轻声说"sorry"，一回头才看见身后停了辆轿车，跟我说话的是从车上下来的司机。侧身之后我呆立路旁久久未动：淳朴得不能再淳朴，友善得不能再友善。

越往后走，这种感觉越强烈。

3

并不喜欢用落后或者先进这些字句来形容每一个不同的国家，毕竟各样的民族有他们自己的生活形态与先天不平等的建国条件。

虽然这么说，从加德满都到奇特旺不到一百六十公里的路程，却颠簸了足足六小时才抵达，仍让我有些凄楚和落寞。

还好，以这种速度行进在崇山峻岭、峡谷河畔之中，正好可以慢慢体会尼泊尔原始而幽静的自然风光，细细品味尼泊尔人从容而缓慢的生活节奏。

欣赏着沿路涂满红黄蓝绿各种颜色、贴有当代明星或宗教画幅的各样大卡车，怎么看都有艺术的美及自由奔放的气息。卡车司机在车身写满情话和箴言，画上佛祖菩萨、莲花座底、功夫熊猫，他们什么都信，什么都尊敬。在这些信任之下，几百公里的崎岖山路便并不缺兴致和勇气。

来到奇特旺森林公园之后，觉得一路的颠簸完全值得。

参天古木、玉米水稻交错相间，大象犀牛、羊群鸡鸭和谐相处；小孩在拉普蒂（Rapti）河欢快戏水，不远处几条鳄鱼悠然自得浮沉于水面；野猪不时偷食大象旁边的饲料草，工作人员只是和善地赶跑野猪，野猪也一会儿又出现。完全是一派人类与自然的大和谐。

骑着大象穿行于河流山川，不时出现的梅花鹿并未因游客的来临而惊吓，水中栖息的犀牛也怡然自乐，我行我素。

越野吉普车穿越原始森林，导游一路提醒着大家观望道路两旁不时出现的各种野生动物，那份执着、那份敬业，让我钦佩。一旦出现梅花鹿或犀牛，导游比我们还激动高兴，似乎让游客看到这些野生动物就是他们的天职，多么纯朴、厚实、可爱、有趣的民族。越野车扬起的漫天尘埃并不让我们掩脸埋怨，反而觉得若是铺上一路水泥，少了这漫天尘埃，就无法体验原始森林驾驶的野性乐趣。

乘着独木舟游弋在拉普蒂河中，大家屏息凝神，安静得只听见手机拍照的咔咔声。倒不是怕喧闹声引来河畔鳄鱼的攻击，而是不忍惊扰身处空旷森林独有的那份心灵宁静。对生活在水泥钢筋、车水马龙的大都市里的现代文明人，这种宁静太稀缺太难得。

这里是森林，这里是田园，这里是世外桃源。

4

"主张有节制的愉悦，主张与自然相和谐的文明发展；反对任何无谓的耗费无用的积累，反对过度消耗自然的文明"，在一路走过埃及、希腊、伊朗、印度等文明古国之后，来到尼泊尔这个没有独立文明却百花盛开的国度，住在这青山绿水环绕的鱼尾小屋，余秋雨如是感叹。

终究是抵不住想弄明白《千年一叹》压轴之篇为何会在此写就的诱惑，我再次来到了昨天擦肩而过的鱼尾小屋。小屋在湖对面，需泛舟而过，自己并未入住酒店，工作人员会让我登岸吗？担心是多余的。简单说明来意，尼泊尔小伙立马解缆摇舟，礼貌地送我们至鱼尾小屋。离舟登岸，犹如进入人间仙境，依山傍水，小屋静立，浑然天成，自然与文明和谐共处。

我想，余秋雨在考察世界古文明的一路上，肯定一直纠结于该如何对一个个曾经辉煌得光耀日月却最终湮灭得彻彻底底的文明进行定位，即便到了喜马拉雅山下，到了瓦西湖畔，静坐在鱼尾屋内，仍不敢贸然落笔。埃及文明、希腊文明、印度文明，来回浮现，反复纠结，灯关了开，开了又关。直到开窗看见雄伟矗立的万年雪山，才猛然醒悟，才下定决心，原来内心并非要赞美那些文明，恰恰相反，是想给过度透支的文明套上紧箍咒，让文明的发展敬畏自然。

我想，余秋雨住在鱼尾小屋时，定是巍巍雪山为其托梦，才有胆识和底气对世界古文明作出那千年一叹。只能是这里，也只有在这里，在雄山柔水之间，才可能如此呐喊：人类不可以文明为幌子，对同类太残苛，对自然太嚣张，文明创造的最终目的是回归自然。

5

一路走来，碰到的尼泊尔人，相比其他国家，总多了一份待人的忠厚善良，有种亲如家人的温暖。

除了预设的景点，闲暇之余我便穿行于城市星罗棋布、宽宽窄窄的街道，与各行各业的尼泊尔男女老少交流沟通。

和尼泊尔人的交往让我感觉宾至如归。市民发自内心的善良诚实，让我没有丝毫陌生感；无论在哪都能看到微笑的面孔，让我陶醉在温馨和安详之中。

我发现，这里同祖国有很多相似之处，特别是与幼年生活过的地方，二十世纪七八十年代的农村，更是似曾相识。到处有我喜爱的小狗，山羊成群结队在街上走动，鸡叫着跳着在土堆中寻找食物，这一切使我想到家乡，愉悦之感在内心跃动。

我的足迹由杜巴广场、加杨佛塔，一直走到了花市、菜市场，甚至学校、警察局，我所看到的百姓，在这一片土地上是快乐而安宁的。

杜巴广场布满鸽子的古建筑前，虽然坐满了人群，却不喧闹，一群安静而宽厚的百姓。

游人如织的猴庙山顶，人们与随处可见的猴子和谐相处，一群对神虔诚，对自然敬畏的善良百姓。

在奇特旺乡村小道，我遇见了很多小孩，与他们的接触使我感动，也令我心酸。好久没有看到这么天真灿烂的笑容，好久没体验仅仅被给了块巧克力便不断致谢的淳朴，也好久没有遇见这种把自己舍不得吃的糖果和大家一起分享的感人场景。

走在博卡拉小镇，一位尼泊尔人牵着马匹与我们擦身而过，大家跃跃欲试。帅气的小伙爽快地答应了。我们觉得过意不去，于是拿出一千卢比，小伙子连连挥手，说："不用，不用，中国人，我喜欢。"随后立即跨上骏马飞驰而去。

相伴六天的司机把我们送到机场，当大家把剩余卢比送给他时，司机一个劲地"谢谢，谢谢"。这样的民风令人受宠若惊，好似来此受恩一般失措，不由得更加想回报他们。

一幕幕，在脑海中挥之不去，也不愿挥去。

有着这么淳朴友善、可爱有趣的百姓，尼泊尔如何能不叫我留恋？

　　就要离开这个百花盛开，人民安居乐业的国度了，依依不舍的我也开始疑惑：是我们应该同情尼泊尔幸福知足的贫穷落后，还是尼泊尔会嘲笑我们物欲横流的现代生活？

我和父亲的欧洲之行

自定居上海，每年和父亲相处时间甚少，偶有见面也是匆匆数日，这次更是有一年光景未见了，父子间的沟通也是越发少了。一直想带父亲到国外旅游一趟，但是每次征求意见时，生性节俭的父亲都会以花钱太多为由拒绝。这一次我私自买好机票，虽然招来父亲的一堆数落，但他眼角掩藏不住的浓浓笑意告诉我，父亲很想去。

经历十一个小时的长途飞行，于当地时间六点半抵达法兰克福。城市的天还未亮，朦朦胧胧，街上行人稀少，宁静而祥和。

1

初到异国他乡，一切都是陌生的，法兰克福中央火车站是欧洲最经典的火车站之一。谁承想，四十多年来，我和父亲的第一张两人合影居然拍摄于此。照片里，我和父亲并肩而立，我挽着父亲的肩膀，父亲咧嘴大笑。背后的火车站，古老而又宏伟，风格独特，具有浓浓的欧洲风情。

略作休整后，我和父亲来到了宾馆附近的美因河。河畔宁静清新，微风拂过脸颊，旅途的疲惫随之缓解。我和父亲边走边聊，不知不觉上了一座铁桥，桥上密密麻麻的挂锁让父亲很是惊奇。我对父亲说："我们也可以在此挂锁留念，若干年后，故地重游或者相识来此，看见此锁，一定无比惊喜。"我正遗憾，附近没有商家，无处觅锁，却见父亲飞快地跑下桥，在岸边四处张罗，不一会儿手上捧着一堆掉落在地的细长树条回到桥上。父亲把树条穿过栏杆，双手不停上下翻飞，眨眼间，一个枝条编织的圆环就挂在了栏杆上，和铁锁同列，异常醒目。父亲拍了拍手，然后煞有其事地说："还好，手艺还在。这是柳枝编成的锁，柳锁柳锁，就让它代我们留守吧。"我有点发愣，原来我一直忽略着，父亲，他自有自己的情怀与浪漫。

铁桥下来便是罗马广场。虽然欧洲的广场大多是迷你型的，但如此盛名的法兰克福罗马广场还是小得完全出乎我的意料。罗马广场是法兰克福现代化市容中唯一仍然保留着中古街道面貌的历史古迹，广场旁有个罗马厅，原是旧的市政厅，阶梯状的人字形屋顶，别具特色，里面的皇帝殿是许多罗马皇帝加冕之处。罗马广场西侧的三个山形墙的建筑物，是法兰克福的城标。我边走边给父亲介绍，父亲直夸我知识渊博，眼里满是佩服，一如幼时听父亲讲故事的我。

出了广场，随步走到了法兰克福市中心，这里到处都是坐在大街旁边品咖啡、喝啤酒聊天的人群，男女老少皆有。

父亲感慨："老外真会享受生活。"

"是的，很多人一杯咖啡可以发呆半天。我们也来一杯？"我说。

"想什么呢，晚上还要不要睡觉？本来就倒时差，睡眠不会好。"父亲瞪了我一眼。

回到宾馆已经下午四点多，于是去找中餐馆。离家才一天多时间，但我知道这是当下父亲最需要的，甚至超过睡眠。火车站旁边有家中餐馆，菜挺合口味，老板娘也和气，离宾馆又近，此后几天的吃饭问题我们都在这里解决。

父亲问："一盘青椒炒肉多少钱？"

"十三欧元。"

"乘以八就是一百多块，太贵了。"

"到了这，就别想那个八了，当是十三块人民币。"

"还是有点贵，少点几个菜。"一贯节俭的父亲补充说。

"好不容易来趟欧洲，怎么也得弄点好菜，庆祝一下。"

父亲不允，一把抢过菜单，划去了最贵的几道菜。结账的时候，父亲感叹："在老家，这些钱可以请一大桌人好好吃一顿嘞。"

我却觉得物有所值。价格稍有点高，但在异国他乡能享受到如此正宗的家乡菜肴，很是知足；也感谢那些远在异国他乡创业闯荡的中国同胞，是他们让我们有了些许宾至如归的感觉。

2

早就听说德国科隆大教堂是世界第三大教堂，心里对它的壮观也有所准备。但当真正身临其境，还是难免大为惊叹：惊叹于其雄伟，惊叹于其细腻，惊叹于其哥特式的雄伟建筑风格，惊叹于其悠长延绵的历史。

今天的科隆大教堂与八十多年前朱自清笔下的"哥龙大教堂"并无两样："教堂门墙伟丽，尖拱和直棱，特意繁密，又雕了些小花，小动物，和《圣经》人物，零星点缀着；近前细看，其精工真令人惊叹。门墙上两尖塔，高五百十五英尺，直入云霄。"

进入教堂，庄严肃穆，有人在祷告，也有人在诵读《圣经》。这是父亲第一次踏入教堂，虽然不懂基督教义，但父亲有样学样，虔诚拘谨，念念有词。父亲在此久久驻足，不停地拍照摄像，口中念叨着，我要讲给你母亲听，拍给你母亲看，给村里所有的人看。

大教堂建在欧洲母亲河——莱茵河旁边，沿着莱茵河畔行走，可以从各个不同角度来观察科隆大教堂。莱茵河的水比美因河清澈多了，本想带父亲乘坐游轮沿莱茵河走上一圈，如果运气好的话，说不定还能巧遇"声闻岩头的仙女子"，但时间紧张，只好留下遗憾了。

来到科隆，一是仰慕科隆大教堂，二是想拜访早年的同事。他们六年前来到德国，如今定居于此。每到一个城市，我特别怕麻烦朋友，但又总觉得来到这么遥远的地方，倘若不去探望一下客居异乡的朋友，又似乎太不够朋友。

我们等候在大教堂广场，广场上人山人海，在约定的时间里，父亲眼尖，首先看到了从未谋过面的老刘。

我很诧异，父亲不屑地说："在这里，辨别中国人太容易了。"

大约半小时的车程里，也许是他乡遇故知吧，父亲不停地和这个他并不认识的故知攀谈着，不知不觉我们就来到了老刘新置的别墅。

坐在大如操场的花园里，父亲东瞧瞧，西问问，感叹道："怪不得大家都羡慕外国生活，这里空气好，环境也好，住房也宽敞。"

我心底窃笑，父亲的想法和我以前刚到国外时一样，或许过两天等他体验到了身居异国他乡的孤独和不习惯之后就不会这样说了。

老刘昨天就准备好了烧烤工具和餐料。在千里之外的异国他乡，我们聚在一起烧烤，一起畅饮啤酒，一起谈人生，颇有把酒话桑麻的感觉。父亲尤其激动，嘴巴没个停，我更多的是微笑着倾听，间或可有可无地迎合着；想来父亲也是憋坏了，且让他说个够吧，后面还有好几天呢。

3

瑞士是此次欧洲之行的第二站。搭乘下午一点法兰克福至苏黎世的 ICE 高速列车，行程四小时，前三小时列车几乎完全是在平原地带飞驰而过，此后才进入黑森山一带；进入瑞士快到苏黎世时就有了一种童话世界般的梦幻感觉，河水碧绿荡漾，河道两旁树木参差，山坡上的草坪整整齐齐。

在宾馆办理入住手续后已经晚上八点了，但天还没黑，于是乘电车前往苏黎世湖（Zurich Lake）。苏黎世湖是瑞士著名冰蚀湖，湖水清澈见底，许多市民骄傲地说，苏黎世湖水可以直接饮用。湖面码头停满了各色游艇，俨然一个富人俱乐部。苏黎世湖一端的尽头深入市中心，湖面上白天鹅、野鸭随处可见，悠闲自在，一派和谐景象。我和父亲静立湖边，享受着迎面而来的凉风，随口攀谈着我的幼时趣事和一些细琐的陈年往事，偶尔发一二句由衷的感慨，直到夜色蔼蔼。我们是有多久没有这样待在一起啊，没有这样彼此敞开心扉，坦然面对。异国的美景拉近了我和父亲的距离。

离开苏黎世湖后，我们沿着利马特河往回走。利马特河旁边有个对外国游客开放的赌场，父亲从没进过赌场，于是带他去见识了一下。这里的赌场和拉斯维加斯不能相提并论，规模小，人也少，父亲不愿涉赌，我们只是参观了一下，没有上手体验。

一路走来居然找不到中餐厅，只好买几个面包和香肠充饥。已经有两天没吃中餐的父亲，勉强吃了几口。今晚父亲的梦里应该都是母亲亲手烹饪的家乡饭菜吧。

4

在宾馆吃过早餐，我们乘电车来到了苏黎世中央车站。昨天已经打听好了，要先到伯尔尼（瑞士首都），然后转车至因特拉肯。

因特拉肯是英文 Interlaken 的音译，位于图恩湖和布里恩茨湖两湖之间，又名湖间镇，朱自清将其意译为"交湖"，是前往阿尔卑斯山脉少女峰的必经之地，也是阿尔卑斯山的黄金线路入口之一。

换乘几次火车后，终于来到了前往阿尔卑斯山少女峰的必经中转站——格林德瓦（Grindelwald）小镇。

已经三天没有吃中餐了，买的面包、火腿，父亲不闻不看不吃。说来也巧，阿尔卑斯山上竟然有家中餐馆，虽然在地下室，但我们仍如哥伦布发现了新大陆那般兴奋。

父亲说："这里还能有中餐，要不我们去看看？"

"好呀。我也有些饿了。"其实我刚吃完一根热狗，不算太饿。

老板娘是个中国人，菜单拿上来把我们吓了一大跳。别说父亲，连我也傻眼了，一份青椒炒肉片 26 瑞士法郎，一小碗番茄蛋汤 7 瑞士法郎，一碗米饭 3.5 瑞士法郎。

"吃吗？"我问父亲。

"吃吧。要一菜一汤。"父亲犹豫了好一会，才艰难作出决定。

"好，今天是中秋，当是过节吧。"我加了瓶啤酒。

是啊，三天了，连油盐味道都没闻到过，此时此山有此中餐馆，谁还去在乎要花多少钱？

菜上来后，父亲说："闭着眼睛吃吧，看着心疼，三百多人民币就这么一点点菜。要是在老家……"

吃了个半饱，我们开始登山。远远望去，看到有缆车在运行，但找缆车入口仍花了不少时间。好不容易找到缆车，也没多问，买好票就傻傻等在那里，只有我们两个人；有些不解，闻名海外的菲斯特（First）峰，游人为何如此稀少。

下了缆车，站在高点，整个小镇一览无余，恍如童话世界。

父亲说："第一次站这么高，看这么远。家里冬天都见不到几片雪，这边现在是夏天，对面山上的雪居然还没化掉！我要是年轻些，非得上去打几个滚，堆个雪人滑个雪，可惜，老喽！"我默然，想着我是不是要上去打几个滚，堆个雪人滑个雪？当然只能想想，总不能把父亲晾在一边吧。

在寻找菲斯特峰徒步小道时，发现有两条小路，但怎么看也不像网上查到的徒步道，犹豫着不敢前行。好不容易碰到工作人员，咨询后才知道坐错缆车了，所站之地是普芬斯蒂格（Pfingstegg）峰，海拔才 1 391 米，菲斯特峰在对面，要先下去再坐另外一趟缆车。

等我们找到前往菲斯特峰的缆车时已经三点半了，最晚一班返程缆车是五点，时间太仓促，只好作罢。

也好，为下次再来留个理由吧。

5

今天没什么特别安排，上午租辆自行车在因特拉肯市内转一圈；每到一个城市，只要时间允许，我都忍不住想要骑行，以居民的视角不定目标地四处闲游，经常会遇到不一样的风土，不一样的人情，会有完全不一样的体验。

父亲也很久没有骑行了，更不要说是在一个环境优美、道路平整、人烟稀少的异国他乡。望着前面弓背缓缓骑行的父亲，我想起了高中放学路上的一幕。那是一个炎热的夏天，学校提早放学，经过那段从县城回家必走的陡坡，推着自行车到半山腰时，我看见前面有个推着载满甘蔗和其他水果的自行车的身影，走近才发现居然是父亲。父亲的后背全湿透了，仿佛刚从水里出来。坡太陡，货物太重，父亲用力地弓弯着身子，身体几乎要扑倒在地面，靠双手和身体的重量压着车把防自行车倒翻，就这样，喘着粗气，艰难地推着车子缓慢前行，推几步，歇一下，还得不时用脸蹭车把上的毛巾，擦掉眯眼的汗水。迷住父亲双眼的是汗水，迷住我双眼的却是泪水。我赶紧把自行车丢在路旁，双手从后面推着父亲的自行车。感觉轻松了许多的父亲回头一看是我，说了句"今天放学怎么这么早，我一个人能行的"，并憨厚而尴尬地笑了。在圩上经营杂货铺的父亲每周要从圩上至县城往返一次，为杂货铺准备一周的商品，无论寒冬腊月、炎炎夏日，有时还可能遇上雷电交加的暴风雨天气，父亲用并不高大却坚强的后背撑起全家的生计。此后的人生中，父亲一直犹如一缕阳光照耀着我，温暖着我，每当遇到挫折的时候，眼前总会出现父亲年轻时推着自行车弓腰上坡的背影，激励着我继续前行。

那时的父亲虽弓着背，但身手却矫健；此时的父亲也弓着背，已有些日渐衰老。我的双眼再次湿润。

因特拉肯很小，四周让阿尔卑斯的群峰严严地围着。其中少妇峰最为秀拔，积雪皑皑，高出云外。市内只有两条主干道，一条沿河，一条在山脚下，都以幽静胜。半个小时就差不多把市内每条街道游了个遍。三个小时下来，已经对整个小镇熟门熟路。小镇很美，美得让你觉得三个小时根本上不够用，美得让你想在这里住上一个星期，然后骑着铁马把这里的山山水水游个遍。

我们住在市中心的何维克街（Hoheweg），酒店不远处是一片名为荷黑马特（Hohematte）的宽阔绿地，不论你何时从这片绿地擦身而过，都可以随时与少女峰的美丽相遇。骑行回来的路上，我和父亲在公园小憩。这儿整年气候温和，湖光山色，环境优美，适合各种休闲的活动与运动。最让父亲惊诧的是从对面山顶滑翔而下的降落伞，此类运动在家乡是看不到的。此时阳光正好，微风也妙，看着父亲因奔波数日而略显疲倦的面容，我借口说道："老爸，你在长椅上坐一坐，歇一歇吧，我要处理几份邮件。"不一会儿，耳旁便响起父亲轻轻的呼噜声。我侧脸凝视着父亲，他手上额头上的皱纹多了许多，头发稀疏，眉毛和胡须也有几处泛白。

从公园出来，我们在因特拉肯市中心吃了顿中餐，价格也一样高得让人咂舌。父亲说，出来十多天了，这次你想怎么点菜就怎么点菜，不要委屈了自己。于是按照父亲说的，不再看价格，只点喜欢吃的，数量比往日多了不少。经过这么多天洗礼的父亲显然更从容了，面对海参鲍鱼般昂贵的小炒肉神情淡定，主动要求增加这个菜。这也是父亲有趣的地方，他能很快地适应新环境并且如鱼得水。这顿饭，我们吃得无比尽兴，望着剩下的一些菜肴，我们几乎异口同声说道："年年有余。"刹那间的讶异后，我们抚腹相视一笑。

6

十多天的旅行，对父亲而言，实现了很多个人生第一次：

第一次走出国门；

第一次长时间飞行；

第一次进入教堂；

第一次在一个语言不通、风俗习惯完全不同的异国他乡驻留这么长时间；

…………

此次欧洲之行，与其说我陪父亲去旅游，不如说是父亲伴我出行，一路上有父亲在耳边"喋喋不休"，增添了不少旅途乐趣。

离开前的晚上，我笑着问父亲："这次欧洲之行，感觉如何？值得么？"

"值！太值了！"父亲毫不犹豫地答道："我还要讲给村里的大伙听。"

"那你就是中西文化沟通的使者了。要不，我们再待一个礼拜？"

"那不行。西餐第一次吃吃还行，吃多了就腻。再说了，你母亲还在家呢。梁园虽好，终非故乡。"父亲难得文艺了一把。

回去的飞机上，父亲沉沉睡去，呼吸匀称平和，略显疲惫的脸上满是笑容。安静地伴在父亲身边，我想，下次一定要安排全家去趟美国，带上父亲，带上母亲，带上妻子，带上女儿。

附

录

南康古街

刘文华

　　走进东街西街，那原始风貌涌现，使我心澎湃、眼湿润，无处话凄凉。

　　你看这门这窗这楼阁，这斑驳的墙，这木结构的房，不就是小时候给过我温暖的地方吗？如今很多地方拆迁，年代久远，失修倒塌，曾给予我温暖的房屋都去哪儿了呢？

　　南康的城门楼，在我出生前就拆了吧？我没有一丁点记忆了，只能通过老照片欣赏它的风貌。西街上的牌坊倒隐约有点印象，只记得牌坊很高，雕刻精美，刻有文字，一场大风雨后坍塌了，七零八碎地消失于人们的视野中，一去不复返了。

　　父亲执教的学校去了哪里？西华中学——我未曾在那读书却居住生活过多年的地方，一所爸爸工作了大半辈子的学校，这所建于20世纪70年代初期的初级中学，原本是一座庙宇，现在连校名都改了。两排低矮的教学楼早拆了；那座全木结构、风化得摇摇欲坠的住宿楼和那栋两层的家属楼也没了踪影；校园的古井、老式乒乓球桌消失了；给予我芳香有年代的白兰树寻不见了；门口几个池塘则填平扩建了新教学楼和操场。多年前还去操场跑了几圈，碰见当时的校长，闲聊中才知，脚踩的就是曾经的大池塘——养活了很多人的池塘。那时洗衣服、灌溉农作物都靠这个大池塘。

　　那座古老的浮桥又去了哪儿？记忆中的浮桥，走在上面晃个不停，桥面还不时裂开一道道缝隙，忽大忽小，我常常担心跌落河里。浮桥的一头是农村，一头是县城。河水清澈见底，有很多鱼虾自由自在游来游去。河底布满水草，农民会下河打水草喂猪。好一派热闹的生活景象。还有鸬鹚捕鱼的场景，每次都看得入迷发呆，如今那渔船、鸬鹚、戴着斗笠披着蓑衣的渔夫却已难觅踪影。发洪水时，雨停了，城里人拥挤在浮桥上捞柴禾，把洪水冲下来的东西当宝捞上来，一堆接着一堆，很是壮观。更有意思的是，河边的沙坝能挖出很多牛屎虫，用一根线吊起两只，像风扇一样转个不停，比什么玩具都好玩。想起那个年代的往事，心里洋溢着幸福！

　　浮桥两岸的那些店家又在哪里？那家棉花店弹出的优美节奏就是儿时悦我耳目的声音，每次经过都要驻足听上那么一会儿，还有师傅舞动的双手，姿势犹如舞台表演般好看；旁边的喝茶店门口放着一大缸茶，行人口渴了放上两分钱大口喝上几碗，然后继续赶路；再有就是打铁店，金光四溅的火花让我又好奇又怕烫伤的感觉依稀记得。浮桥另一端的农村岸边开有两家小店，小店的房子是木结构，不高，呈深褐色，盖着黛瓦。房子虽小，却有廊厅，放有桌椅，路人累了困了可以歇歇脚，喝口茶水，下雨天也可避雨。店面很小，中间用木板隔开，最里面可以摆放下一张小床。前面放有货架和柜台，柜台上有一架托盘秤和一个算盘，那时候的店家也是店员，几乎都是上了年纪的大爷，多少是有些文化才能经营这买卖的。店里的东西都是农村生活必需用品和少数的零食。

浮桥上来，走百来米迎面是公安局，当年的公安局大门楼房很是气派威严。我那时只知是抓坏人的地方，不知和自己有何关系，直到去外地读大学才踏入过。在里面拍了一张与我本人很不像的身份证照片，每次出示身份证时，都要好几个人仔细端详比较才能被认可。公安局旁边有一条通往菜场的路，沿这条路进去会路过法院，法院和公安局相邻而建。那时的法院冷冷清清，没什么人出入，大概民风淳朴，纠纷很少吧。菜场极简易，四周没有墙，顶面是用瓦盖的，横梁竖柱都是木头制作，水泥地被一米高的砖墙隔成几排，每排都很宽，供农民摆放农产品，中间有一过道，隔墙两侧可以坐人。菜场四周被房子包围着，有西街的弄堂曲折蜿蜒过来，大家口渴或菜蔫了需要水时就经过弄堂去西街上的吊井取水。菜场有小吃摊，最让我念念不忘的还数嗦粉。几角一碗的嗦粉，又香又滑爽，一嗦就下肚，满满的幸福味道。荷包肉，也是南康的特色名菜，又称状元肉，一种用荷叶包好的米粉肉，每每办酒席都少不了这道招牌菜，老远就能闻到荷叶清香和着醇厚肉香，大家吃好喝好后，主人还会送上几个作为回礼。

西街上的老中医，在整个南康名气大得很，小时候我的腿不能走路，老中医开了几服中药就治愈了。后来遇到我的先生，他说小时候右手骨折也是这位老中医治好的。听我婆婆叙说那段历史，老中医简直就是传奇人物，神医一个。婆婆没有夸张，的确是个神医，因为我的腿治好了，那时候还有人说是小儿麻痹症；而我先生的手被神医一接就好，完美到根本没有发生骨折一样。我和先生都受恩于西街的老中医，没有留下任何伤痕。这样的贵人神医现在还在吗？有他的后人接班吗？是否还那么神奇呢？能一直存续下去吗？但愿吧！

南门的三角店是 20 世纪 80 年代唯一的文化用品店；关上木门，像个三角形状，这就是三角店名字由来吧。我读书时，时常去店里买笔、本子、橡皮、三角尺、圆规等文具用品，店家是一位老爷爷，和蔼可亲，一看就是位知书达理、博览群书之人。

北门是从旭山岭开出来的一条马路。路左侧沿山坡建满了高高低低的房子，右侧山顶是革命历史纪念塔。每年清明，学校会组织学生去扫墓，浩浩荡荡的队伍，走在前面的学生抬着花圈，后面的队伍每人手持一朵自己做的白色纸花，一起敬放在碑塔下方。

南康古街承载了太多的故事，一个接一个的场景就像影幕一样时常出现在我眼前，有时热泪盈眶，有时激昂兴奋。多少次梦回故里，又多少次想起浮桥上的这些往事。小脚丫走过那些或大或小缝隙时怕掉进水里的害怕，过桥时那洪水凶猛好似要吃人的惊吓，曾走进我梦中几回？我已记不清楚了。

啊！南康，生我养我的地方，那走过无数回的东街西街，只有你依旧等着我——一条通往我的小学、一条通向我的中学。无数次从你身旁走过都是亲切的、温暖的。特别是那口古井——洗净我灵魂的古井，给我甘甜、为我解渴，依然在那等着我。我把水斗放下去用力一甩，熟练地提上一小水斗水，凑近嘴巴喝上几口，洗洗手，再提起水斗，把水一股脑儿全倒脚上。那股清凉劲儿，舒服爽快，仿佛回到无忧无虑的童年时代。

步入中年，漫漫的梦里还是那么熟悉；这就叫乡愁吧，梦牵魂绕。每一次回故乡我都会去古街上走走，去寻回儿时的梦！

跋

香山之约

木目

"吴氏山海情"号主是吴教授——大学教授。

吴教授实际上是个企业家，因为业务方面的原因，常常走南闯北，去过很多地方，看过很多名著，有很多心得感悟，算得上是行了万里路，读了万卷书，经纶满腹。

"吴氏山海情"的诞生，与香山和我有点渊源有段小故事，所以吴教授让我写点什么来作为"吴氏山海情"五岁生日纪念时，我无法推脱，只好赶鸭子上架。

二〇一六年的夏天，确切地说，是八月八日，我与吴教授相约去以色列。想去以色列是我的主意，我觉得无论从哪个方面来说，这一生都一定要至少去一次，不为别的，只为了那里是离上帝最近的地方。然而没有人举手同去，最后，吴教授以了解历史为目的，说愿陪我一起去。吴教授对历史情有独钟，他觉得不去一趟以色列，很难搞清楚中东为何一直像个火药桶。于是有了吴教授和我的这次以色列之旅。

从某种程度来说，吴教授是个和平主义者，悲天悯人。为了世界和平，虽不能说是奔走相告，但至少是经常会长吁短叹：这个世界为何到处都是杀戮呢？在他的"吴氏山海情"里，我们就能看到他的和平情结。

这有点跑题了，说回北京香山。

那时上海还没有直飞以色列的航班，这也是很让人诧异的事，怎么说上海也是全方位开放的国际大都市，怎么会没有直飞以色列的航班呢？唯一直飞以色列的航班在北京，所以去以色列还必须到北京转乘。

上海至北京机票是旅游公司赠送的，是一大早的航班。我们到达北京时，不过上午十点左右，而飞以色列的航班却是在夜里十点，其间还有十二个小时呢！

于是吴教授说，我们出去转一圈。我说好，选来选去最后选中了香山，这座山早就名气爆棚，我和吴教授都没去过，认为值得走一趟。

从北京机场出来，挤地铁，然后乘公交车直奔香山，很快就到了香山脚下。一大早从上海出发到现在，有点饥肠辘辘了，正好看见路边的包子铺，还很有名，就是全国人民都想去吃一吃的庆丰包子店。每人要了一碗粥、两个包子，一眨眼工夫，粥和包子都一扫而光，我们打足精神准备登山。

其实，在夏天，香山没什么特别。八月的香山除了绿色就是绿色，与其他的小山没有太大区别。秋天来香山才有味道，那时的香山五彩缤纷多姿多彩，所谓看万山红遍，指的是除了岳麓山就是香山。当然，古迹还是有的，比如山脚下清朝皇帝的宫殿、半山腰及山顶的石碑。

那天，太阳火力全开，山上的树叶都被烤得无精打采，但吴教授却兴致盎然，脱了上衣，汗水已经湿透了背心，吴教授一路神侃，郑重其事地说想写写游记出本书之类的。我鼓励着说，好啊，不如就出一本游记，叫"吴氏山海情"。两个人都觉得这名字够气派和响亮，说不定还真的可以与《徐霞客游记》比拼一下，或者与余秋雨的《文化苦旅》一样粉丝无数。

当时也就随口一提，但这为"吴氏山海情"的诞生埋下了伏笔，吴教授心中开始认真思索与勾勒"吴氏山海情"的未来。香山之约，就这么开始了……

迄今，"吴氏山海情"已经有超六十篇文章，每一篇都布满了吴教授的足迹，每个字都绽放着吴教授的思想。国内国外，名山大川，海峡弄堂，无不留下吴教授深邃的目光和细腻的笔触，每一篇文章又都经过吴教授在脑海里过滤、沉淀和升华，甚至每一个标点都经过了吴教授的反复推敲，作品得到朋友的广泛好评与无数赞誉，甚至有粉丝说吴教授的文章可以作为写作范文。因其如此，还愿吴教授的足迹能遍布五湖四海，给我们带来世界级的精彩与享受。